Atlante dei

MONDI PERDUTI

Atlante dei

MONDI PERDUTI

Roberto Giacobbo

GIUNTI

Indice

Ad Angelica, Giovanna e Margherita che sono il sole della vita

Inizia un altro grande viaggio di Voyager, alla scoperta dei luoghi più misteriosi e affascinanti del mondo. Volando da un continente all'altro scopriremo quanto c'è ancora di ignoto nella nostra storia e quanti siti archeologici raccontino di popoli lontani dei quali non sappiamo quasi nulla. Tracce di pietra che riportano a epoche diverse e che non possiamo ancora spiegare, come se mancassero dei tasselli fondamentali al grande puzzle della vita dell'umanità sulla Terra.
Forse un giorno si parlerà dei mondi che noi ora consideriamo solo leggendari come di antiche civiltà, entrate di diritto nei libri di storia.
Forse un giorno si metteranno in fila i tanti resti di popoli scomparsi e si arriverà a scrivere il nome delle remote culture che noi oggi solo ipotizziamo.
Forse un giorno si guarderà negli occhi il passato senza aver paura di rimettere in discussione le certezze già acquisite.
Cercheremo che cosa c'è di vero nella leggenda e di fantastico nella storia.
Il viaggio sta per cominciare, benvenuti a Voyager.

Roberto Giacobbo

MONDI LEGGENDARI

Continenti perduti, civiltà scomparse, regni sotterranei, isole mai trovate e paradisi ideali. Tutti miti che hanno attraversato i secoli per arrivare fino a noi più forti che mai. Possono essere solo frutto di fantasia?

VINLAND
MARE INCOGNITO
ATLANTIDE
AMERICA
ELDORADO
MARE DEL NORT
MU E LEMURIA
NOVA GVINEA
CARTAGENA
QVITO
PERV
MARE DEL SVR

CAMELOT
AVALON
AGARTHI
THULE
SHANGRI-LA
GOLFO PERSICO
MARE OCEANO ORIENTALE

Atlantide:
a caccia di un regno scomparso

Senza traccia
Atlantide in una ricostruzione di fantasia. Il suo mito e la ricerca delle tracce della sua scomparsa hanno affascinato i ricercatori di ogni epoca.

Dall'antichità fino ai nostri giorni, il mito di Atlantide non ha mai perso il suo fascino, continuando nel tempo a far sognare di una civiltà precedente scomparsa nel nulla. Ma è possibile che sia esistito un popolo particolarmente evoluto e che sia sparito con un intero continente senza lasciare tracce? Oppure queste tracce sono state trovate ma ancora non sono state riconosciute come tali? Si avrà mai la prova della sua esistenza come storia e non più come mito?

È stato il filosofo greco Platone, vissuto tra il 427 e il 347 a.C., a raccontare per primo la storia di Atlantide, nei suoi due dialoghi *Timeo* e *Crizia*. Secondo quanto ha scritto, Atlantide sarebbe stata una vasta isola, più grande dell'Asia Minore e della Libia messe insieme, che sorgeva oltre le Colonne d'Ercole che la tradizione identifica con lo Stretto di Gibilterra.

Oltre 11500 anni fa, Atlantide sarebbe stata un regno potente e altamente civilizzato, con una costituzione politica

ideale, un forte esercito, e avrebbe dominato tutto il Mediterraneo.

La sua fine, dice ancora Platone, fu decisa dagli dei, che la fecero travolgere dal mare quando diventò troppo aggressiva e imperialista. Platone scrive che questa storia gli era stata narrata da Crizia, al quale l'aveva raccontata quando aveva dieci anni il nonno novantenne, che a sua volta l'aveva sentita dal proprio padre, al quale l'aveva narrata Solone, il grande legislatore del VI secolo a.C., che ne era venuto a conoscenza in Egitto parlando con i sacerdoti di Sais, una delle più antiche città dell'Egitto. Anche se c'è chi pensa a un'invenzione di Platone per promuovere la sua città ideale, il mito di Atlantide è oggi vivo più che mai.

Platone scrive così: «*Se ricorderemo con sufficiente precisione le cose dette un tempo dai sacerdoti e qui riportate da Solone* [...] *Prima di tutto ricordiamoci dunque, ed è essenziale, che sono passati novemila anni da quando si racconta che sia avvenuta la guerra tra gli abitanti al di fuori delle Colonne di Eracle e tutti quelli che stanno al di qua. Ora bisogna raccontarla. Alla guida degli uni si è già detto che c'era questa città* (Atene), *che sostenne tutta la guerra; alla guida degli altri c'erano i Re dell'Isola di Atlantide che, si è detto anche questo, allora era più grande della Libia e dell'Asia* (cioè dell'Africa allora conosciuta e dell'Asia Minore), *mentre ora, inabissatasi per i terremoti, fondale di fango insidioso per chi naviga da qui verso il mare aperto, costituisce un ostacolo che lo rende impraticabile*».

L'ira degli dei
Qui a fianco, un'immagine di Platone, al quale dobbiamo la conoscenza di Atlantide. Per gli antichi la sua fine tra le onde del mare era dovuta all'ira degli dei, come avveniva spesso quando si dovevano giustificare eventi naturali catastrofici. Dopo millenni, si cerca ancora la verità storica.

Un capolavoro architettonico
Secondo il mito, la città di Atlantide aveva una struttura molto avanzata per l'epoca ed era protetta da una serie di canali circolari che rendevano difficile raggiungere il centro abitato.

Una terra civile, ricca e florida

I sacerdoti di Sais avrebbero raccontato che *«dal mare verso il mezzo dell'intera isola, c'era una pianura; la più bella e la più fertile di tutte le pianure, e rispetto al centro sorgeva una montagna non molto alta»*.

La descrizione è accurata: l'isola era di 540 per 360 chilometri, e protetta dai venti da montagne che si innalzavano su tre lati. Un efficiente impianto di canali artificiali, perpendicolari gli uni con gli altri, la dividevano in 600 lotti quadrati di terra coltivata. La capitale, Atlantide, era nel sud dell'isola: era circondata da una cerchia di mura lunga 71 chilometri, poi da altri cerchi di acqua e di terra che proteggevano il centro della città. Da qui si guidava un impero di dieci stati confederati, che comprendeva anche isole vicine.

Il popolo aveva un ruolo importante e ogni cinque o sei anni si riuniva in assemblea per giudicare il comportamento dei suoi amministratori.

L'espansione di Atlantide era stata tale da far sorgere delle colonie in quella che i sacerdoti chiamavano "la terra di fronte" e che poteva essere l'Africa, l'Egitto o l'Etruria. Si trovò quindi a gareggiare con Atene per il predominio sul Mediterraneo, ma questa lotta era destinata a finire senza un vincitore: un terremoto devastò la città greca e l'ira degli dei affondò Atlantide.

Quando infatti *«il carattere umano prevalse»* e quella di Atlantide diventò una civiltà aggressiva e avida *«Zeus, il re degli dei, intuito che questa stirpe degenerava miserevolmente, volle impartir loro un castigo affinché diventassero più saggi»*. La punizione degli dei l'avrebbe fatta sommergere per sempre dalle acque.

Insomma, quello di Atlantide è stato fin dall'antichità un mito potente nell'accendere la fantasia e l'immaginazione.

Quello che risulta strano, però, è che nessun altro prima di Platone abbia parlato dell'esistenza di una civiltà sparita nel fondo del mare, neanche lo storico greco Erodoto, che pure aveva avuto contatti con i sacerdoti di Sais.

Dove sorgeva Atlantide?

In realtà, un accenno si trova su un papiro, oggi conservato a Leningrado, che cita un fatto accaduto in Egitto durante il Medio Regno, cioè circa 2000 anni prima di Cristo. Un egizio sarebbe naufragato finendo in un'isola sconosciuta abitata da un drago d'oro. Dopo averlo curato, il mostro gli raccontò che quella in un lontano passato era stata una terra ricca e felice, che avrebbe ospitato altri 75 draghi come lui, morti quando una stella si era abbattuta su di loro. Il drago avrebbe poi detto che l'isola stava per essere sommersa dalle acque e che lui non l'avrebbe quindi più rivista. Gli Egizi conoscevano quindi il mito di un continente scomparso, mito che compare anche nelle tradizioni di altri popoli antichi. A testimoniarlo ci ha pensato Solone, che si era sentito dire dai sacerdoti di Sais che quello greco era un "popolo fanciullo" comparato ad un altro conosciuto dagli Egizi, sul quale avevano anche molto materiale scritto.
Ma dove si sarebbe trovata, dunque, l'isola di Atlantide? Il dubbio non ha mai smesso di tormentare gli studiosi di ogni epoca. Quando nel 1492 Cristoforo Colombo scoprì un nuovo continente oltre l'Atlantico, un personaggio di tutto rispetto come il filosofo inglese Francis Bacon ipotizzò che si potesse trattare della misteriosa terra scomparsa narrata da Platone.
Che Atlantide si trovasse nell'Atlantico è stata per secoli la teoria più accreditata. Si immaginava una migrazione di Atlantidei che avrebbe dato vita alle principali civiltà antiche, comprese quelle del Sudamerica. A sostegno, venne portata un'antica leggenda messicana secondo la quale gli Aztechi non erano altro che gli abitanti di Aztlan, un'antica isola dell'Atlantico che si era inabissata nell'oceano. La presenza di costruzioni piramidali sia in America sia in Egitto ha fatto pensare ad una terra distesa tra le Azzorre e le Bahamas che avrebbe fatto da ponte in un'era passata tra le due civiltà.

Dal mito alla storia
In alto, la ricostruzione del punto in cui, secondo la leggenda prevalente, sarebbe sorto il continente di Atlantide.
Qui sopra, una mappa risalente al XVI secolo, della leggendaria migrazione degli Aztechi dalla mitica Aztlan fino a Tenochtitlan, in Messico.

Resti sommersi
In alto, si cercano sott'acqua i resti di Atlantide. Nel 1912 Paul Schliemann, nipote dello scopritore di Troia, disse, mentendo, di aver trovato manufatti atlantidei. Sotto, una raffigurazione dell'eruzione del vulcano dell'isola greca di Santorini.

La geologia tenta alcune risposte

Nei secoli si è pensato di identificare Atlantide in moltissimi luoghi, anche all'interno del bacino del Mediterraneo.
Una teoria parla infatti dell'isola greca di Thera, centro commerciale della fiorente civiltà micenea, che intorno al 1520 a.C. fu vittima di un'epocale eruzione vulcanica, tanto che buona parte del suo centro scomparve sotto l'acqua dell'Egeo. L'eruzione del suo vulcano fu così devastante che sentirono il tuono a oltre 3000 chilometri di distanza. Oggi di lei emergerebbero dal mare solo alcune cime, che sarebbero isole come Santorini.
Ma gli studiosi hanno fatto anche altre interessanti ipotesi.
Sempre secondo quanto avrebbero raccontato i sacerdoti egizi, davanti alle Colonne d'Ercole c'era una grande isola che offriva anche il passaggio ad altre isole fino all'altro continente che stava dalla parte opposta.
Secondo studi recenti, portati avanti dall'astrofisico Vittorio Castellani, la grande isola in questione sarebbe stata la placca emersa della Gran Bretagna così come appariva tra 10000 e 7000 anni fa, alla fine dell'ultima glaciazione. Molto più ampia di oggi, sicuramente estesa fino alla Francia. Il livello del mare era infatti più basso di 100 metri, il che avrebbe consentito il passaggio dalla Gran Bretagna al continente e quindi l'espansione dominatrice di Atlantide, che sarebbe arrivata a controllare anche la Libia fino all'Egitto e l'Europa fino al Tirreno.
Fino a quando, però, gli antenati dei Greci non ne fermarono con le armi l'espansione e fino a che l'isola stessa non scomparve sommersa dal mare.

Legami con le culture megalitiche

La moderna geologia pare stia trovando le prove di un cambiamento in questo senso della regione di cui si parla. Lo scioglimento dei ghiacci fece alzare il livello del mare sommergendo vaste zone d'Europa, sino a disegnarla com'è adesso. Tutto ciò però non avvenne 9000 anni prima di Platone, come lui affermava, ma solo 8000 anni fa, quindi 5600 anni prima di lui.

Ma quali potrebbero essere le tracce lasciate dalla popolazione di Atlantide?

Vittorio Castellani, nei suoi studi di archeoastronomia, la scienza che studia le correlazioni tra gli antichi monumenti e le stelle, riteneva che i resti della cosiddetta civiltà megalitica, con i dolmen, i monoliti e la serie di megaliti come Stonehenge sarebbero stati messi lì da un popolo venuto dall'Atlantico, che si sarebbe spostato attraverso la terra allora emersa. Una prova è stata trovata nell'isola di Er-Lannic, a largo della Bretagna, dove è stato scoperto un circolo di pietre che si prolunga con un allineamento di menhir che prosegue nell'oceano, finendo con un altro cerchio completamente sommerso.

E sempre in Bretagna un altro cerchio di menhir si trova quattro metri sott'acqua.

Una recente datazione con il carbonio 14 ha dimostrato che i campioni provenienti da alcune tombe megalitiche sarebbero molto più antichi di quanto si pensava. La civiltà megalitica, quindi, non sarebbe un imbarbarimento di civiltà evolute provenienti dal Medio Oriente, come Sumeri, Egizi o Greci, ma piuttosto l'espressione di un popolo molto più remoto, forse lo stesso popolo di Atlantide.

Resti megalitici si trovano anche a Malta, in Sardegna, Sicilia, Puglia e Corsica, terre che, secondo i sacerdoti egizi, la stessa Atlantide avrebbe dominato.

A Malta, per esempio, strade di epoca megalitica finiscono nel mare e, secondo una leggenda, proseguirebbero sotto il mare fino alla Sicilia.

Al largo della Bretagna
In alto, un druido, sacerdote celtico, davanti a un circolo di megaliti come quello che si trova nell'isola di Er-Lannic. Qui in basso, un'immagine aerea dell'isola dove si vedono chiaramente le pietre che terminano nell'acqua.

Le Colonne d'Ercole
Quelle che nell'antichità erano il limite estremo del mondo allora conosciuto, sarebbero per molti lo Stretto di Gibilterra (in basso visto dal satellite). Per altri, invece, si sarebbero trovate in Sardegna (qui sotto), terra dove non mancano resti di civiltà antichissime e misteriose, come quella nuragica. In alto, un nuraghe a Torralba.

Ipotesi affascinanti

La ricerca di Atlantide non ha risparmiato che pochi angoli del pianeta.
Uno studioso italiano, l'ammiraglio Flavio Barbiero, ha ipotizzato la presenza di Atlantide nell'Antartide, un tempo con un clima temperato, spiegandone la sparizione con uno spostamento repentino dell'asse terrestre.
Le analisi geologiche compiute dal professor Castellani per sapere come fosse il Mediterraneo in un remoto passato, hanno evidenziato che circa 5000 anni fa il suo livello era molto più basso di adesso. Lo Stretto di Gibilterra e il Canale di Sicilia, i cui fondali erano più bassi di 200 metri, costituivano in pratica due stretti, entrambi nel Mediterraneo.

La tradizionale collocazione delle Colonne d'Ercole citate da Platone a Gibilterra si deve ad Eratostene, ma non avrebbe riscontri con la reale considerazione che gli antichi avevano del loro "mondo conosciuto". Limitando questo spazio al Mediterraneo orientale come ha fatto il giornalista Sergio Frau, e considerando la zona di influenza della Grecia antica, che si fermava davanti alla presenza sul mare di Fenici e Cartaginesi, le Colonne d'Ercole andrebbero identificate con lo Stretto di Sicilia. Di conseguenza, Frau ha visto nella Sardegna la grande isola di Atlantide.
A riprova della sua teoria, notava che nel mito il continente scomparso risultava essere una terra dal clima talmente mite da dare più raccolti all'anno, con grande abbondanza di metalli preziosi e una evidente supremazia sul cosiddetto "popolo delle torri", cioè degli uomini che avevano costruito 8000 nuraghi.
Che cosa sia vero e che cosa non lo sia è difficile dirlo. Di certo ci sono ancora molti tasselli della storia remota del nostro pianeta che ci sfuggono: basti pensare che il sacerdote egizio Manetone, a cui dobbiamo una dettagliata cronologia dei faraoni, nel 300 a.C. scrisse che il suo popolo esisteva già da 36525 anni.

Mura ciclopiche nel mondo

È un'esperienza impressionante viaggiare in giro per il mondo e trovare in posti lontanissimi gli uni dagli altri degli elementi comuni, che non possono assolutamente essere casuali. Come possiamo spiegare le mura ciclopiche che si trovano nell'Isola di Pasqua, a Cuzco, a Machu Picchu e in Egitto accanto alla Sfinge, tutte con enormi e durissime pietre scolpite come se fossero state di creta, e unite con una perfetta aderenza e senza malta a formare angoli unici e complessi? E come mai le pietre più grandi e pesanti di siti antichi e misteriosi come Stonehenge e Abydos in Egitto, sono le più antiche?
In queste immagini: sullo sfondo, una donna conduce un lama davanti alle mura ciclopiche di Cuzco, in Perù. In basso, da sinistra, le mura dell'Osireion di Abydos e quelle del tempio della Sfinge, in Egitto. Nell'ultima immagine a destra, Roberto Giacobbo davanti agli enormi massi squadrati di un muro sacro a Vinapu, nell'Isola di Pasqua.

Mu e Lemuria
continenti alla deriva

La strana diffusione dei lemuri
La strana distribuzione di animali come il catta (qui sotto e in alto), il lemure più conosciuto, ha disorientato gli studiosi del XIX secolo, tanto da far ipotizzare un continente ponte tra terre altrimenti lontane. Nella pagina seguente, una ricostruzione fantastica di Mu. Dell'imponente terra sarebbero rimasti solo alcuni lembi periferici, che ora sarebbero diventate delle isole di rara bellezza nella vastità dell'oceano Indiano.

Quello di Atlantide non è l'unico mito che narra di un antico continente scomparso tra le acque. Al mondo ce ne sarebbe almeno un altro del quale si sarebbero perse le tracce, chiamato a volte Lemuria e a volte Mu.
La sua leggenda è nata da una semplice considerazione di Philip Lutley Sclater, uno zoologo inglese dell'Ottocento.
Dopo lunghi studi, Sclater non era riuscito a dare una spiegazione al fatto che alcune piante ma soprattutto le proscimmie chiamate lemuri potessero vivere contemporaneamente in posti lontani come l'India, l'Africa e la Malesia.
L'unica soluzione poteva trovarsi nell'ipotizzare l'esistenza in tempi lontani di un continente tra le due terre, una sorta di ponte naturale sull'oceano Indiano che, prima di inabissarsi nelle acque, avrebbe permesso la migrazione degli animali. Convinto della sua "scoperta", Sclater chiamò il continente scomparso Lemuria, la terra dei lemuri.
Anche il naturalista tedesco Ernst Haeckel, deciso assertore della teoria dell'evoluzionismo e della selezione naturale di Charles Darwin, credeva a un continente ora scomparso tra la Malesia e il Madagascar. Anche secondo lui, questa terra avrebbe permesso la diffusione di specie animali in diversi continenti ma, soprattutto, sarebbe stata la vera culla della prima civiltà umana, tesi questa che pubblicò nel 1870.
Ad appoggiare il suo pensiero ci fu anche Alfred Russel Wallace, un eminente scienziato e naturalista inglese che aveva formulato, contemporaneamente a Darwin, una teoria evoluzionista. Wallace si diceva convinto dell'esistenza di un continente scomparso, tanto che scrisse che Lemuria era stata probabilmente una regione zoologica primaria in una lontana era geologica. Secondo lui, comprendeva l'intera area ora abitata dai lemuroidi, quindi doveva essere estesa dall'Africa occidentale alla Birmania, fino alla Cina meridionale e a Celebes, che ora conosciamo come l'isola di Sulawesi, nella Repubblica Indonesiana.
Dunque, tra la fine dell'Ottocento e l'inizio del Novecento furono diverse le teorie che riguardavano la possibile esistenza di un continente ancora ignoto.
Ora bisognava solo trovarne le prove.

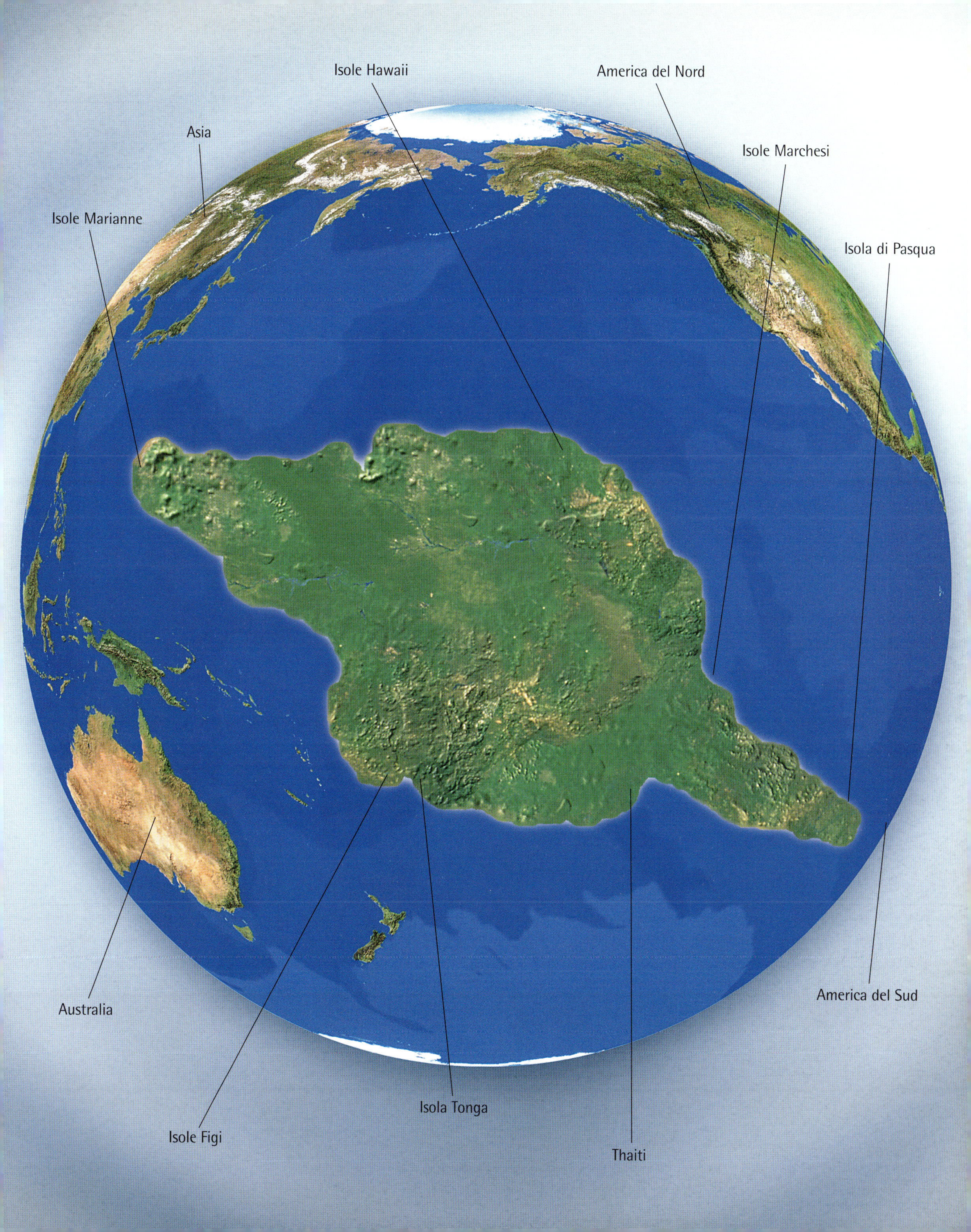
Isole Hawaii
America del Nord
Asia
Isole Marchesi
Isole Marianne
Isola di Pasqua
Australia
America del Sud
Isola Tonga
Isole Figi
Thaiti

James Churchward
Lo studioso anglo-americano, qui sopra in uno dei rari ritratti, era convinto che il continente scomparso di Mu fosse sparito tra le onde circa 13 mila anni fa e che l'Isola di Pasqua fosse stata un tempo la sua punta.

Un ponte sul Pacifico

Il francese Augustus Le Plongeon, che per primo scavò le rovine precolombiane dello Yucatan, trovò in uno dei pochi testi rimasti della cultura maya, il cosiddetto Codice Troano, la descrizione di un continente chiamato Mu. Lo studioso si convinse dell'esistenza di una grande terra al centro dell'oceano Pacifico, poi distrutta in seguito a un violento terremoto, nella quale sarebbero vissuti i progenitori sia degli Egizi sia dei Maya.

All'inizio del Novecento il russo Kolkov scoprì che sotto le mura della città di Khara Kota nel deserto del Gobi, si trovavano i resti di un altro insediamento, il cui simbolo era la lettera greca "μ" (mu) inserita in un cerchio diviso in quattro parti, e affermò che si doveva trattare di Uighur, l'antica capitale dei Mongoli. Anche se la sua asserzione non ebbe il plauso degli altri studiosi, attirò però l'attenzione di James Churchward, che nel 1920 diede alle stampe il libro *Mu, il continente perduto*. Secondo quest'ultimo, Uighur non era altro che una colonia di un ben più vasto continente che anche lui chiamò Mu.

Lo ipotizzò abitato da 64 milioni di persone e con un territorio che comprendeva le Isole Figi, le Marianne, le Hawaii e l'Isola di Pasqua che sarebbe stata l'ultima propaggine del grande continente. Anche secondo Churchward a distruggere Mu sarebbe stato un cataclisma come un immenso maremoto che, intorno a 13000 anni fa, avrebbe fatto affondare la maggior parte delle terre emerse lasciando in superficie solo le isole sparse nell'oceano. In sostanza, Mu era stato una sorta di ponte sul Pacifico, così come Atlantide lo era stato sull'Atlantico. Ma come era arrivato a questa conclusione?

Testimonianze impresse nell'argilla

James Churchward era un colonnello britannico di stanza nell'India centrale, grande appassionato di archeologia. Raccontò di aver conosciuto nel 1870 un autorevole sacerdote indù e di avere passato due anni presso di lui. In questo lungo arco di tempo, il sacerdote gli mostrò alcune delle migliaia di tavolette d'argilla che erano gelosamente custodite nel tempio. Si trattava di testimonianze uniche, mai mostrate prima, della stirpe Nacaal, cioè degli abitanti del perduto continente di Mu. Secondo il sacerdote, avrebbero narrato di un'antica civiltà precedente a tutte quelle che conosciamo. Una civiltà tecnologicamente e spiritualmente molto avanzata.

Le tavolette d'argilla avrebbero costituito una sorta di biblioteca segreta raccolta millenni addietro da una missione religiosa partita proprio da Mu per insegnare la scienza ai popoli delle colonie.

Da quello che emergeva dalla loro lettura, gli abitanti di Mu avevano avuto possedimenti in tutto il mondo, e questo avrebbe spiegato il ritrovamento dei resti della città di Khara Kota nel deserto del Gobi fatto da Kolkov.

Il continente di Mu, florido ed evoluto, sarebbe stato quello che noi occidentali conosciamo come Eden, il Paradiso perduto, che quindi si sarebbe trovato nel bel mezzo dell'oceano Pacifico e non in Medio Oriente come si pensava.

I libri su Mu

Tra gli anni Venti e Trenta, James Churchward scrisse diversi libri per provare la sua teoria sul continente scomparso. Sotto, due dei suoi disegni, che evidenziano il simbolo *Tau*.

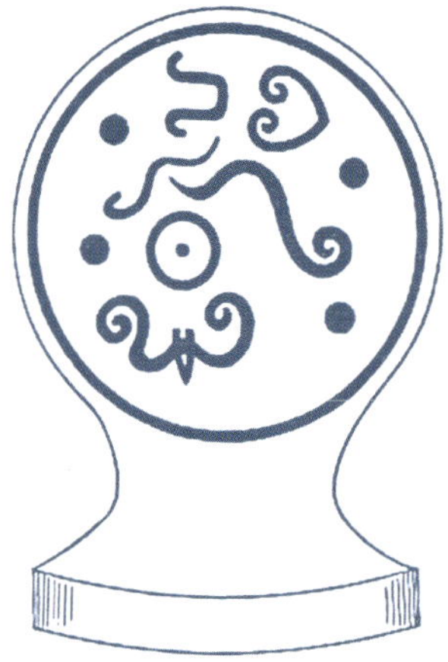

Le prove di Churchward
Qui sopra a sinistra, una pagina del Codice Troano; a destra un disegno di Churchward rappresentante una tavoletta messicana che narrerebbe la distruzione di Mu.
In basso, un'illustrazione che riproduce gli abitanti della Nuova Guinea ai tempi delle esplorazioni del capitano James Cook.

Una terra perduta con i suoi abitanti

Colpito dalla scoperta, Churchward si dedicò completamente alla ricerca di prove di questa nuova versione della storia remota del mondo. Studiando, riuscì anche a trovare la chiave per tradurre completamente il Codice Troano, di cui una copia è oggi conservata al British Museum di Londra. Churchward ne trascrisse così un brano: «*Nell'anno 6 Kan, l'11 Muluc del mese di Zac, si verificarono spaventosi terremoti che continuarono fino al 13 Chuen, senza interruzione. Il paese delle colline di terra – la terra di Mu – fu perduto.*
Due volte sollevato, scomparve nella notte, dopo essere stato continuamente attaccato dai fuochi del sottosuolo [...] la superficie cedette e i dieci paesi furono squarciati e frantumati. Sprofondarono con loro i 64 milioni di abitanti, 8060 anni prima che questo libro fosse scritto».

Nel 1888, la famosa e discussa sensitiva russa Helena Petrovna Blavatsky, fondatrice della Società Teosofica Internazionale, aveva raccontato di aver trovato in un'antica biblioteca tibetana, fino ad allora rimasta segreta, il *Libro di Dzyan* che avrebbe parlato di un continente perduto nel quale sarebbe vissuta la terza delle Sette Razze Stirpe che avrebbero popolato la Terra nell'antichità: la razza dei Lemuriani.

Questi ultimi sarebbero stati enormi e simili a scimmie, talvolta con quattro braccia o con un terzo occhio dietro la nuca. Avrebbero comunicato tra di loro con la telepatia e sarebbero stati capaci di spostare addirittura le montagne con il pensiero. Discendenti dei Lemuriani sarebbero oggi gli Aborigeni australiani, i Papua della Nuova Guinea e gli alti Ottentotti, una popolazione africana.

Dopo la morte di Madame Blavatsky, altri occultisti scrissero che i Lemuriani sarebbero stati scuri di pelle e alti oltre quattro metri, con visi piatti, fronte sfuggente, mascella prominente e occhi così distanti da permettere una visione anche di lato. Inoltre, cosa non trascurabile, avrebbero avuto dei talloni talmente lunghi da consentirgli di camminare sia in avanti sia indietro con la stessa facilità.

Inizialmente, sarebbero stati degli ermafroditi ovipari, poi avrebbero mutato apparato riproduttivo, finendo per accoppiarsi con le scimmie.

I sopravvissuti

Una versione del tutto diversa dei Lemuriani venne anche dal giornalista Edward Lansen, che nel 1922 scrisse in un articolo di aver incontrato dei Lemuriani che vivevano sul Monte Shasta, una cima di oltre 4000 metri in California. Gli ultimi superstiti del continente perduto erano alti, avevano un aspetto nobile e i capelli rasati. Giravano scalzi e indossavano delle lunghe vesti bianche. Vivevano da un tempo immemorabile negli Stati Uniti mantenendo l'incognito grazie al potere dei monaci tibetani, che permetteva loro di rendersi invisibili fondendosi con l'ambiente che li circondava.

Periodicamente, nel loro villaggio protetto da un muro invisibile, ricordavano con luci e cerimonie la patria perduta di Lemuria.

Incontri suggestivi a parte, non si hanno certezze sull'esistenza in un tempo remotissimo di un continente al centro dell'oceano Pacifico. Esistono, però, delle situazioni geologiche ancora tutte da chiarire.

Le sonde hanno rilevato sui fondali oceanici dei canyon profondi e strettissimi, come una terra scavata dai fiumi e poi sprofondata nel mare, tanto più che sott'acqua le correnti marine non scavano la roccia in un modo così particolare.

Sia nell'oceano Atlantico sia nell'oceano Indiano sono state trovate grandi distese di sabbia a 7000 metri di profondità, anche se la sabbia si forma in superficie, grazie all'erosione delle coste o dei letti dei fiumi e non nelle profondità dei mari. Non ci resta quindi che aspettare di saperne di più.

Un mistero ad alta quota
Il giornalista Edward Lansen disse che sul monte Shasta, alto 4317 metri, era stato visto un tempio simile a quelli maya fatto di marmo e onice, abitato da Lemuriani che disponevano di molto oro.
In basso, rovine sommerse.

Agarthi
il mondo sotterraneo

Il dio degli ultimi giorni
Vishnu, una delle tre divinità dell'induismo, apparirà con il suo *avatar* Kalki (in alto, a fianco al titolo) in sella a un cavallo bianco alla fine dell'età del Kali Yuga per inaugurare una nuova era dell'universo.

C'è un mito che sembra attraversare il tempo: è il racconto di un regno sotterraneo chiamato Agarthi dal quale verrebbero decise le sorti del mondo. Secondo la tradizione indiana, sarebbe un vastissimo territorio nascosto nel sottosuolo, illuminato da un sole posto nel cuore del globo e abitato da esseri semidivini. Un regno, governato dal Re del Mondo, che esisterebbe fin dalla notte dei tempi e che sarebbe il vero centro spirituale della Terra, dalla cui religione avrebbero preso il via tutte le altre.

In un tempo lontano che i miti indicano come "età dell'oro" quel regno, che allora si chiamava Paradesha (paese supremo, Paradiso), viveva felice alla luce del sole.

Le cose sarebbero cambiate nel 3102 a.C. con l'inizio di quella che la tradizione indù chiama Kali Yuga, cioè "età nera", un'epoca nella quale il male avrebbe cercato di prendere il sopravvento e che coinciderebbe con il nostro tempo.

Allora, per non venire contagiati dalla malvagità, gli abitanti di questo regno spirituale si sarebbero messi in salvo nel sottosuolo, mutando in Agarthi, che vuol dire "luogo inaccessibile", il nome del regno. Il polacco Ferdinand Antoni Ossendowski raccontava di aver saputo da un lama mongolo molti particolari sul Paradesha. Sarebbe stato fondato dal primo Guru, intermediario del volere divino, all'incirca 380000 anni prima di Cristo, mentre la sua vita sotterranea sarebbe iniziata intorno a 6000 anni fa.

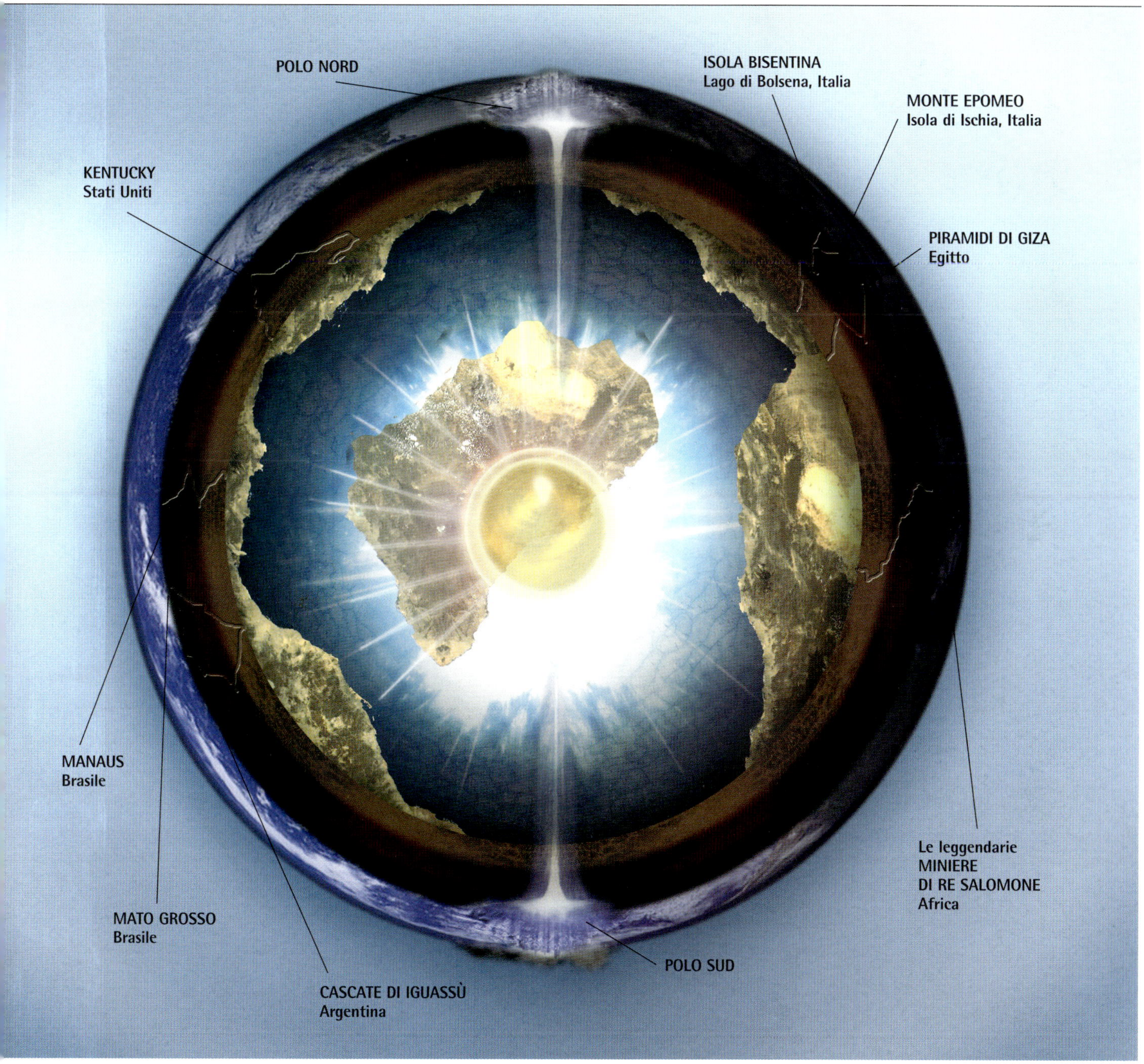

Gli ingressi al regno

Una versione del mito viene dalla famosa occultista dell'Ottocento, Madame Blavatsky, che sosteneva che Agarthi fosse sorto inizialmente in un'isola per opera dei "Signori della Fiamma", una sorta di esseri semidivini provenienti da Venere. Gli accessi al misterioso regno sarebbero nascosti in punti difficili da raggiungere, disseminati in tutto il pianeta.

Secondo la tradizione questi ingressi si troverebbero tra l'altro anche nei pressi del monte Shasta in California, di Manaus in Brasile, delle cascate Iguassù in Argentina, della città indiana di Rama, del confine mongolo-cinese di Shingwa, degli inospitali ghiacci dell'Islanda. Ce ne sarebbe qualcuno persino in Italia, sul monte Epomeo di Ischia e sull'isola Bisentina del lago di Bolsena.

Porte d'accesso
Secondo la controversa occultista Helena Petrovna Blavatsky gli ingressi erano diffusi in diversi angoli del pianeta, tanto da rendere possibile il passaggio in poco tempo addirittura da un emisfero all'altro.

Tra il Tibet e il Gobi
Il regno sotterraneo di Agarthi sarebbe proprio sotto questo vasto territorio. Sopra, una veduta del Potala, a Lhasa, la meravigliosa storica capitale del Tibet.

Gallerie sepolte nella terra

Chi riuscisse ad arrivare ad Agarthi finirebbe per perdersi nei fitti meandri delle sue gallerie e, nel caso fosse in grado poi di uscire, non ricorderebbe nulla di quello che ha visto. La parte centrale del regno si troverebbe al di sotto dell'Asia centrale, tra il deserto del Gobi e le montagne del Nepal e del Tibet. Da qui, innumerevoli cuniculi porterebbero in un baleno fino agli angoli più remoti della Terra. La sua capitale sarebbe la mitica Città di Smeraldo, Shambhala, dove si troverebbe anche il palazzo del Chakravarti, il Re del Mondo, colui che indirizzerebbe i destini degli uomini. Con altre due figure carismatiche, il Mahatma, cioè colui che conosce il futuro, ed il Mahanga, colui che procura le cause perché le cose avvengano, dirigerebbe un ordine di monaci-cavalieri, i Templari di Agarthi, il cui vertice sarebbe un consiglio circolare composto da dodici elementi, come nella Tavola Rotonda, pronti a lottare per combattere il male. Sotto la capitale scorrerebbero le correnti terrestri, dei fiumi di energia che troverebbero sbocco all'esterno tramite i megaliti, le grandi pietre innalzate nel Neolitico.

Si narra che il palazzo del Dalai Lama a Lhasa sarebbe stato costruito sopra una fitta rete di gallerie che lo collegherebbe con "tutti i luoghi della terra". Quando, in tempi recenti, un giovane Dalai Lama insidiato dai Cinesi scomparve dal Tibet per poi riapparire tempo dopo a grande distanza, si ipotizzò tra lo sconcerto che avesse utilizzato per fuggire una di queste strade sotterranee.

Sul tetto del mondo

Che il Tibet avesse a che fare con il mito di Agarthi fu anche la convinzione di Adolf Hitler. Tra il 1938 e il 1939 la tranquillità delle maestose montagne tibetane venne turbata dai tredici mesi di marcia degli uomini della spedizione Schäfer, una missione tedesca voluta personalmente dal Führer. A dirigerla era stato Heinrich Himmler, grande appassionato di esoterismo, con il botanico Ernst Schäfer. La missione, che apparentemente aveva degli scopi puramente scientifici, aveva come obiettivo la ricerca dell'accesso ad Agarthi sull'Himalaya, la catena montuosa più alta del pianeta. Himmler era stato spinto all'incredibile impresa dal racconto del viaggio fatto nel 1870 da Madame Blavatsky.

Il 19 maggio 1939, a oltre un anno dall'inizio della missione, la pattuglia tornò con quaderni pieni di appunti, casse con oltre 20000 fotografie, 18000 metri di pellicola cinematografica e ben 108 volumi di scritture buddhiste donate dal Reggente di Lhasa alla Germania di Hitler.

Se i nazisti abbiano trovato qualcosa di interessante, non è dato saperlo.

Si è notato però che al ritorno della spedizione Schafer, riuscirono a costruire per la prima volta un razzo militare, il celebre V1.

Ma che cosa c'è di vero nell'ipotesi di una rete di cuniculi che collegherebbe punti diversi della Terra?

Le indagini geologiche hanno svelato gallerie sotterranee in Asia, come quelle dell'Anatolia, ma anche nel Sudamerica.

Nazisti in Tibet
Sopra, una rara foto della spedizione organizzata da Ernst Schäfer. In basso, una creatura mitologica dalla testa di coccodrillo e la proboscide di elefante chiamata *makara*, che guarda le alte cime dell'Himalaya.

Gioielli nascosti
In Sudamerica si troverebbero altre importanti gallerie, dove potrebbero essere stati nascosti dagli ultimi Inca dei preziosi manufatti in oro salvati così dalle razzie dei conquistatori spagnoli.

I segreti degli Inca

A parlare di misteriose strade nel sottosuolo del Sudamerica sono state le prime cronache sull'invasione del Perù. All'arrivo del condottiero spagnolo Francisco Pizarro, che conquistò l'Impero degli Inca, quella popolazione si stimava fosse di almeno dieci milioni di persone. Dopo quarant'anni, invece, ne rimasero poco più di un milione.

Secondo lo scrittore Eric Norman, molti di loro non erano morti, ma si erano messi in salvo nelle gallerie della zona con parte dei loro favolosi tesori. Gallerie, da quello che aveva saputo, che conducevano fin nelle viscere della Terra.

Nel 1689 un missionario spagnolo, Francisco Antonio De Fuentes y Guzman, scrisse una storia del Guatemala in cui, descrivendo le rovine di alcune antiche città, raccontò di particolari gallerie. Disse anche di averne visitata una: «*La mirabile struttura della galleria sotterranea del pueblo di Puchuta, fatta dal più solido cemento, continua a correre nelle viscere della Terra, coprendo la distanza di nove leghe (pari a circa cinquanta chilometri), fino al pueblo di Tecpan, in Guatemala. Una prova della potenza di quegli antichi re e dei loro vassalli*».

Ma le testimonianze sull'esistenza di misteriose gallerie non si fermano qui.

Un'antica pergamena attribuita a Felipe de Pomares, uno spagnolo dell'inizio del Seicento, e catalogata negli archivi di Cuzco, parlerebbe di una dama spagnola sposata a un discendente di un imperatore Inca assassinato. La donna si lamentava delle loro precarie condizioni economiche e, pensando che il marito conoscesse il posto dov'era custodito il tesoro, lo convinse a farsi condurre lì. L'uomo l'accontentò e, con gli occhi bendati, la fece entrare in una stanza piena di oggetti d'oro e d'argento, e di statue di antichi re Inca. Alla donna fu permesso di prendere solo una manciata di gioielli. L'episodio, però, non si ripeté più: quando lei chiese di ritornare nella galleria, suo marito la rimandò in Spagna dalla famiglia d'origine.

Caccia al tesoro perduto

Intorno alla metà dell'Ottocento, l'americano John Lloyd Stephens dedicò alle gallerie un libro illustrato, *Incidents of Travel in Central America, Chiapas and Yucatan*, in cui parlava di una ignota città dove gli indios vivevano come prima dei conquistadores. Da quel che l'autore aveva saputo, erano sopravvissuti alla furia degli spagnoli grazie a dei tunnel segreti che conducevano a un posto misterioso, "sottoterra ma luminosissimo".

Questo libro venne preso con tale serietà da riaccendere l'interesse per il tesoro perduto degli Inca. Si disse che un indio quechua in punto di morte si era confidato con un sacerdote cattolico al quale aveva rivelato l'esistenza di un incredibile sistema di gallerie e labirinti sotterranei che dovevano risalire a prima della comparsa degli Inca.

Il sacerdote, durante un viaggio verso la capitale Lima, raccontò la cosa a un italiano, che ne parlò poi con le autorità peruviane, proponendo di fare a metà di quanto avrebbero trovato. Ma nonostante una ricerca durata due anni, del tesoro di Atahualpa che speravano di trovare, non si vide traccia.
Ma la storia non doveva finire qui.

Oggetti votivi
Uomini o lama perfettamente lavorati in oro erano offerte per le divinità, delle quali dovevano propiziare i favori. Le civiltà sudamericane facevano delle offerte e dei sacrifici una vera e propria priorità.

Poteri controversi
Ancora oggi c'è chi considera Helena Petrovna Blavatsky un'abile ciarlatana e chi invece pensa sia stata la più grande sensitiva del suo secolo. Qui sotto, la valle degli Inca, nei pressi di Cuzco.

Il viaggio di Madame Blavatsky

L'avventuroso italiano incontrò Madame Blavatsky, alla quale raccontò che, anche se le ricerche si erano interrotte per mancanza di fondi, secondo lui il tesoro era più vicino di quanto si pensasse. L'entrata della galleria che li avrebbe portati fino all'oro doveva essere vicino ad Arica, nei pressi del confine peruviano.

La Blavatsky, che disse di aver visitato i luoghi, scrisse poi in un suo libro che uno degli ingressi segreti si trovava nei dintorni di Cuzco. Da quello che lei aveva saputo, permetteva di entrare in una immensa galleria che camminava verso Lima per poi piegare verso sud, tanto da raggiungere la Bolivia. All'interno del lunghissimo tunnel ci sarebbe stata anche una tomba reale, protetta da grandi lastre di pietra con incisi dei simboli ermetici.

A riprova delle sue affermazioni, Madame Blavatsky mostrava una mappa accurata della galleria, che lei stessa avrebbe ricevuto da un vecchio peruviano, disegno che oggi sarebbe conservato in India, nella sede della Società Teosofica da lei fondata. Nel raccontare del ritrovamento, spiegava anche che sarebbe stato impossibile recuperare il tesoro degli Inca, che doveva restare al sicuro «*fino a quando le ultime vestigia della dominazione spagnola scompariranno dall'intera America*».

Un mito attraverso il tempo

Le gallerie sotterranee del Sudamerica porterebbero anche ad una delle terre più solitarie del pianeta: l'Isola di Pasqua. Proprio da questo lembo di terra sperduto nell'immensità dell'oceano, partono delle lunghe gallerie, che sono però improvvisamente interrotte in prossimità del mare. Anche se può sembrare strano, ad Agarthi, alle sue infinite gallerie e ai tesori che ancora custodirebbe, si sono interessate nel corso dei secoli anche persone al di sopra di ogni sospetto. Tra questi pare ci siano stati anche i presidenti americani Theodore Roosevelt e Franklin Delano Roosevelt. Il primo si recò personalmente in esplorazione in Sudamerica, il secondo nel 1942 ricevette alla Casa Bianca due viaggiatori che dicevano di aver incontrato in Chiapas una tribù di indios di pelle chiara, che era a guardia di una vasta rete di gallerie sotterranee.
Ma prima di loro, anche grandi scienziati pare siano rimasti affascinati dal mito di Agarthi. Tra questi c'erano lo svizzero Eulero, il più grande matematico dell'Illuminismo, il francese Pierre-Louis Maupertuis, che nel Settecento con le sue misurazioni dimostrò lo schiacciamento della Terra sui poli ipotizzato da Isaac Newton e l'astronomo inglese Edmond Halley, lo scopritore della omonima cometa, che pare amasse addirittura farsi ritrarre con in mano la mappa di Agarthi. D'altra parte che cosa può avere più fascino di un mito ancestrale che promette di avere gli strumenti per salvare il mondo dal male?

Famoso per una cometa
L'inglese Edmond Halley, scopritore della omonima cometa, è stato astronomo, matematico, fisico e meterorologo ed era affascinato dal mito di Agarthi. Sotto, gli ipotetici cunicoli sotto l'Isola di Pasqua che porterebbero ad Agarthi.

Eldorado
il tesoro dell'uomo d'oro

I gioielli nel lago
Sotto, mani di uso votivo realizzate in oro. Le popolazioni andine e sudamericane in genere, erano molto esperte nell'arte orafa. In basso, il lago Guatavita.

È uno dei miti più longevi della storia, capace di smuovere armate e predatori da una parte all'altra del mondo. Quella dell'Eldorado, è una storia che nasce da una antica cerimonia ma che ha aperto le porte a una caccia all'oro mai vista prima, in paesi che purtroppo sono stati messi a ferro e fuoco.

Nei territori ora occupati dagli attuali Colombia, Perù ed Ecuador, l'oro era un materiale se non proprio comune, certo meno raro che in Europa. Più che per il suo valore venale, se ne apprezzava la bellezza e il significato simbolico.

I popoli andini pensavano che, come combinando i quattro elementi (cioè la roccia aurifera in qualità di terra e poi acqua, fuoco e aria), la materia bruta poteva trasformarsi in un metallo scintillante, così l'uomo, utilizzando al meglio le forze della natura, poteva passare dallo stadio primitivo a quello di essere superiore. Per rappresentare questo passaggio, colui che sarebbe diventato il re partecipava a una particolare cerimonia.

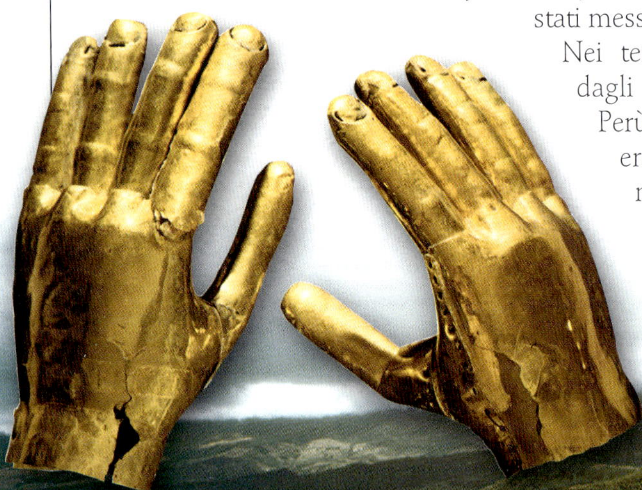

Il potere dell'oro
Questa incisione del Cinquecento illustra la cerimonia della "doratura" del sovrano che assume così l'appellativo di "El Dorado".

La zattera regale
Un manufatto in oro che raffigura la cerimonia muisca dell'El Dorado portato in barca al centro del lago Guatavita.

Completamente nudo, veniva ricoperto di una speciale resina chiamata "verniz de pasto", quindi gli veniva soffiata addosso con una piccola cerbottana una polvere d'oro. Così splendente, da cui il nome di "El Dorado" letteralmente "il dorato", raggiungeva con un'imbarcazione il centro del lago Guatavita, nell'attuale Colombia, e vi si immergeva quando il Sole era allo zenit, buttando in acqua anche gli ingenti tesori che aveva portato con sé. In quel momento anche i suoi sudditi gettavano nelle acque degli oggetti votivi di ogni tipo, spesso realizzati in oro.
I particolari di questa cerimonia erano però destinati a varcare l'oceano, provocando non pochi problemi.

Era il 1520 quando Hernán Cortés, tornato in Europa dopo la conquista del Messico, descrisse al re di Spagna la magnificenza dei tesori dell'imperatore azteco Montezuma: «*un disco a forma di sole, grande come la ruota di un carro e d'oro finissimo... venti anatre d'oro di squisita fattura... ornamenti a forma di cani, tigri, leoni, scimmie*» e tanto altro ancora.
Quello riportato da Cortés era un inventario che sembrava infinito, talmente abbondante e ricco da convincere la corte spagnola che esistesse una terra in cui l'oro era comune come da noi la pietra.

Un crudele conquistatore
Nel dipinto in alto, Hernán Cortés ordina ai suoi uomini il saccheggio del tesoro di un villaggio.
Fu per cercare oggetti in oro, come il centro del pettorale qui sotto, che uomini come Cortés hanno messo a ferro e fuoco il Sudamerica.

Un tesoro ben nascosto

In poco tempo la notizia di un uomo d'oro, "El Dorado", e della sua città chiamata Manoa, cominciò a diffondersi ovunque e ad assumere toni di leggenda. Ben presto si sparse la voce che in Sud Africa o in America Centrale si trovasse una terra ricchissima chiamata Eldorado in cui tutto, dai vestiti degli abitanti al vasellame, dalle strade ai templi, era lastricato d'oro. Da allora i conquistadores spagnoli, come i tanti che vennero dopo, non smisero più di cercare il mitico regno dell'oro. Ogni volta che veniva trovato un oggetto del prezioso metallo, la leggenda sembrava prendere corpo, alimentando ancora nuove scorribande. Nel 1545 si cercò anche di dragare in maniera organica il lago Guatavita, dove si pensava si potessero trovare grandi quantità di manufatti in oro e pietre preziose.
Dopo il 1580 Antonio de Sepulveda, un mercante di Bogotà, con il lavoro di ottomila indios scavò una galleria nei pressi del lago, riuscendo a far defluire così tanta acqua da abbassarne il livello di ben venti metri. L'impresa fallì sanguinosamente per il crollo dei nuovi argini, ma gli oggetti preziosi così ritrovati, compreso uno smeraldo delle dimensioni di un uovo, furono in parte inviati al re di Spagna Filippo II, alimentando ulteriormente il mito.
Centinaia e centinaia di indios furono torturati e uccisi perché rivelassero ciò che non potevano sapere. Centinaia di conquistadores persero invano la vita nella foresta o sui duri sentieri delle Ande alla ricerca di una città ricoperta d'oro che non potevano trovare. O almeno, non potevano trovare così come loro e gli avidi sovrani europei immaginavano che fosse.

Per scoprire delle tracce dell'Eldorado bisogna infatti cercare dove non si immaginerebbe mai di dover vedere.

Tutto comincia da una considerazione: fin dalla notte dei tempi la conoscenza veniva tramandata attraverso scritti per pochi eletti, libri misteriosi sull'origine della nostra storia, con i segreti che ancora oggi non riusciamo a svelare.

Immense raccolte di testi antichi come quelle della Biblioteca e dell'Archivio Segreto Vaticano, con i suoi quindici chilometri di scaffali e documenti, tra i quali gli atti del processo ai Templari, ci tramandano la storia passata della nostra civiltà. Ma non solo: anche negli Archivi di Stato dei vari paesi e in quelli più inaccessibili dei grandi ordini religiosi, si trovano documenti irripetibili.

È qui che bisogna cercare le risposte che ci mancano sui grandi misteri storici.

È qui che si sta spostando la ricerca archeologica. Ed è qui che forse si trova la prova dell'esistenza di uno dei più grandi miti della nostra storia, proprio in mezzo a libri con centinaia di anni.

Senza pietà
I conquistatori spagnoli venivano ritratti, sotto, nell'atto di sottomettere intere comunità azteche. In alto, una corona d'oro.

Dei insaziabili
Questa statuetta in oro mostra una divinità, presumibilmente assetata di offerte votive e di sacrifici.

La prova dell'Eldorado
Lo studioso Mario Polia mostra a Roberto Giacobbo la raccolta di lettere trovata nell'Archivio dei Gesuiti. In alto, l'archivio storico della Compagnia di Gesù.

Dispacci dalle missioni

L'Archivio Romano della Compagnia di Gesù è l'archivio centrale dell'Ordine dei Gesuiti, il posto nel quale sono custoditi i documenti più importanti e più antichi.
È stato voluto dallo stesso fondatore della Compagnia, S. Ignazio di Loyola, e conserva i documenti fin dai primi anni dell'Ordine.
E proprio ai primi anni risale un documento veramente eccezionale.
Nell'America del Nord, in Canada, i gesuiti furono i primi missionari, mentre le missioni in Africa furono soprattutto in Angola, Guinea, Egitto e Congo.
I Padri Generali chiedevano e ricevevano dalla periferia informazioni di vario genere. Ricevevano domande, mandavano risposte, direttive, permessi e nomine.
Per essere sicuri che le lettere inviate arrivassero a Roma, i missionari gesuiti spedivano più copie attraverso diversi mezzi, in quelle che venivano chiamate "prima via" e "seconda via".
Proprio in una delle lettere mandate da un missionario in America, uno studioso italiano, l'archeologo e antropologo Mario Polia ha trovato una traccia dell'Eldorado. Tra le righe inviate a Roma, si parlava del Paititi, l'altro nome dell'Eldorado, che si sarebbe trovato «*a dieci giornate discosto del detto Perù*».
Che cosa poteva essere successo?
Tra la fine del Cinquecento e l'inizio del Seicento, Padre Andrea Lopez, il missionario gesuita Direttore del Collegio del Cuzco, era venuto a contatto con il leggendario Paititi, ne aveva convertito il re ed evangelizzato le genti. Prima però, aveva avuto, attraverso il suo superiore, l'autorizzazione addirittura dal Papa a portare avanti la sua missione.
Da quello che risulta dalla lettera, gli abitanti del Paititi conoscevano la metallurgia, avevano un'architettura monumentale e un'organizzazione sociale tutt'altro

che tribale, ma che ricordava quella degli Inca. Un'anomalia rispetto alle popolazioni della zona, ma non era la sola.
Il missionario, infatti, scisse così a proposito degli abitanti del Paititi: «*sono homini bianchi come todeschi, et bellicosissimi et civili nel loro vivere*».
Il mito di uomini bianchi dai capelli chiari è ricorrente nella selva alto-amazzonica e si ritrova anche nella descrizione degli dei, ma tuttora non ha spiegazione.
Per quel che riguarda il regno, Padre Lopez affermava che era «*molto ricco et adornato d'oro, d'argento et di molte perle in tal maniera, che se ne servono nella cuccina di pignatte, et padelle, come di qual usiamo del metallo et ferro*».
L'Eldorado, quindi, esisteva veramente e la notizia della sua scoperta era arrivata alla Compagnia di Gesù e al Papa, che l'avevano tenuta nascosta a tutte le corti europee salvaguardando così quella popolazione lontana.
Un segreto tutelato fino a oggi e divulgato in modo da continuare a proteggere gli indios e la loro cultura, minacciata ancora ai nostri giorni da spietati cacciatori di tesori.

I missionari della Compagnia di Gesù

L'opera missionaria della Compagnia di Gesù era iniziata nel 1541 con S. Francesco Saverio, uno dei primi compagni di Ignazio di Loyola, il fondatore dell'Ordine. Partito da Lisbona, dopo avere circumnavigato l'Africa, Francesco Saverio raggiunse Goa, in India, poi arrivò nell'attuale Indonesia, e nel 1549 approdò nel Giappone, dove rimase oltre due anni. Morì nel 1552 alle porte della Cina. Con le sue lettere inviate dall'Oriente egli creò tra i giovani gesuiti d'Europa un incredibile entusiasmo per le missioni in Asia. Questi giovani furono chiamati *indipetae*, cioè aspiranti a essere inviati come missionari in India, in Cina, in Giappone e negli altri paesi asiatici. Questo comportava anzitutto un viaggio lunghissimo, che durava più o meno dai sei mesi a un anno, durante il quale molti morivano per malattia o per naufragio. I sopravvissuti, giunti nei luoghi di destinazione, avrebbero trovato condizioni di vita e di lavoro apostolico durissime. Le missioni però arrivarono fino in America, cominciando dal Brasile nel 1549, la Florida e il Perù nel 1569, il Messico, il Paraguay, il Cile e l'Ecuador.

In ogni angolo del mondo
Alle missioni dei sacerdoti dell'ordine fondato da S. Ignazio di Loyola (in alto, in un particolare di un dipinto di Rubens conservato al Kunsthistorisches Museum di Vienna) nel 1986 è stato dedicato anche un film, *Mission* (qui sotto, una scena).

Camelot
sulle tracce della saga di Re Artù

La ricerca del Graal
La sacra coppa è sempre stata il fine di Re Artù e dei cavalieri della Tavola Rotonda, ritratti in basso in questo dipinto di Edward Burne-Jones del 1890 mentre partono proprio alla sua ricerca, armati di scudi e lance.

È la città ideale del Medioevo, immaginata tra spettacolari foreste incantate, con le sue torri, i suoi castelli, la sua ricchezza e, al tempo stesso, la sua armonia. Nel mito, Camelot si trovava in un luogo senza tempo in cui il codice cavalleresco dettava legge. In quella che veniva descritta come la reggia di Re Artù c'era posto solo per le imprese dei cavalieri, il loro onore e i loro sentimenti. Oltre alla lealtà era importante l'amore per una dama, nel nome della quale si era pronti ad affrontare indicibili sfide per difendere gli oppressi, anche a rischio della propria vita.
Al centro della leggenda c'era Artù, che molti identificavano nel valoroso cavaliere che nel V secolo d.C. era riuscito a unire i Britanni nella lotta contro i Sassoni invasori.

Era il periodo della rinascita celtica, quando non erano solo i re a governare ma anche i sacerdoti, i druidi.

Merlino, uno dei personaggi più affascinanti ma anche più complessi del mondo arturiano, doveva probabilmente essere proprio un druido di alto livello e di grande autorità.

Forse è stata la combinazione tra Merlino e Artù a spingere i Britanni a schierarsi uniti, dopo che i Romani lasciarono il paese, per andare contro agli invasori.

E, secondo la tradizione letteraria, è stato con il potere magico e spirituale datogli da Merlino che Artù fu in grado di estrarre la spada dalla roccia: quella spada che molti ancora oggi vedono come il simbolo della sofferenza della terra, il segno tangibile della sofferenza britannica.

Partendo da Camelot e con l'aiuto di Merlino, Re Artù sarebbe stato capace di riscattare quella sofferenza, che durava da quasi quattrocento anni a causa dell'invasione romana, rendendo di nuovo la Britannia un luogo di grande valore economico, politico e spirituale.

La corte ideale
I cavalieri trovavano a Camelot il riposo dopo le battaglie, oltre a pace e armonia in ogni suo aspetto. Un'oasi in un'epoca dilaniata dai conflitti.

Il trono di Re Artù
Il rispetto dei cavalieri per il grande sovrano era massimo. Sotto, in un manoscritto francese quattrocentesco del *Lancelot du Lac* compare l'immagine di Re Artù nella sala del trono.

L'immagine di un re

Da sempre la figura di questo sovrano leggendario affascina ma pone anche degli interrogativi. Chi era davvero Artù? È esistito realmente o è solo un'invenzione letteraria?

Si pensa che, con la conquista sassone, in alcuni angoli della Gran Bretagna, come il Galles e la Britannia, si sia dato corpo al ricordo di quell'eroe del passato, un mito destinato a espandersi e ad avere vita lunga. Intorno alla metà del XII secolo i re d'Inghilterra, che stavano gettando le basi di un grande regno che comprendeva anche buona parte della Francia, ebbero bisogno di qualcosa che li legittimasse davanti all'aristocrazia normanna ma anche di fronte alle popolazioni celtiche e anglosassoni. Dovevano in sostanza trovare un elemento capace di avvicinarle e allo stesso tempo essere così importante da competere con i sovrani francesi e con quelli dell'Impero romano-germanico.

I primi infatti custodivano a Reims la Sacra Ampolla con l'olio usato per l'unzione dei sovrani che sanciva la loro investitura e che, secondo la tradizione, era stato portato direttamente dagli angeli; inoltre tenevano nell'abbazia di Saint-Denis l'Orifiamma, il vessillo dato da Dio all'imperatore Carlomagno. I tedeschi invece basavano la sacralità del loro potere regale sulla Cappella Palatina di Aquisgrana, dov'erano conservate le spoglie dello stesso Carlomagno. Che cosa poteva essere altrettanto forte?

La soluzione arrivò da un insieme di tradizioni popolari europee e di scritti a queste ispirati, tra i quali spiccava una primordiale figura di Artù. Tra l'VIII e il IX secolo nella *Historia Britonum* di Nennio, si parlava di un "Arturus Rex" che si rifaceva alla figura di un funzionario romano della Britannia, Lucius Artorius.

Nel X secolo, negli *Annales Cambriae* si narrava invece di una vittoria dei Britanni sui Sassoni avvenuta intorno al 516 d.C. e si riportava la storia del re Arturus, che per tre giorni di seguito avrebbe portato sulle spalle la croce di Cristo.

La Tavola Rotonda
Questa illustrazione del Quattrocento mostra i cavalieri riuniti a consiglio seduti intorno alla celebre tavola dove occupavano posti tutti uguali. Tra di loro c'era anche Lancillotto del Lago, nell'immagine in basso, che viene descritto come il cavaliere più fidato e valoroso del re.

La leggenda a corte

Le diverse storie su Artù avrebbero poi trovato una loro organicità nel XII secolo: nel 1135 con la *Historia Regum Britanniae* di Goffredo di Monmouth e nei due anni seguenti con il *De antiquitate Glastoniensis Ecclesiae*, scritto da Guglielmo di Malmesbury.
La prima delle due opere venne tradotta e diffusa largamente sia in Inghilterra sia in Francia, tanto che ispirò anche il *Roman de Brut* di Wace, dedicato nel 1155 a Eleonora d'Aquitania, nel quale viene descritta approfonditamente la Tavola Rotonda con i cavalieri che, sedendo in circolo, avevano tutti la stessa importanza.
Far sedere tutti su una seduta uguale, senza che nessuno avesse una posizione dominante, e servire tutti nello stesso modo, permetteva di rendere inequivocabile l'unità del gruppo.
Ma è stato con un poeta francese, Chrétien de Troyes, che si è parlato per la prima volta di Camelot. Intorno al 1165 egli scriveva degli splendidi romanzi in versi alla corte della regina Maria di Champagne, figlia di Eleonora di Aquitania, accanto alla quale stava nascendo la cosiddetta cultura cortese.
Le storie nascevano da un insieme di antiche leggende celtiche e suggestioni contemporanee, spesso ispirate da Maria. E proprio a lei Chrétien dedicò il *Lancelot*, scritto nel 1176, al quale seguì tra il 1181 e 1190, il suo *Perceval, ou le conte du Graal*.
È nel *Perceval* che si parla per la prima volta del Graal descritto come una coppa o un bacino. Secondo gli studiosi si tratterebbe in realtà della rielaborazione di un antico mito celtico, che avrebbe avuto delle corrispondenze anche nel mondo baltico, germanico, persiano e arabo. Quello che però prima veniva considerato una sorta di recipiente incantato, acquista qui un carattere cristiano, reso sacro dal contatto diretto con Gesù Cristo.
Chrétien chiamò poi Camelot la reggia di Artù, e diede vita a importanti protagonisti come Percival e Lancillotto.

Racconti celtici e leggende toscane

Tra le fonti più importanti dalle quali ha preso vita il mito di Artù, ci sarebbe anche il *Mabinogion*, una raccolta di undici racconti in lingua gallese risalenti a un periodo precedente l'XI secolo ma che riportano storie narrate diversi secoli prima. Così, personaggi fondamentali come Artù, Merlino, Ginevra e Morgana appaiono derivare da eroi o divinità della tradizione celtica, che ha avuto una vasta diffusione in più parti d'Europa. Con tutti i contrasti che storicamente hanno coinvolto la civiltà dei Celti, quindi con influenze dei Romani prima e dei Germani poi. E se nel mito della Tavola Rotonda ci fosse anche qualcosa di italiano?

Chi non conosce l'episodio nel quale il giovane Artù, grazie alla sua nobiltà d'animo e all'aiuto di Merlino, riesce a estrarre la "spada nella roccia" e a diventare re? Forse potrebbe avere delle radici a noi molto vicine.

Una cappella rotonda in piena Toscana è legata a una storia che ha molti punti in comune con Camelot. Tutto ha inizio verso la fine del XII secolo a Montesiepi. Protagonista è Galgano Guidotti, nato nel 1148 a Chiusdino, unico figlio di una ricca famiglia toscana. Da giovane conduceva una vita dissoluta ma all'età di 32 anni vide in sogno il principe degli angeli, Michele, che gli ordinò di seguirlo e di lasciare ogni suo avere.

La spada nella roccia
Sarebbe stato il giovane Artù a estrarre Excalibur dalla roccia, come previsto da Merlino, e a portarla sull'altare della Cattedrale. Alla leggenda sono stati dedicati innumerevoli film e romanzi.

Galgano ricevette direttamente dai dodici apostoli anche l'ordine di costruire una rotonda a Montesiepi, nella quale doveva poi ritirarsi a vivere da eremita.
A nulla servirono le insistenze della madre e degli amici perché non desse seguito allo strano sogno.
Secondo la leggenda, un giorno il suo cavallo si imbizzarrì e lo condusse proprio a Montesiepi.
Qui Galgano conficcò a terra la sua spada, con l'intenzione di farne una croce, ma incredibilmente questa restò bloccata nella roccia viva.
Un miracolo che precede di circa vent'anni il mito di Excalibur e il primo racconto del ciclo del Graal, con Re Artù e i Cavalieri della Tavola Rotonda.
E questa non è solo la prima ma anche l'unica spada nella roccia che sia mai stata realmente trovata.
Tornando alla leggenda, in un baleno si sparse la voce di quella spada, la cui impugnatura aveva assunto la forma di una croce, e il piccolo paese di Montesiepi diventò meta di pellegrini in cerca di miracoli. Galgano morì di stenti nel 1181 e fu canonizzato in gran fretta nel 1185. Che non si sia trattato solo di una leggenda è testimoniato anche da uno studio dell'Università di Pavia secondo la quale la spada risalirebbe proprio al XII secolo. Ma che cosa avrebbero in comune le figure di San Galgano e di Artù?
Nel 1190, solo nove anni dopo la morte di Galgano, Chrétien de Troyes scrisse il *Perceval*, nel quale raccontava appunto di Re Artù, dei Cavalieri della Tavola Rotonda e della spada nella roccia. Con uno dei cavalieri, Galvano, che ha un nome molto simile a quello dell'eremita italiano e che nelle raffigurazioni dei Cavalieri della Tavola Rotonda impugna spesso la spada di Artù, Excalibur. Ma Galgano e Re Artù potrebbero essere lo stesso personaggio?
Il Santo non è stato molto venerato dai suoi contemporanei e forse il suo messaggio di pace, con la spada trasformata in croce, non era proprio quello che ci voleva in un'epoca dura come quella delle crociate. Può essere allora che la sua storia sia stata trasformata in qualcosa di più utile alla causa cristiana, e la sua spada sia diventata un'arma invincibile contro gli infedeli?

La vera origine del mito
È a San Galgano (in alto vicino a un'immagine della basilica), che si dovrebbe invece ricondurre la vera storia della spada nella roccia che viene tutt'ora conservata nella cappella dedicata al santo.

I racconti su Artù
Il mitico re inglese è comparso tra l'altro in un mosaico della Cattedrale di Otranto risalente al 1165, qui sopra il particolare. In alto a destra, Artù bambino viene affidato al mago Merlino, in una miniatura trecentesca. Qui sotto, Artù e i Cavalieri della Tavola Rotonda in partenza in una miniatura italiana della fine del XIV secolo.

La saga continua

Un'altra considerazione ci porta sempre in Italia: la leggenda di Artù scritta da Chrétien de Troyes, è arrivata da noi un secolo più tardi, quando la Basilica di San Nicola a Bari era già stata costruita e consacrata. Ma com'è possibile allora che Artù e il Graal vi siano stati rappresentati con così largo anticipo? Probabilmente esisteva una tradizione orale anche italiana che Chrétien si sarebbe limitato a mettere per iscritto.

La saga arturiana è comunque proseguita, estendendosi e ampliandosi nel tempo. Con le opere conosciute come il "Ciclo della Vulgata", scritte nei primi anni del 1200, vennero aggiunti altri spunti poetici. In diverse parti d'Europa si narrarono nuove storie dei Cavalieri della Tavola Rotonda e del loro re.

Intorno al 1210 il tedesco Wolfram Von Eschenbach scrisse il suo *Parzival,* nel quale avevano un gran peso gli elementi esoterici. Ma solo verso il 1450, con *Le Morte Darthur* di Sir Thomas Malory, furono messi insieme tutti gli elementi della storia di Re Artù come la conosciamo noi. Vi si racconta, infatti, della nascita di Artù, della sua tutela da parte di Merlino, della sua ascesa al trono d'Inghilterra per essere riuscito a estrarre la spada Excalibur dalla roccia, della Tavola Rotonda a Camelot, dell'amore

proibito tra Lancillotto e Ginevra, della nascita di Mordred dall'unione incestuosa tra Artù e la sua sorellastra Morgana, della ricerca del Graal fino alla stessa morte di Artù in battaglia contro Mordred e del suo riposo ad Avalon.

Nei secoli la passione per la saga di Re Artù e dei suoi cavalieri non si è mai sopita. Anzi, si è sempre cercato di dare una fisionomia reale a quelle che dovevano essere solo invenzioni letterarie.

La stessa Camelot è stata identificata già molto tempo fa dall'archivista di Enrico VIII nel cosiddetto castello di South Cadbury, nel Somerset. Che però, a giudicare dai resti ritrovati, non era un castello nel senso tradizionale ma piuttosto una sorta di collina un tempo fortificata, il quartier generale di una vasta armata di cavalieri. Secondo le leggende locali, Re Artù e i suoi cavalieri scenderebbero ancora dalla collina nelle notti del solstizio d'estate e in quelle del solstizio d'inverno, più precisamente a Natale, per recarsi alla vicina sorgente a rifocillare i loro cavalli.

Un altro luogo associato ad Artù è il castello di Tintagel, le cui rovine si trovano su un promontorio della costa della Cornovaglia. Qui sono stati trovati resti di epoca tardo romana e reperti provenienti dalla Francia e dal Nord Africa.

Nel castello di Winchester invece, si è creduto di riconoscere, in uno splendido tavolo circolare in quercia, la mitica Tavola Rotonda, prima di scoprire però che si trattava di un manufatto di epoca medievale.

C'è poi chi ha voluto identificare Camlann, il campo di battaglia nel quale Re Artù morì, con Camelford, anch'esso in Cornovaglia, ipotesi però mai confermata dal ritrovamento di reperti.

Infine, lo specchio d'acqua nel quale Artù, ferito a morte, ordinò a Sir Bedevere di gettare Excalibur, la sua spada incantata, sarebbe quello di Dozmary, dal quale ancora oggi qualcuno spera di veder uscire la Dama del Lago.

Luoghi leggendari
In alto, su un promontorio della Cornovaglia si trovano i resti del castello di Tintagel che per alcuni fu la dimora del mitico sovrano. Qui sopra, una miniatura trecentesca riporta un episodio finale della storia di Artù. Secondo un racconto, sentendosi prossimo alla morte Artù gettò in un lago Excalibur per non farla finire in mani nemiche, e una mano di donna la raccolse e la mise al sicuro sotto le acque.

Avalon
fra le nebbie dell'isola che non c'è

L'ultima dimora di Artù
Il re morente si troverebbe ad Avalon in attesa del momento giusto per il suo ritorno nel mondo dei vivi.

È un'isola leggendaria, cara alla tradizione celtica e al mito di Re Artù.
Proprio ad Avalon il sovrano sarebbe stato sepolto, in attesa di tornare in difesa della Britannia, quando ce ne sarà bisogno. Veniva chiamata anche "inis witrin", cioè isola di vetro, per via di una pianta sui toni dell'azzurro, e veniva identificata anche con il Regno delle fate che, come tutto ciò che fa parte del cosiddetto Piccolo Mondo, è molto amato in Gran Bretagna.
Ad accostare il nome di Artù ad Avalon è stato nei primi decenni del 1100 Goffredo di Monmouth che, nella sua *Historia Regum Britanniae,* fece concludere nella magica isola l'esistenza terrena del re.
Ma quello che sembrava essere soltanto un luogo mitologico e letterario, trovò invece una sede reale alla fine del XII secolo.
Tutto era cominciato nel 1184 con un incendio nel monastero di Glastonbury, nel sud della Gran Bretagna. I monaci benedettini, che in un primo tempo erano stati aiutati da re Enrico II, si trovarono in forti difficoltà economiche quando, alla sua morte, gli succedette il figlio. Per trovare risorse da dedicare al restauro degli edifici distrutti dalle fiamme,

cominciarono a scavare in cerca dei resti di Artù, così come aveva suggerito un bardo gallese al re.
Incredibilmente nel 1190, a circa tre metri sottoterra nella Cappella della Madonna, portarono alla luce una canoa scavata nella quercia nella quale scoprirono le ossa di un uomo molto più alto della media, insieme a uno scheletro ben più piccolo che ancora aveva attaccata una treccia di capelli biondi. Inoltre, trovarono una croce di piombo con su scritto: *Hic Iacet Sepultus Inclytus Rex Arthurius In Insula Avallonia Cum Uxore Sua Secunda Wenneveria*, cioè "Qui giace sepolto l'inclito re Arthur nell'isola di Avalon con la sua seconda moglie Ginevra". A parte i dubbi sul latino, che gli esperti definiscono del periodo medievale e non di quello arturiano, il ritrovamento aprì nuove prospettive sia per i monaci sia per il luogo. L'isola di Avalon raccontata da Goffredo di Monmouth venne improvvisamente identificata con la collina di Glastonbury, nel Somerset. Quella che oggi è la pianura che circonda la collina, un tempo era un insieme di terreni acquitrinosi, che dovevano dare l'idea di un lago con un'isola al centro. Scavi archeologici accurati hanno provato che per raggiungere la collina di Glastonbury, il Glastonbury Tor, con il suo campanile abbandonato, un tempo era necessario usare una barca.

La regina Ginevra
Le ossa a lei attribuite raccontano di un fisico minuto e di una lunga treccia di capelli biondi.
Qui in alto, la sposa di Artù in un dipinto ottocentesco di Edward Burne-Jones.

Sulla tomba di Re Artù
In alto, la rocca di Glastonbury identificata con la mitica Avalon. Un semplice cartello indica il luogo dove sono state trovate le ossa di Artù e Ginevra, ritratti insieme, in alto a destra, in una miniatura di un manoscritto del Quattrocento.

La porta per l'aldilà

In poco tempo la voce passò di villaggio in villaggio e di paese in paese, portando a Glastonbury pellegrini da ogni parte.
I resti di Re Artù e di Ginevra attirarono gente in quantità, alimentando il mito.
Con il denaro affluito nelle casse dei religiosi, il monastero fu prontamente ricostruito e le ossa ritrovate vennero chiuse in due scrigni preziosi, poi deposti davanti all'altare maggiore in una tomba di marmo nero.
I monaci poi scavarono ancora, trovando i resti di quelli che identificarono come San Patrizio, Santa Gilda e l'arcivescovo Dunstano, che però giaceva già da due secoli nella cattedrale di Canterbury.
Quando Enrico VIII soppresse i monasteri, le presunte ossa di Artù e Ginevra scomparvero misteriosamente.
Ancora oggi, però, davanti al luogo dove venne trovata la tomba, si inginocchiano persone in preghiera, come se i secoli non fossero mai passati.
Un motivo della devozione che ancora regna dalle parti di Glastonbury, risiede nel fatto che da sempre questa zona è stata ritenuta uno dei luoghi più sacri della Gran Bretagna. Qui, in quella che viene considerata la mitica Avalon, fin dall'antichità si credeva ci fosse la porta d'accesso agli inferi. Nella piccola valle tra la torre di Glastonbury e la collina di Chalice c'era un tempo una grotta e lì, per l'antica tradizione celtica, si trovava l'entrata nell'aldilà. E nel mondo celtico l'anima conduce un eterno viaggio, perché non muore mai e si incrocia tra questa e l'altra vita.
Una leggenda che ha avuto una grande fortuna, visto che questo è il posto in cui anche Re Artù avrebbe aperto la sua porta per l'altro mondo.
Si narra che, dopo che fu ferito durante la battaglia a Camlann, fu portato in questi luoghi e da qui vi entrò anche se, secondo il mito, non sarebbe morto ma dormirebbe aspettando di risvegliarsi per guidare ancora il suo regno.

Giuseppe di Arimatea
Una miniatura dell'inizio del XIV secolo, qui a destra, mostra il santo mentre raccoglie il sangue di Cristo ai piedi della croce. A sinistra, la fonte del Chalice Well con la sua acqua rossastra.

Oggetto di culto
Al centro della Tavola Rotonda si trova il Santo Graal, sorretto da due figure angeliche. Tutto intorno, i cavalieri raccolti in preghiera.

Una coppa leggendaria

Qui a Glastonbury, inoltre, sembra molto forte la presenza della reliquia più ambita della storia: il Santo Graal. A collocarlo in questa zona non sarebbe stata solo la sua affannosa ricerca da parte di Re Artù e del suo maestro, il mago Merlino, ma soprattutto la leggenda di un viaggiatore molto speciale, giunto nel sud della Gran Bretagna molto tempo prima: Giuseppe di Arimatea.

Ma che significa Graal? Il termine deriva dal latino *gradalis*, che indicava una tazza, un vaso, un calice che, a seconda delle tradizioni, avrebbe avuto utilizzi diversi sempre però legati alle ultime ore di vita di Gesù. Secondo alcune versioni della leggenda medievale, il Graal sarebbe il calice nel quale avrebbero bevuto Gesù e gli apostoli durante l'Ultima cena. Secondo altri sarebbe invece la coppa nella quale Giuseppe di Arimatea avrebbe raccolto il sangue sgorgato dal costato trafitto di Cristo crocifisso.

La storia locale narra che fu proprio Giuseppe di Arimatea a prendere il calice usato da Gesù durante l'Ultima cena e, con il prezioso oggetto, sarebbe partito alla volta della Britannia, dove l'avrebbe nascosto seppellendolo proprio a Glastonbury. La tradizione vuole che, da quel momento in poi, l'acqua della sorgente che sgorga ai piedi della Glastonbury Tor sia diventata rossa come il sangue di Cristo.

Il pozzo del calice
Roberto Giacobbo mostra il Chalice Well di Glastonbury, il pozzo nel quale sarebbe stato gettato il Santo Graal e dove, per alcuni, sarebbe tuttora conservato. Sotto, la Glastonbury Tor e un ramo del leggendario biancospino.

Poteri taumaturgici

Ma in realtà la sorgente dall'acqua rossastra e dal sapore metallico che si trova nel Chalice Well, il Pozzo del Calice, era già conosciuta da migliaia e migliaia di anni, a conferma del fatto che questo è sempre stato un luogo considerato sacro.
Pare infatti che per molti proprio il Pozzo del Calice rappresentasse la porta tra due mondi. La sua acqua sgorga da una fonte molto profonda e scorre a una temperatura costante e con la stessa potenza nel corso di tutto l'anno.
Persone da tutto il mondo la bevono per le sue proprietà curative, proprio perché credono che qui sia stato sepolto il Graal con i suoi infiniti poteri.
Anche di Giuseppe di Arimatea si conserva tuttora un ricordo indelebile. Si tramanda che, una volta arrivato, avrebbe piantato nel terreno il suo bastone e che da questo fosse nato un biancospino, pianta che viene considerata magica. Ancora oggi un biancospino viene coltivato e additato come quello di Giuseppe ai tanti visitatori di Glastonbury.
Leggende e antiche tradizioni si sono fuse nei secoli in quest'angolo di Gran Bretagna. Ma non per tutti sarebbe questa la vera Avalon.

Se infatti Geoffrey Ashe nel libro *The Quest for Arthur's Britain* del 1968 identifica Avalon con Glastonbury e Camelot, il leggendario castello dei Cavalieri della Tavola Rotonda, con la fortezza neolitica di Cadbury, proprio tra il Somerset e il Dorset, altri studiosi hanno proposto nel tempo altri luoghi.
Già nel 1250 si era parlato di una Avalon in Burgundia e persino in Sicilia.
Sir John Rhys, invece, alla fine dell'Ottocento elencò ben dieci possibili isole di Avalon e cioè, oltre Glastonbury, anche Gower, Aberistwyth, Gresholm, Shilly, Bardsey, Puffin, Man, Tory e Anglesey.
Molto più di recente, in *King Arthur* del 1986, la ricercatrice Norma Lorre Goodrich non considera valida la tesi di Glastonbury ormai accettata da buona parte degli studiosi, ma sostiene invece che Avalon sarebbe il castello di Peel nell'Isola di Man.
Che si trovi in un posto piuttosto che in un altro, però, la magia di Avalon continua a far sognare. Prova ne sono i tanti visitatori che ogni giorno affollano il Chalice Well per berne l'acqua sacra o che si aggirano tra le rovine dell'Abbazia di Glastonbury, finendo spesso per inginocchiarsi davanti a quella che credono sia la tomba del grande e mitologico Re Artù.

La morte di Artù
Gli ultimi istanti di vita dell'amatissimo sovrano inglese sono stati ripresi da innumerevoli dipinti. Sotto lo vediamo vegliato nel momento della morte in un dipinto di fine Ottocento di Edward Burne-Jones.

Vinland
il sogno vichingo d'oltremare

Era la terra promessa dei Vichinghi, scoperta per caso durante un viaggio avventuroso, narrata per generazioni dalla *Grœnlendinga saga* o Saga dei Groenlandesi e dalla *Eiríks saga rauða* o Saga di Erik il Rosso. Per conoscere la sua storia bisogna partire proprio da lui, Erik il Rosso, forse il più famoso di tutti i Vichinghi.
Con un carattere tutt'altro che arrendevole, Erik era nato intorno al 940 in Norvegia. Il suo soprannome derivava forse dal colore dei capelli ma anche dal tanto sangue che si sarebbe lasciato alle spalle. Per le ripetute risse, scaturite anche in un omicidio, era stato esiliato ed era quindi andato con la famiglia e con i suoi schiavi in Islanda. Qui però aveva ceduto alla violenza ancora una volta, venendo di conseguenza nuovamente cacciato. Costretto dagli eventi, partì alla ricerca di una nuova terra. Navigando verso nord-ovest giunse in un paese ricco di vegetazione, che lui chiamò Groenlandia, cioè terra verde.
A noi oggi questo nome suona strano, ma in un tempo remoto in quella terra ci dovevano realmente essere distese di conifere, pini e abeti, con temperature relativamente miti e un'abbondanza di insetti, farfalle e altri animali.
Gli studi sul DNA di organismi sepolti in strati profondissimi di ghiaccio, hanno portato alla conclusione che il territorio che oggi vediamo gelato per più dell'80%, meno di un milione di anni fa era un'enorme isola ricoperta di foreste.
Dopo l'ultima glaciazione, un nuovo cambiamento climatico di breve durata, detto periodo caldo medievale, che durò dal IX al XIII secolo, rese la Groenlandia una terra più ospitale di quanto non lo sia ai nostri giorni. E così dovette apparire agli occhi di Erik.

I Vichinghi, guerrieri ed esploratori
Erik il Rosso, in basso a destra, è ricordato come un fiero conquistatore. Qui sotto, i resti di un insediamento vichingo a Brattahlid, in Groenlandia.

Navi potenti
Erano studiate per affrontare anche il mare più duro e avevano la possibilità di andare nei due versi per entrare e uscire facilmente dai fiordi e dalle strette insenature delle coste nordiche.

Grandi marinai
I Vichinghi avevano una particolare abilità nautica, tanto da avventurarsi su rotte mai battute prima. Sopra, Leifur, il figlio di Erik il Rosso. Qui sotto, prora di nave vichinga del I millennio.

Verso una nuova avventura

Erik il Rosso esplorò con i suoi uomini questa terra accogliente e, finito il tempo della sua punizione, fece ritorno in Islanda. La sua intenzione era quella di reclutare altri uomini e ritornare per fare della Groenlandia una nuova patria. Un'impresa che riuscì ben presto a realizzare, fondando al suo ritorno diverse colonie vichinghe, dedite anche all'agricoltura.

Le gesta di Erik il Rosso superarono i confini del suo tempo ed entrarono nella leggenda, così come successe ai suoi figli e alle loro esplorazioni.

Tutto cominciò quando un mercante islandese di nome Bjarni Herjolofsson perse la rotta navigando verso la Groenlandia. Al suo sbarco nella nuova terra dei Vichinghi era solito raccontare sempre molte avventure, ma quello che riportò quella volta era veramente straordinario. Raccontò infatti che durante la navigazione si era imbattuto in un territorio completamente sconosciuto, che per prudenza era rimasto a bordo ma che era sicuro fosse un nuovo continente.

Anche senza molti particolari, la storia incuriosì il figlio secondogenito di Erik il Rosso, il giovane Leifur Eriksson, che chiese al padre il permesso di salpare verso quella misteriosa terra.

Dall'irruento genitore ottenne anche una grande quantità d'oro, con la quale acquistò la barca di Bjarni Herjolofsson e organizzò quanto serviva per l'avventuroso viaggio.

Vigne mai viste prima
La vendemmia, sopra in una miniatura medievale era per i Vichinghi una pratica sconosciuta. Sotto, vigneti nel nord del Canada: così dovette apparire la verde Vinland agli occhi di Leifur Eriksson; qui sotto una statua a lui dedicata.

Una terra generosa e accogliente

Il ragazzo era alto e forte e aveva fama di essere saggio e avveduto, così non ebbe problemi a organizzare un equipaggio, che nelle saghe nordiche era composto da trentacinque uomini alti, forti, con i capelli biondi e gli occhi azzurri, in grado di affrontare il freddo Mare del Nord per andare incontro all'ignoto. Così, nel 1001 grazie alle indicazioni di Bjarni, Leifur navigò nell'oceano Atlantico fino a raggiungere la terra del racconto che chiamò Helluland, "terra delle rocce lisce", perché la vide ricoperta di lastroni di pietra. Non sembrava però accogliente come si immaginava, così Leifur spiegò nuovamente le vele e si rimise in navigazione. Spintosi più a sud, sbarcò in un territorio pianeggiante e verde, con spiagge bianche digradanti verso il mare dietro le quali crescevano alberi alti e fitti. La battezzò Markland, "terra delle foreste" e probabilmente era la penisola del Labrador, una regione dell'attuale Canada.

La leggenda vuole che, proseguendo la navigazione verso sud, Leifur sia arrivato in una terra ricca di piante e animali, con i salmoni che saltavano nei fiumi, e che doveva corrispondere alla penisola di Terranova. È qui che i Vichinghi scoprirono l'uva, trovata durante un'escursione dal tedesco Tyrker, che per Leifur era come un padre. Lui, che era nato in una terra dove i vitigni crescevano rigogliosi, riconobbe subito il prezioso frutto e lo fece provare anche agli altri uomini dell'equipaggio. Era talmente abbondante da suggerire il nome del nuovo territorio: Vinland, cioè "terra del vino".

Un nuovo villaggio vichingo

Qui Leifur si fermò e, con i suoi uomini, diede vita a una prima colonia. Passato l'inverno, tornò in patria. Raccontò a suo padre e al suo popolo del nuovo e fertile territorio che aveva scoperto e mostrò loro l'uva e la legna, scarsa in Groenlandia, che aveva portato da quel luogo lontano. Nacque così il mito di Vinland, la ricca terra che avrebbe accolto i Vichinghi alla fine di un lungo viaggio.
Il primo a esserne affascinato fu un altro figlio di Erik il Rosso, Thorvald, che con altri uomini raggiunse la terra descritta dal fratello ma si scontrò con gli abitanti del posto, finendo per essere ucciso. Quando Leif Thorstein, il terzo figlio di Erik il Rosso, seppe della morte del fratello, decise di partire per riportarne a casa il corpo. Salpò quindi con la moglie Gudrid e altre trenta persone alla volta dell'ormai mitica Vinland, ma le pessime condizioni del mare lo riportarono nuovamente verso il porto di partenza in Groenlandia. Dopo la sua morte, Gudrid andò in sposa a un ricco mercante chiamato Thorfinn Karlsefni. Al tempo il mito di Vinland era ancora molto forte, tanto che Thorfinn volle verificarne di persona la fondatezza. Con la moglie, tre navi e oltre 150 uomini si mise in navigazione, portandosi dietro anche un'infinità di animali.
Una volta arrivato, organizzò una colonia che, però, non ebbe vita facile. Gli indigeni, infatti, non ne volevano sapere di dividere le loro terre con i nuovi venuti. Dopo scontri più o meno cruenti, ai Vichinghi non restò che riprendere la via del mare per ritornare in patria.

Primi insediamenti
I Vichinghi furono in effetti i primi esploratori a insediarsi in Nord America, fondando vere e proprie colonie.
Qui sotto, il villaggio vichingo ritrovato a L'Anse aux Meadows, nella penisola di Terranova.

Una scoperta emozionante
Helge Ingstad mostra il percorso che dovettero seguire i Vichinghi dalla Groenlandia a Terranova. Sopra, l'interno di una capanna a L'Anse aux Meadows.

I primi coloni del nuovo mondo

Ma che cosa c'è di vero nel mito di Vinland? Si tratta solo di una terra sognata da quegli uomini avventurosi o ci sono delle prove tangibili dei loro viaggi?
Quella che per secoli è sembrata essere solo una leggenda, narrata in più di una saga di generazione in generazione nei freddi paesi del nord, ha trovato infine un fondamento reale. Nel 1961 infatti, nella penisola di Terranova, in Canada, sono state ritrovate delle tombe vichinghe risalenti proprio all'XI secolo.
In un sito chiamato L'Anse aux Meadows, dopo anni di scavi l'esploratore norvegese Helge Ingstad e l'archeologa Anne Stine Ingstad, sua moglie, trovarono un antico villaggio con case e manufatti in perfetto stile vichingo.
Oggi il sito è stato inserito nel lungo elenco dei Patrimoni dell'Umanità stilato dall'Unesco e si ritiene che sia la più antica testimonianza europea in Nord America, secoli prima dello sbarco di Cristoforo Colombo.

Thule
la gelida terra delle ombre

Geografia fantastica
Pitea, qui sotto in un busto d'età classica, fu il primo a riportare la notizia di un'isola chiamata Thule. All'epoca molti dei testi che trattavano di geografia non si basavano su reali osservazioni, ma spesso riportavano dati leggendari.

È un'isola leggendaria, cantata dagli antichi ed esaltata dai nazisti.
Ne ha parlato per la prima volta il greco Pitea, che nei suoi diari di viaggio raccontava l'esperienza che aveva fatto intorno al 330 a.C. alla volta del Nord Atlantico. Era partito da Marsiglia e aveva costeggiato Spagna e Portogallo.
Lasciatosi alle spalle la Gran Bretagna, dopo sei giorni di navigazione era approdato in una landa che aveva definito "di fuoco e ghiaccio", nella quale terra, aria ed acqua si mescolavano l'una con l'altra e il Sole non tramontava mai: l'isola di Thule.
Questo racconto, però, non venne da subito considerato attendibile, anche perché non era chiaro se si trattasse di un posto realmente visitato o del quale Pitea aveva solo sentito parlare. Così, nel mondo antico dell'isola misteriosa si parlò come di una meta fantastica.
Sempre come un luogo mitologico la descrisse nel II sec. a.C. lo scrittore greco Antonio Diogene. Nei 24 libri del suo romanzo *Le incredibili meraviglie al di là di Tule*, raccontava di un viaggio immaginario in Europa e in Oriente, fino a luoghi della fantasia tra i quali c'era anche l'isola di Thule, che veniva descritta

come una terra in cui le notti duravano anche sei mesi.
A riparlarne trent'anni prima di Cristo è stato poi Virgilio. Il grande poeta latino nel primo libro delle *Georgiche* scriveva così: «*Dio diverrai del mare immenso sino all'estremo limite di Tule, unica divinità sacra ai marinai, e Teti ti vorrà genero col dono di tutte le onde*».
Dovevano passare ancora circa 150 anni perché si riparlasse seriamente di Thule. A farlo è stato uno dei più grandi geografi e astronomi del mondo antico, il greco Claudio Tolomeo. Nella sua *Geografia*, tra le coordinate di oltre 8000 località diverse in giro per il mondo, inserì anche la longitudine e la latitudine dei punti estremi dell'isola di Thule, dandone però una collocazione tale da renderne difficile l'identificazione.

Gli antichi pensavano in generale che si potesse trattare delle Isole Shetland, che si trovano al largo della costa settentrionale della Scozia, mentre in tempi più recenti si è pensato di identificare la Thule di Pitea con la Norvegia o con l'Islanda, la grande isola che lambisce il circolo polare artico.
L'ipotesi che potesse trattarsi dell'Islanda nasceva dal fatto che l'isola ha da sempre avuto un grande fascino.
Persino il grande scrittore Jules Verne collocava proprio in un vulcano islandese il punto di entrata per il suo fantascientifico *Viaggio al centro della Terra*.

Il mondo di Tolomeo
La carta del mondo, qui in basso, secondo la *Geografia* del greco Tolomeo (sopra in una miniatura) è stata per secoli l'immagine del mondo conosciuto.

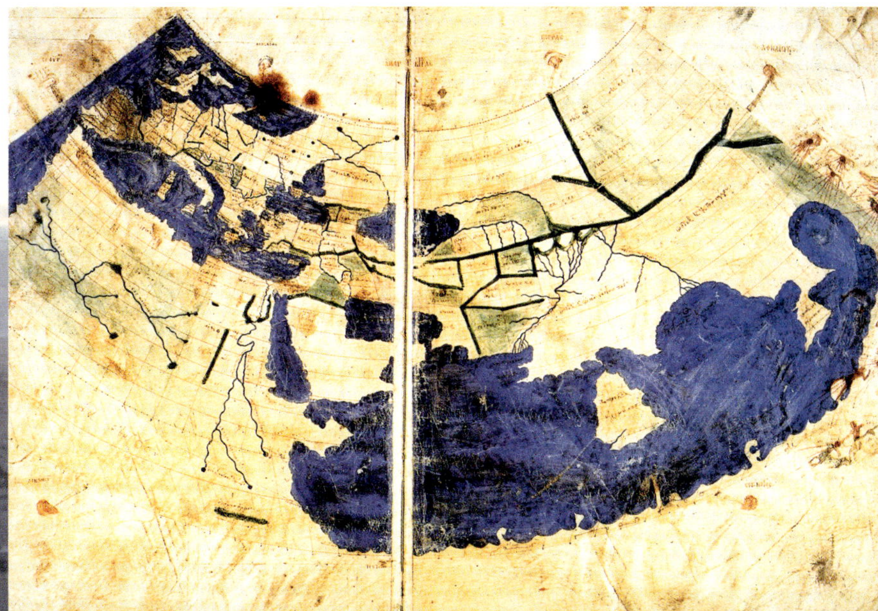

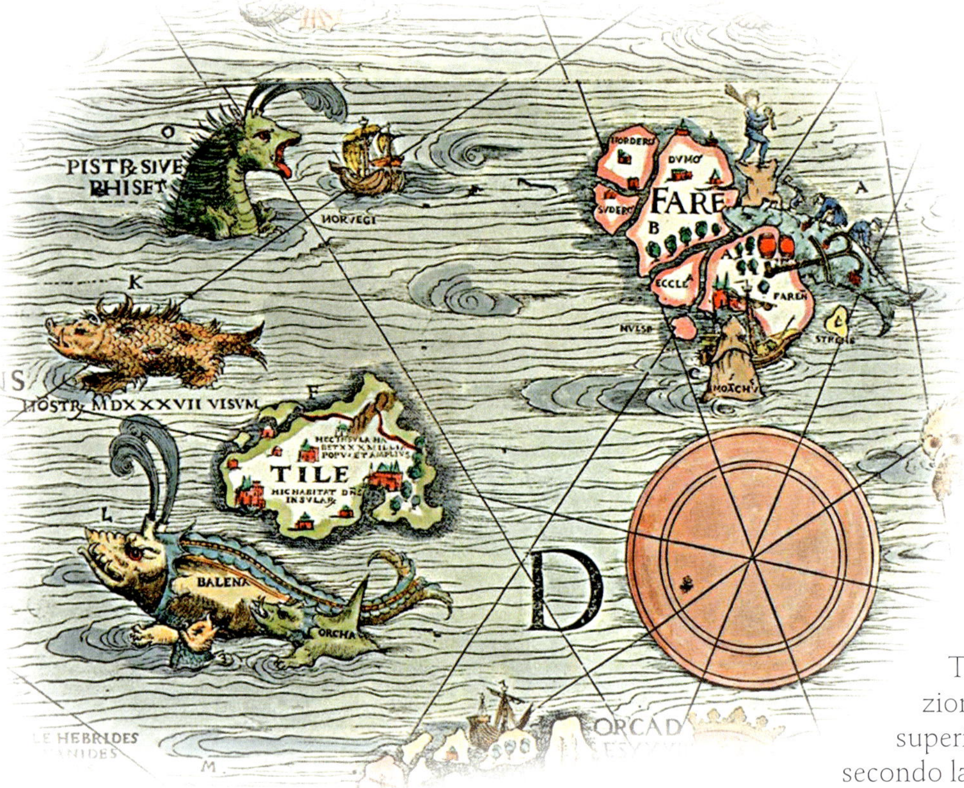

L'Ultima Thule è diventata infatti tristemente famosa grazie ad Adolf Hitler e alla sua folle passione per l'esoterismo.

Tutto risale al 1920, quando il nome dell'isola di Pitea compare come simbolo di un gruppo occulto tedesco: Thule Gesellschaft, la Società Thule.

L'ispirazione di questa congregazione era il Gruppo di Thule, una mitologica popolazione composta da una "razza superiore" che si era sviluppata, secondo la leggenda, circa tre o quattromila anni fa nel vasto deserto del Gobi, nell'Asia centrale.

A segnarne la fine era stata una calamità, così forte e disastrosa da aver mutato l'assetto di tutto il territorio circostante, rendendolo arido e desolato.

I "superiori" sopravvissuti si sarebbero allora spostati dalla Mongolia fino al nord dell'Europa, raggiungendo verso sud anche il Tibet, dove avrebbero dato origine alla razza ariana.

Inseguendo l'Ultima Thule
Una rara rappresentazione di Thule nella Carta Marina di Olao Magno del 1539, nella quale l'isola (qui denominata Tile) è situata vicino alle Orcadi, nel Mare del Nord. Ma in epoca moderna, si cercò questo luogo leggendario anche in Asia, seguendo le tracce della "razza superiore" che da lì avrebbe originato, dal deserto del Gobi (qui sotto) alle vette dell'Himalaya.

La patria di una razza superiore

Ma la realtà geografica non è mai stata importante quanto il mito, che in epoca medievale ha cambiato natura tanto da dare maggiore corpo alla leggenda dell'Ultima Thule. Il luogo che già per i Romani indicava tutti i territori che si trovavano "al di là del mondo conosciuto", era infatti destinato a colpire la fantasia anche in epoca moderna.

Un folle miraggio

Miscelando il mito dei "superiori" con quello del mondo sotterraneo di Agarthi, Adolf Hitler alimentò la sua nefasta fissazione per una missione che lo avrebbe visto protagonista di un grande cambiamento.

A confermare le utopie del Führer sarebbe stata anche la teoria di Hans Horbiger, che nel 1925 parlò di un ipotetico "ghiaccio cosmico" che sarebbe stato protagonista di spettacolari collisioni con gigantesche palle di fuoco, dando vita così all'intero universo.

Non contento, aveva anche aggiunto che proprio da questo ghiaccio sarebbero nati i cosiddetti "superiori sconosciuti", gli antichi progenitori della razza ariana.

Il miraggio di una stirpe di uomini superiori a tutti gli altri, di una società perfetta e dalle grandi potenzialità, degna di dominare l'intero pianeta, ha spinto Hitler a compiere i crimini che sappiamo. L'incredibile passione che aveva per

l'insieme di mitologia nordica ed esoterismo, aggiunta a una dose massiccia di razzismo e antisemitismo, crearono una miscela esplosiva. Tutto contribuiva ad alimentare il suo insano sogno: quello di arrivare a controllare il mondo.

E il faro al quale Hitler guardava per realizzare i suoi fini era appunto l'Ultima Thule.

Dalla Società Thule, infatti, ebbe inizio il primo nucleo del partito nazista, il Nationalsozialistische Deutsche Arbeiterpartei.

Nata il 18 agosto 1918 a Monaco, la Società Thule predicò da subito il ritorno della Grande Germania sulla scena della storia e i suoi valori erano l'antisemitismo e il nazionalismo: gli stessi mostruosi punti fermi di Hitler.

Il delirio nazista
In alto, un manifesto che chiama le ragazze tedesche al reclutamento nella gioventù hitleriana.
Qui sopra, il simbolo della Società Thule. Qui a sinistra, la svastica, simbolo solare e di ciclica rinascita, in un particolare di un rilievo indù.

Missioni deliranti
Fu Heinrich Himmler (sopra, affacciato sulla torre del castello) a far diventare Wewelsburg il centro esoterico del nazismo, a forma di punta come la Lancia di Longino rivolta verso l'Ultima Thule.

Il castello dei cavalieri neri

Nell'Ultima Thule confluirono poi delle influenze della cultura tibetana, stravolte in una nuova chiave. Inoltre, una parte importante la ebbero le dottrine di Helena Petrovna Blavatsky, la fondatrice della Società Teosofica Internazionale. Fu proprio lei a parlare di un contatto telepatico con i "superiori sconosciuti". Da loro avrebbe saputo dell'esistenza di una civiltà di eletti tra il Tibet e il Nepal. Gli appartenenti alla Società Thule avrebbero cercato di mettersi in contatto con loro attraverso la telepatia, ma anche con riti esoterici particolari. Dopo di loro furono gli adepti del Partito Nazionalsocialista Tedesco di Hitler a inscenare rituali e spedizioni, oltre a ricerche per trovare le prove scientifiche, storiche e archeologiche dell'origine ariana dei tedeschi. Sempre con l'idea fissa di far rinascere la razza perfetta.

Per questo Heinrich Himmler, il fondatore delle famigerate SS, organizzò nel castello di Wewelsburg, in Westfalia, nella Germania settentrionale, una struttura esoterica che, nelle intenzioni sue e del Führer, avrebbe dovuto dare a Hitler e alla Germania il controllo del mondo. Nel castello si compivano riti magici, meditazioni e ricerche scientifiche. I pochi eletti che erano ammessi facevano parte di un vero e proprio ordine cavalleresco religioso: l'Ordine Nero delle SS.

Lo stesso castello aveva una forma particolare, studiata per riprodurre la Lancia di Longino, la lancia con la quale era stato trafitto il costato di Gesù sulla croce, una reliquia che avrebbe dato ad Hitler un immenso potere, e la cui punta era diretta proprio verso l'Ultima Thule.

I nazisti non si fermarono davanti a nulla pur di raggiungere ciò che Hitler voleva. Andarono dall'Asia all'America Latina, dall'Antartide all'Africa e anche nella stessa Europa, alla ricerca del mitico popolo degli Ariani, la razza pura da cui sarebbero discesi i Germani.

Come sia finito il delirio di Hitler e delle SS è noto a tutti. Ma forse non è così noto che gli ultimi a stare vicino al dittatore nell'ora della fine sono stati proprio dei soldati tibetani, estremo baluardo del sogno dell'Ultima Thule.

Il cuore del terrore
Nella stanza circolare in alto si riunivano i dodici prescelti delle SS, ognuno su un sedile di pietra, per dare vita a cerimonie esoteriche segrete. Sul soffitto incombeva la svastica, qui sopra.

Shangri-La
il Paradiso sulla Terra

È un luogo ideale, magicamente nascosto in un angolo incontaminato dell'Asia, in cui vivrebbe una comunità spirituale veramente unica. Un posto irraggiungibile, nel quale la pace convive con la bellezza e l'amore con la tradizione. Una terra straordinaria, nascosta agli occhi maliziosi della nostra civiltà.
Ma che cos'è veramente Shangri-La?
È solo frutto di fantasia o è realmente esistita, magari in un tempo lontano?
La Shangri-La da cui tutto ha avuto inizio è quella raccontata da James Hilton in un romanzo di avventure, *Lost Horizon*, orizzonte perduto.
Il libro, scritto nel 1933 e ispirato all'esperienza asiatica di alcuni missionari, era in realtà poco più di un racconto.
Tra le sue pagine, però, era celato un mito destinato ad affascinare il mondo.
Al centro della narrazione c'era una valle ferma nel tempo e una lamasseria protetta dalle alte cime dell'Himalaya, nel Tibet occidentale, un angolo di mondo tra i più inospitali e meno popolati.
Qui veniva portato, con altri, il protagonista Robert Conway, sopravvissuto a uno strano dirottamento aereo.

L'autore descrive il monastero visto per la prima volta da Conway come un gruppo di padiglioni colorati aggrappati al fianco di una montagna con la grazia di petali di fiore, con il tetto di un azzurro lattiginoso. Un luogo magnifico sui pendii innevati del Karakal.

Laici e monaci insieme formavano una comunità basata sul principio della moderazione. Non c'erano regole rigide ma semplice buon senso. Per fare un esempio, si lavorava per produrre solo il cibo necessario alla comunità, impegnandosi nel resto del tempo nella lettura e nell'arte. I lama governavano con saggezza, potevano prevedere il futuro e vivevano molto più a lungo di noi, raggiungendo anche i duecento anni.

Secondo il racconto, fine ultimo dei lama era quello di preservare quanto di buono ha prodotto la nostra civiltà, in tutti i suoi aspetti.

A Shangri-La si conservavano e si tramandavano, dunque, gli insegnamenti delle culture e delle religioni del mondo ma si tutelavano anche tutte le forme d'arte, dalla musica alla poesia, alla pittura. Si cercava, nella riservatezza di quel luogo segreto e perfetto, di evitare che tutto ciò che ha prodotto la creatività e lo spirito dell'uomo venisse poi travolto dalla barbarie che, come predicevano i monaci, avrebbe invaso il mondo moderno.

E non erano solo parole: nella comunità himalayana erano banditi, per volere della popolazione, i sentimenti negativi come l'odio, l'adulterio, l'invidia, l'ira, l'avidità e ogni sorta di violenza.

Un paesaggio mistico
Fin dall'antichità, il Tibet è stato considerato un centro altamente spirituale, carattere confermato tutt'oggi. I suoi monasteri sono tra i luoghi di preghiera più solenni del mondo.

Preghiere in alta quota
I monasteri, come quello sopra, si trovano in altitudine: ci si chiede come sia stato possibile costruirli. Sotto, la copertina del libro di James Hilton che ha dato origine al mito di Shangri-La.

Le radici del mito

Quella di Shangri-La era quindi una comunità utopistica, sospesa nel tempo com'era giusto che fosse, nascosta in un posto da sogno. Come scriveva l'autore, *«era come se Shangri-La fosse davvero un'essenza di vita, distillata dalla magia degli anni e preservata miracolosamente contro il tempo e contro la morte»*.
Nelle pagine del racconto di James Hilton c'era dunque un messaggio preciso, un allarme per quello che già nel 1933 era chiaro sarebbe avvenuto nella nostra complessa civiltà.
A difendere la cultura, espressione della parte migliore dell'uomo, non potevano essere che monaci e laici lontani dal mondo, isolati in un paradiso senza forzature, governato solo da un'antica e dimenticata saggezza.
Un mito di tale portata non poteva che affascinare i lettori, dilagando oltre le pagine di un libro. Shangri-La è diventato quindi ben presto popolare in tutto il mondo, sinonimo di rifugio perfetto al quale aspirare per tornare indietro ad un'esistenza scandita dai ritmi naturali e dalla pace.
Lo stesso protagonista di *Orizzonte perduto*, Robert Conway, sogna il ritorno a quel mondo di giustizia e grazia, dopo essersene allontanato.
Ma esistono basi reali del mito di Shangri-La o è solo un'invenzione letteraria?
In *Orizzonte perduto* si ritrovano motivi presenti da tempo nella tradizione orientale. Quella di una comunità ideale nascosta tra i monti non sarebbe quindi solo frutto della creatività di Hilton, ma affonderebbe le sue radici in antichi testi buddhisti, che narravano di un posto simile chiamato Shambhala.

Un mondo di armonia e saggezza

Shambhala, il cui nome deriva dal sanscrito e indica un luogo di pace e felicità, compariva in diversi antichi testi, anche anteriori al buddhismo. Si trattava proprio di una città perfetta e irraggiungibile, abitata da uomini saggi, e in Oriente la sua credenza era molto diffusa.
Secondo la scuola buddhista del Kalachakra, era il tempio di una dinastia composta da lama pluricentenari, mentre per altri tantra era semplicemente un luogo dell'anima, raggiungibile solo attraverso la preghiera e la meditazione.
Ma non era questa l'unica comunità ideale della quale parlava la tradizione orientale. Il mito si poteva trovare anche in Russia, dove bastava seguire il percorso fatto dai Tartari fino alla Mongolia per imbattersi nei sant'uomini che vivevano a Belovodye, tra i monti Altai.
In India era noto un posto chiamato Kalapa, che si sarebbe trovato a nord dell'Himalaya, abitato da uomini incredibilmente equilibrati, vero faro di perfezione.
Secondo una leggenda cinese, invece, nascosta tra gli imponenti monti di Kun Lun, la più imponente delle catene montuose asiatiche, che partendo dal nord del Tibet si estende per oltre 3000 chilometri, si trovava una valle nella quale vivevano uomini che non invecchiavano mai e che avevano dato vita a una comunità nella quale regnavano la pace e l'armonia.

Terre incantate
Il Paradiso di Shambhala in un tangka, un grande dipinto su seta di scuola tibetana. Sotto, un dipinto cinese del Quattrocento con il viaggio verso la favolosa Landa degli immortali.

Il potere della mente
Un lama tibetano raccolto in preghiera di fronte a una gola punteggiata di *stupa*. L'arte della meditazione affina le facoltà della mente, cosa che ha da sempre affascinato la società occidentale.

La ricerca di un luogo dello spirito

È quindi chiaro che quando Hilton scrisse il suo romanzo, prese spunto da una tradizione millenaria.

Prima di lui un altro viaggiatore membro della Società Teosofica, il russo Nicholas Roerich, aveva scritto nel 1930 delle sue esplorazioni in Tibet, durante le quali aveva avuto modo di parlare di Shambhala con i lama, convincendosi che al di là del mito ci fosse un posto realmente esistente, anche se protetto dal segreto. Roerich raccontò che nel 1924, visitando il Tibet ma anche i monti Altai e la Mongolia, aveva saputo che Shambhala era in realtà una importante città posta al centro di Agarthi, il regno nascosto collegato con gallerie sotterranee con tutti gli angoli del mondo.

Che tra le impenetrabili cime del Tibet si nascondesse qualcosa di interessante lo pensava anche Adolf Hitler, che nei suoi remoti territori organizzò ben sette spedizioni. A interessarlo, però, non era la saggezza dei lama ma piuttosto la loro potenza.

In occidente era infatti arrivata la leggenda che li vedeva capaci di sfidare la legge di gravità, spostandosi velocemente nello spazio, anche saltando come se stessero rimbalzando, grazie a un incredibile potere chiamato "lung-gom".

Insomma, il versante tibetano dell'Himalaya, così ricco di spiritualità e così lontano dalla civiltà occidentale, doveva per forza essere la culla di una cultura ricca di armonia e capacità straordinarie.
A restarne affascinati sono stati veramente in molti, che hanno fatto di Shangri-La, o di Shambhala, un paradiso perduto al quale tendere.
A seguirne le orme è stato anche il regista americano Frank Capra, che solo pochi anni dopo la pubblicazione del romanzo di James Hilton l'ha portato al cinema con grande successo di pubblico. Il film, chiamato anch'esso *Orizzonte perduto*, è stato premiato con due Oscar dopo aver ottenuto addirittura cinque nominations, e ha rinnovato così la fama già grande di questa splendida utopia.
L'opinione pubblica ha visto in Shangri-La un punto al quale guardare, nella speranza di trovare la pace e l'equilibrio che mancavano.

A distanza di diversi decenni il suo sogno non è ancora svanito, tanto che nel 2001 il governo della Cina ha cercato di dare un volto alla leggenda, rendendo terreno quello che evidentemente non lo era.
Per questo ha identificato Shangri-La con una località nella regione dello Yunnan, al confine con il Tibet, nella quale si trova il monastero di Songzanlin.
Shangri-La, però, resta sinonimo di pace con il mondo e con se stessi.
Una pace che non bisogna inseguire tra le nevi dell'Himalaya ma che è dentro ognuno di noi.
È come la verità: basta volerla cercare.

La moderna Shangri-La
In Cina, nel nordovest dello Yunnan, il territorio dello Zhongdian si è appropriato del nome di "regione di Shangri-La". Qui sopra, il monastero buddhista di Songzanlin e, sotto, la ruota della vita che guarda verso la valle. È il simbolo del buddhismo tibetano che indica il *samsara*, l'eterno ciclo di vita, morte e rinascita.

CIVILTÀ SCOMPARSE

Da un continente all'altro della Terra sono nate e scomparse civiltà affascinanti, forse più forti ed evolute di quanto non possiamo immaginare.

E hanno lasciato ovunque nel mondo tracce di pietra ancora da decifrare.

EUROPA

Antiche civiltà megalitiche hanno lasciato enormi ed enigmatici monoliti, eretti a disegnare sul terreno lunghe linee o ampi cerchi dal valore magico e astronomico. Popoli lontani nel tempo hanno inciso sulle pietre figure misteriose, capaci di affascinare gli studiosi a distanza di secoli. Altri uomini hanno invece costruito città grandi ed efficienti, entrate nel mito per la loro forza e la loro bellezza, cercate a lungo dagli archeologi e cantate fino ai nostri giorni nelle parole dei poeti, oppure altre immerse in un mondo di tombe. Un viaggio nella storia alla scoperta di ciò che non è ancora stato completamente spiegato, in un continente del quale pensiamo, invece, di aver scoperto già tutto.

IL SELCIATO DEL GIGANTE
STONEHENGE
AVEBURY
VALCAMONICA
CARNAC
CERVETERI
TROIA
MICENE
CNOSSO

Cerveteri
segreti di un popolo perduto

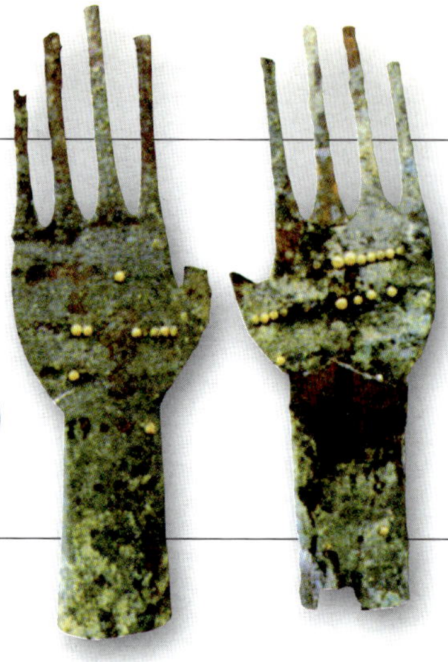

La città dei defunti
Un viale della necropoli della Banditaccia, a Cerveteri. Le tombe a tumulo, come questa, anche di dimensioni monumentali, sono l'immagine dello status dei proprietari. L'accesso, attraverso un lungo corridoio, porta a camere sotterranee scavate nel tufo che riproducono la forma delle abitazioni. In alto, due mani in bronzo con piccole borchie d'oro, di uso votivo (prima metà del VII sec. a.C.).

A una quarantina di chilometri a nord di Roma c'è un antico insediamento tra i più affascinanti d'Italia.
È l'antica Cerveteri, uno dei centri più importanti della colta e raffinata cultura etrusca. Una cultura, però, della quale si sa ancora troppo poco.
Appena fuori dalla città, che gli Etruschi chiamavano *Caere*, si aprono le necropoli, ciò che resta di una civiltà dai tratti in parte oscuri. Quello degli Etruschi, infatti, è uno dei popoli più enigmatici della nostra storia.
La loro lingua e le loro origini rimangono per gli studiosi, ancora oggi, ricchi di aspetti indecifrabili. Sono comparsi sulle coste del Tirreno intorno a 3000 anni fa. Ma da dove venivano nessuno può dirlo con certezza. Il mistero dell'origine del popolo etrusco d'altronde deve aver affascinato già gli antichi, visto che le loro opinioni a riguardo sono state spesso discordanti.

Cavalieri e sacerdoti
Due guerrieri etruschi a cavallo, in atto di calpestare un nemico caduto. Da un frammento di bassorilievo in argento che rivestiva un carro da parata (540-520 a.C.).
Qui sotto, un particolare dagli affreschi della Tomba degli Auguri di Tarquinia (530-520 a.C.) con un personaggio togato.

Origini perse nel tempo

Per lo storico Dionigi di Alicarnasso, gli Etruschi erano semplicemente una popolazione autoctona, per Virgilio erano imparentati con i Troiani, secondo Livio dovevano provenire dal nord e per il greco Erodoto venivano dall'Asia Minore, spinti verso le coste italiche da una pericolosa carestia. Tutte ipotesi al vaglio degli studiosi moderni, grazie alla comparazione tra il DNA dei moderni toscani e quello di altri popoli. Al chiarimento di questo mistero gli Etruschi non sono stati di alcun aiuto: non esistono documenti scritti e, anzi, la loro lingua è ancora in parte sconosciuta.
Un altro enigma riguarda poi la loro scomparsa: una civiltà così evoluta si è semplicemente "fusa" con il nascente astro di Roma? Ma vediamo che cosa sappiamo con certezza degli Etruschi.
La loro terra era l'Etruria, che oggi possiamo identificare con la parte padana dell'Emilia-Romagna, la Toscana, l'Umbria fino al Tevere, il nord del Lazio e una parte della Campania. Erano un popolo combattente, molto più evoluto della maggior parte delle altre genti italiche.
Le città etrusche come Cerveteri, Tuscania, Veio, Tarquinia, Vulci, Sovana, Arezzo, Chiusi, Cortona, Roselle, Vetulonia, Perugia, Populonia, Pisa, Fiesole e Volterra, si unirono in leghe religiose, sviluppandosi ed espandendosi grazie ai commerci. Il loro prestigio è testimoniato anche dal regno, a Roma, della dinastia dei re etruschi, cioè di Tarquinio Prisco, Servio Tullio e Tarquinio il Superbo, provenienti da Tarquinia, che influenzò in maniera determinante usi, costumi e religione dei Romani.
Gli Etruschi raggiunsero la loro massima espansione intorno alla metà del VI secolo a.C., riuscendo a stabilire la loro egemonia non solo su tutta l'Italia ma anche sul Tirreno e sul Mediterraneo occidentale, favoriti anche dalla loro alleanza con Cartagine.

Esempi di arte raffinata
La grande fibula proveniente dalla tomba Regolini-Galassi di Cerveteri testimonia la perizia degli orafi etruschi (inizio del VII sec. a.C.). Sotto, la celebre scultura in bronzo della Chimera di Arezzo: il mostro mitologico dalle fauci spalancate era un ex voto per un santuario (fine del V sec. a.C.). In basso a destra, un particolare degli affreschi della Tomba della Caccia e della Pesca di Tarquinia (520 a.C.).

La scomparsa di una florida civiltà

Ma lo sviluppo della civiltà etrusca non era destinato a durare molto a lungo. Già nel V secolo a.C. la loro fiorente cultura aveva iniziato il suo declino. Prima i Romani, intorno al 510 a.C., poi i Latini, si liberarono dal loro controllo. Quindi la sconfitta navale di Cuma nel 474 a.C. accelerò il destino dei territori campani.
Dal nord, poi, arrivarono i Galli, che all'inizio del V secolo a.C. rovesciarono i domini etruschi della Pianura padana.
Il crollo avvenne nel 396 a.C. quando Roma conquistò Veio, facendo sua l'intera Etruria meridionale. Dovevano però passare duecento anni prima della definitiva perdita dell'indipendenza etrusca, stremata dall'attacco di Romani, Umbri, Galli e Sanniti insieme. Così scomparve quella civiltà, annessa definitivamente all'ambizioso disegno di Roma che aveva contribuito con la sua raffinata cultura a rendere grande.
La civiltà etrusca aveva avuto infatti uno straordinario sviluppo sia culturale sia economico, con floridi commerci ma anche con un sapiente sfruttamento delle miniere toscane. L'Etruria era opulenta, con un territorio fertile che dava raccolti e cacciagione in abbondanza.
Alimenti principali erano il farro, i legumi ma anche il formaggio e la carne.
Un posto d'onore era riservato al pesce, rigorosamente di lago e vera passione degli antichi che, per averne sempre a disposizione, avevano creato dei veri e propri vivai artificiali. I cereali delle coltivazioni etrusche erano conosciuti e apprezzati anche nei territori circostanti, tanto che nel V secolo a.C. erano indispensabili anche per Roma, in continua espansione. Il vino, poi, era molto amato ed era frutto di una sofisticata coltivazione della vite.

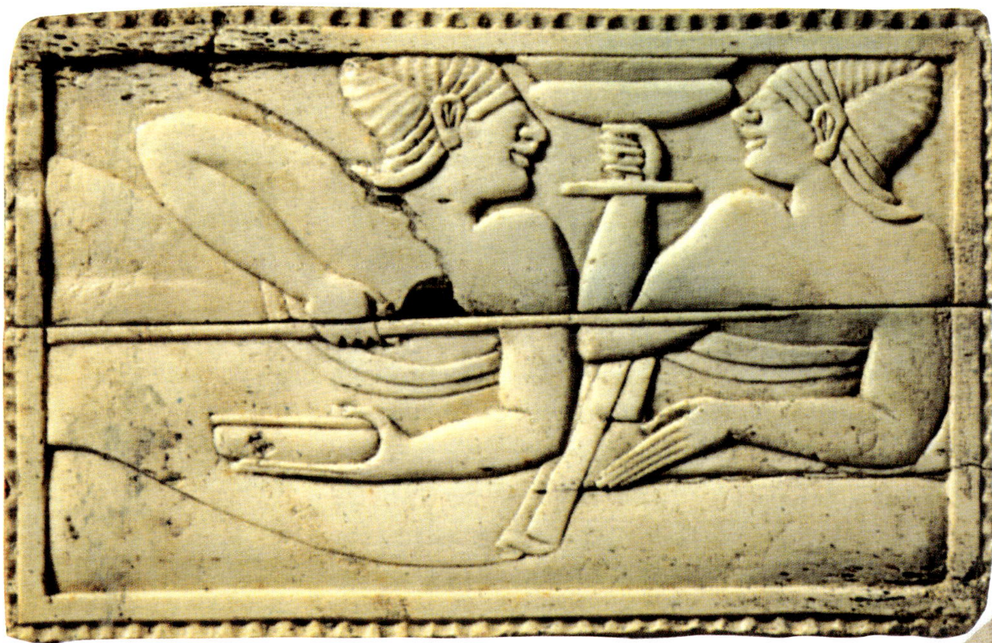

Momenti di vita
Una scena di banchetto con due figure distese su una *kline* che tengono fra le mani una coppa e un piatto, da una placchetta in avorio trovata in una tomba di Orvieto (530-510 a.C.).
Il banchetto era una pratica fondamentale per le classi altolocate della società etrusca e vi partecipavano anche le donne.

Testimonianze dal mondo dei morti

Pilastro della società etrusca era la famiglia, nella quale un ruolo importante era riservato alla donna. Contrariamente a quanto accadeva a Roma, le donne etrusche partecipavano ai banchetti e alle discussioni, ed erano tenute in gran conto dalla comunità, ereditavano i beni di famiglia e passavano il proprio cognome ai figli, tanto che i Romani non vedevano di buon occhio quello che consideravano un matriarcato degli Etruschi.

Anche il loro gusto era argomento di chiacchere nei popoli vicini. Proverbiale era la loro eleganza nel vestire, con abiti arricchiti da ricami in oro e da raffinati gioielli.

Nelle tombe è stata trovata una vasta testimonianza del gusto etrusco per il bello e il lusso, oltre all'amore per la musica, la danza e per i sontuosi banchetti. Gli Etruschi infatti avevano una grande devozione per i defunti e una cultura della morte unica per l'epoca. Per rendersene conto basta vedere i loro raffinati siti funerari come, appunto, le necropoli del Sorbo e della Banditaccia a Cerveteri. Con quelle di Tarquinia, sono delle meraviglie di arte antica, con bassorilievi e affreschi che riproducono aspetti della vita quotidiana.

Gli Etruschi hanno cercato di riprodurre nelle necropoli la struttura della città dei vivi, con le tombe disposte lungo una strada principale, la via degli Inferi, attraversata a sua volta da tante stradine laterali. La stessa filosofia è stata applicata all'interno delle tombe, con stanze e decorazioni ricche come quelle che dovevano adornare le abitazioni.

Aplu-Apollo, il dio arciere greco ed etrusco
Lo splendido Apollo (510-500 a.C.) proveniente dal tempio di Veio, importante città etrusca sulla sponda opposta del Tevere rispetto all'antico insediamento di Roma, con la quale ebbe aspri conflitti prima di soccombere.

La necropoli della Banditaccia

Con i suoi dieci chilometri di estensione si può considerare la necropoli più vasta del Mediterraneo e fa parte, con la necropoli di Tarquinia, dei siti considerati dall'Unesco Patrimonio dell'Umanità. Il suo nome nasce dal fatto che con il finire dell'Ottocento la zona veniva data in affitto dai proprietari terrieri di Cerveteri tramite un bando. Sui suoi 400 ettari sono state trovate migliaia di tombe, le più antiche delle quali risalgono al IX secolo a.C. ed erano delle fosse per la sepoltura o delle strutture dette "a pozzetto" per la conservazione delle ceneri degli antenati. Ma le tombe che più hanno aiutato gli archeologi a ricostruire gli usi e i costumi degli Etruschi sono quelle posteriori, tipiche del periodo etrusco vero e proprio. Una delle più ricche di affreschi e dipinti è la cosiddetta Tomba dei Rilievi, della famiglia Matunas.

Ma le tombe non erano tutte uguali: quelle "a tumulo", con una struttura circolare che riproduceva l'abitazione del defunto, avevano l'accesso alle stanze permesso da un *dromos*, cioè un corridoio, mentre quelle dette "a dado", erano in realtà una serie di edifici allineati lungo delle vere e proprie vie sepolcrali, come quelle dei Monti Ceriti e dei Monti della Tolfa, edificate intorno al VI secolo a.C.

Del grande patrimonio lasciato dagli Etruschi, però, solo una piccola parte è rimasta sul luogo nel Museo Nazionale Archeologico di Cerveteri: la maggior parte dei reperti di pregio è ora nei maggiori musei del mondo, dal Museo Nazionale Etrusco di Villa Giulia a Roma fino al Museo del Louvre a Parigi, dove è conservato lo splendido Sarcofago degli Sposi (qui a fianco; 500 a.C.) trovato proprio nella necropoli della Banditaccia. In queste pagine, nell'immagine di sfondo una vista della necropoli con le cupole dei tumuli; in alto, l'interno della Tomba dei Rilievi; a sinistra, ingressi di tombe a dado.

La Madre Terra
Le strette vie scavate nel tufo, e i lunghi corridoi (*dromos*) d'ingresso nelle tombe sembrano simboleggiare la vicinanza sacrale con la terra e il sottosuolo.
In alto, la Via Cava di San Giuseppe, a Pitigliano, e il *dromos* d'ingresso della tomba Regolini Galassi, a Cerveteri. Sotto, bronzetto raffigurante la dea Uni (500-480 a.C.).

Il mistero delle vie cave

Per conoscere di più gli Etruschi e capire meglio quello che resta dell'antica Cerveteri, può essere utile affrontare un nuovo mistero. Un enigma sepolto nel cuore della terra che gli Etruschi consideravano sacra. Sono le cosiddette "vie cave", un vero e proprio labirinto di sentieri che corrono scavati negli alti tavolati di tufo, con una profondità di circa venti metri, una lunghezza di circa un chilometro e una larghezza di tre metri.

A che cosa servivano queste colossali opere? E perché si pensa che avessero un potere particolare e che siano state usate anche per la celebrazione di riti di iniziazione spirituale? Perché, infine, ogni via cava attraversava una necropoli, e sulle sue alte pareti sono visibili ancora oggi gli ingressi di antiche tombe?

Per saperne di più bisognerebbe conoscere l'origine dei riti e dei miti degli Etruschi, popolo profondamente religioso.

La loro dea creatrice era Uni, la Madre Terra. Avevano perciò un rapporto sacrale con il territorio: erano convinti che ogni luogo fosse la sede di un potere sacro, abitato da dei, demoni e altre manifestazioni degli Inferi.

Le leggende etrusche tramandavano del primo re-sacerdote Tarkun, identificato anche con Tarquinio Prisco, che ricevette gli insegnamenti sacri direttamente da un essere soprannaturale chiamato Tages. Quest'ultimo, prima di sparire nel sottosuolo, avrebbe dettato a lui e ai Lucumoni, i dodici re-sacerdoti etruschi, i Libri Acherontici, testi sacri sul viaggio delle anime oltre il fiume dell'Aldilà, verso il regno sotterraneo degli dei inferi. Era il "Libro dei morti" etrusco, la strada per l'oltretomba.

Per gli Etruschi, quindi, nel sottosuolo c'era una divinità capace di dare forza e conoscenza, per questo nel mondo sotterraneo cercavano il sapere e il potere sacro. Le vie cave dovevano essere, evidentemente, percorsi speciali connessi ai culti dell'oltretomba. Dei cammini che portavano dalle città dei vivi fino a quelle dei morti. Così come il *dromos* conduceva a un sepolcro, la via cava conduceva a una necropoli. La loro profondità si spie-

gherebbe con il desiderio di essere sempre più vicini al sottosuolo, a contatto con l'origine del potere sacro.
La distribuzione delle vie cave sembra rispettare un grande disegno geometrico. È come se tutte queste strade sacre convergessero verso il lago di Bolsena, il più grande lago vulcanico d'Europa. Secondo la tradizione etrusca, intorno al lago sorgeva il *Fanum Voltumnae*, il più importante santuario dell'Etruria dedicato al dio Voltumna. Il lago era, in sostanza, l'ombelico sacro della complessa civiltà etrusca, tanto che una volta l'anno, i dodici Lucumoni celebravano qui l'unità spirituale degli Etruschi.
Inoltre, l'isola Bisentina, una delle due che sorgono al centro del lago, veniva considerata il cuore geografico e spirituale di tutto il popolo etrusco, una sorta di porta di comunicazione con il buio mondo del sottosuolo. Un mistero avvolge però il suo tempio, che secondo antichi testi fu nascosto con i suoi tesori e le sue torri d'oro, dai sacerdoti.
Dall'altra parte del mondo, curiosamente, un altro lago è stato al centro della religiosità di un popolo, scomparso misteriosamente come gli Etruschi. Tra il Perù e la Bolivia, il lago Titicaca, è stato infatti il cuore spirituale della civiltà Inca. Nelle sue acque si pensava vivesse una divinità, e una delle due isole che sorgono al suo centro, era considerata l'ombelico sacro.
Un'analogia che accosterebbe la scomparsa misteriosa degli Etruschi a quella degli Inca, come se entrambi fossero spariti nel sottosuolo, o come se sulle rispettive isole ci fosse un accesso alla mitica Agarthi, il mondo sotterraneo che ospiterebbe i grandi maestri dell'antichità.

La religiosità degli Etruschi
Una scena di sacrificio offerto agli dei, dipinta su un'anfora (V sec. a.C.) e, qui sotto una statuina bronzea raffigurante un sacerdote. In basso, il lago di Bolsena con l'isola Bisentina al centro.

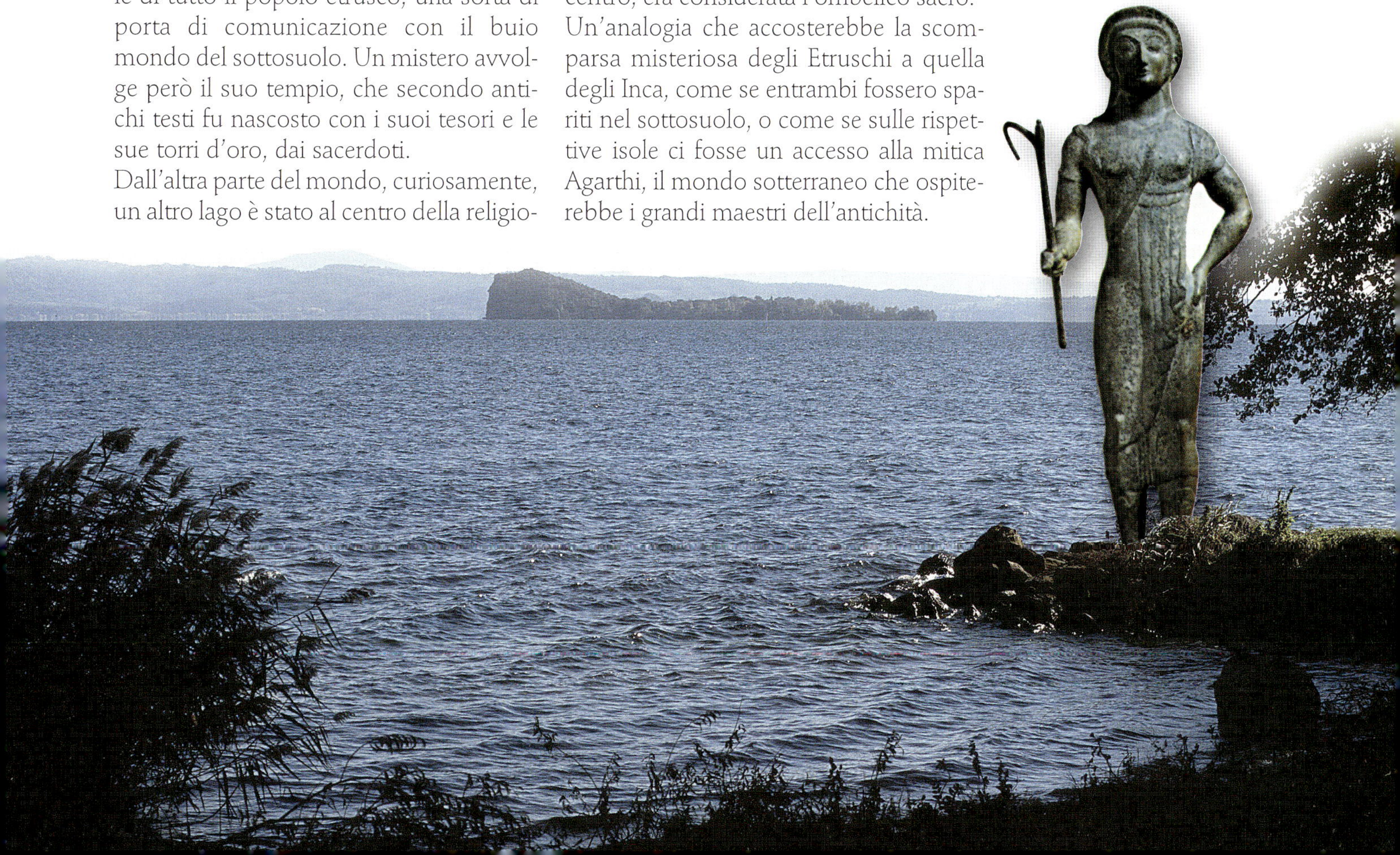

Valcamonica
il futuro nella preistoria

Un museo all'aperto
Le capanne, in alto, e il guerriero a cavallo ritratto con lancia e scudo, sopra, affiorano come testimonianza dell'antica civiltà dei Camuni sulle rocce della Valcamonica. Qui sotto, una veduta della Valle che conserva, in diversi siti, il patrimonio di arte rupestre più importante d'Europa.

A volte per trovare le tracce di un passato ancora misterioso non c'è bisogno di attraversare il mondo. A un centinaio di chilometri da Milano, a ridosso delle Alpi, c'è una valle rocciosa chiamata Valcamonica. È uno dei posti più interessanti d'Italia, il luogo dove si trova la più grande concentrazione di tracce dei nostri remotissimi antenati, il più esteso parco archeologico preistorico d'Europa.
Per rendersi conto dell'importanza della zona, nel 1979 le incisioni rupestri della Valcamonica sono state inserite, prime tra i tanti tesori italiani, tra i siti e i monumenti considerati dall'Unesco come Patrimonio dell'Umanità per il loro interesse naturale o culturale, e meritevoli dell'impegno di tutte le nazioni del mondo per la loro conservazione. È qui, infatti, che si trova un numero incredibile di incisioni rupestri: ben 200 mila, con 40 mila figure incise su circa 900 rocce, un vero e proprio archivio sulla vita dell'antico popolo dei Camuni.
Sulle pietre lasciate ancora sul terreno si racconta della vita di un popolo lontano nel tempo, con disegni che riproducono le loro abitazioni, le armi che usavano, il loro modo di coltivare la terra e le loro più importanti pratiche religiose.
Si descrivono anche animali e uomini, questi ultimi dai tratti ancora misteriosi.
Ma chi erano i Camuni? Da quello che si sa, erano un popolo di cacciatori seminomadi che si stabilì da queste parti nel terzo millennio prima di Cristo e che per sopravvivere e svilupparsi aveva imparato come portare avanti le coltivazioni e come allevare il bestiame, procurandosi con lo scambio quello che non riusciva a produrre.
Secondo altri storici, invece, la loro presenza sarebbe iniziata nel 10000 a.C., quando i ghiacci lasciarono libera la valle e la temperatura cominciò a elevarsi.
Era quindi una popolazione molto antica, sulla cui provenienza non si hanno ancora risposte certe. C'è chi dice che venisse dalla Liguria e chi invece pensa che discendesse dalle tribù celtiche dell'Europa centrale. In ogni modo, è certo che gli antichi Camuni restarono in Valcamonica, isolati dal resto degli antichi popoli italici, fin verso il 16 a.C., fino a quando cioè i Romani non li conquistarono, pur rispettandone la cultura e la grande

potenza di combattenti, attirati fino alle Alpi dall'abilità camuna di produrre armi di prima qualità.

Secoli testimoniati sulla roccia

Gli antichi Camuni vivevano essenzialmente sulle colline che circondano la valle, per evitare il rischio di smottamenti e di frane, frequenti in un periodo di grandi cambiamenti geologici e climatici.
Da quel che si sa consideravano il Sole la divinità più importante, tanto da temere che potesse non sorgere più. Con il tempo avrebbero poi adorato anche altre divinità, come un dio celtico, che avrebbero descritto nelle loro incisioni sulle rocce come un uomo dalle corna di cervo.
Ciò che resta di questa antica e fiera popolazione è rimasto nei secoli impresso sulle rocce della loro terra.
Un tesoro di cultura e civiltà che arriva direttamente da un lontano passato, senza aver subito contaminazioni di sorta, e che va dalla tarda età neolitica all'epoca preromana proseguendo, anche se in maniera diversa, nei secoli successivi.
A scoprire queste incisioni rupestri è stato nel 1929 il professor Gualtiero Laeng e, già dal 1956, Emmanuel Anati, archeologo e professore di paleontologia, inizierà una sistematica analisi della Valle con importanti campagne di scavo e convegni internazionali, fondando anche il primo Centro Camuno di Studi Preistorici.

Vita quotidiana e religione
Un grande carro trainato da una coppia di cavalli e l'immagine di un personaggio danzante, interpretato come uno sciamano.

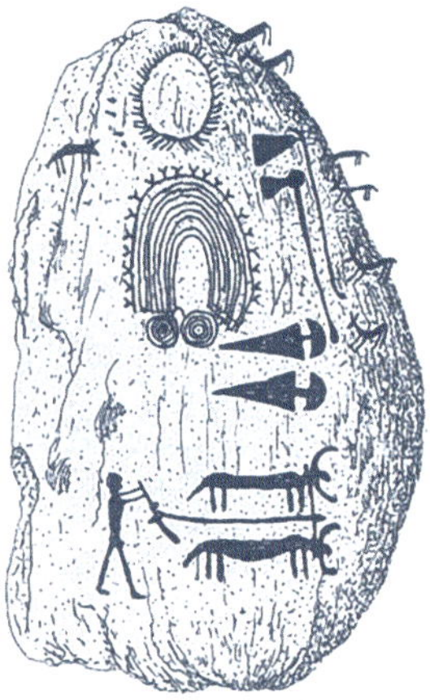

Immagini sorprendenti
La riproduzione di una pietra con incisi attrezzi e scene di vita contadina; a destra, due figure impegnate in un combattimento. Raffigurazioni come queste non sono rare in Valcamonica, ma quando ad affrontarsi sono personaggi dai curiosi copricapi splendenti come i due qui in basso, non si può non restarne incuriositi.

Misteriosi combattenti

Ma che cosa è rappresentato nelle incisioni della Valcamonica? Oltre a quello che abbiamo già detto, gli antichi Camuni hanno ritratto duelli di guerrieri dell'Età del Ferro con tanto di lance e scudi, pugnali con un'impugnatura a forma di semiluna e la lama triangolare, cervi che lottano tra loro e poi volpi, camosci e ruminanti messi in fila, simboli a forma di ferro di cavallo, che nel mito locale dovevano servire per propiziare l'arrivo dell'acqua e per invocare la presenza della divinità e del suo potere taumaturgico.
Ma le pietre che più hanno colpito gli studiosi come i semplici appassionati sono le cosiddette rocce di Zurla con i loro incredibili disegni, risalenti, pare, alla tarda Età del Ferro.
Si tratta di uomini stilizzati in posizione, sembra, da combattimento. Indossano dei curiosi copricapi, così strani da far pensare a veri e propri caschi trasparenti dai quali partirebbero dei raggi. Inoltre tengono in mano degli oggetti poco chiari, impugnati come se fossero delle armi.

A che cosa potevano riferirsi questi disegni? Ritraevano forse una sorta di astronauti con tanto di caschi spaziali e pistole avveniristiche? I loro elmi erano invece ispirati a quelli degli Etruschi, popolo con cui i Camuni pare abbiano avuto diversi contatti? Insomma, c'è qualcosa che ancora non sappiamo della storia degli uomini del passato o siamo solo suggestionati dalla nostra quotidianità? Quelli della Valcamonica erano solo sacerdoti impegnati in una danza, come sostengono alcuni o personaggi armati sospesi nello spazio, come dicono altri?
Di certo c'è che la roccia 24 della Riserva Regionale di Ceto, quella che riporta questi disegni, è ormai chiamata da tutti "la Roccia degli astronauti".

Il potere della Terra

Un altro aspetto interessante si trova a Capo di Ponte, dove strani canali artificiali hanno fatto a lungo parlare esperti e curiosi. Accurate analisi geologiche hanno portato alla conclusione che i profondi solchi che si trovano sulle rocce un po' ovunque nella zona, non dovevano la loro conformazione all'azione dell'acqua o a un altro fenomeno naturale. Come si sono formati allora e perché?
Una risposta è venuta dagli studiosi che li hanno definiti "scivoli della fertilità". Sarebbero stati scavati dai Camuni affinché, grazie a rituali precisi fatti con un'occhio al cielo e alle costellazioni, favorissero le gravidanze delle donne, rendendo quindi più numeroso e più forte l'intero gruppo. Oltre ai solchi, sarebbero stati trovati altri elementi capaci di confermare questa teoria. Quella di cercare aiuto nella potenza della Terra per problemi di salute è una ritualità comune anche ad altre aree neolitiche, e rocce dedicate alla fertilità sono state trovate anche nel nord della Sardegna e in Gran Bretagna, ad Avebury. E come succedeva tanto tempo fa, ancora oggi qualcuno si affida ai loro misteriosi e presunti poteri.

Realtà e simbologia
I due combattenti qui in alto sono dotati di elmo e di armi; uno dei due imbraccia anche uno scudo rettangolare. Qui sotto, una figura sormontata da un grande disco solare, forse una divinità, forse un capo in atto di eseguire una danza rituale.

Troia
una ricerca lunga e appassionata

Alle origini dell'epica
Considerato il primo poeta greco, Omero, qui sopra in un busto romano d'età classica, ha narrato vicende immortali come quelle di Paride ed Elena, qui sotto in un dipinto ottocentesco, e del cavallo di Troia, nella pagina a fronte.

È la storia di una città che a distanza di secoli resta sospesa tra la leggenda e la realtà. A cominciare dalla fonte che ha dato il via alla sua appassionata ricerca.
A parlare ai posteri di Troia e della sua incredibile vicenda è stato infatti Omero con un poema epico che ha attraversato il tempo, l'*Iliade*. Il suo autore, anch'esso dall'identità ancora dubbia, narra di una città assediata presa infine con l'inganno. Tutto era iniziato con lo scoppio della guerra tra Greci e Troiani a causa di una donna. Paride, considerato l'uomo più bello del mondo antico, era stato scelto per assegnare la palma della più bella a una delle dee dell'Olimpo: Afrodite, Atena o Era. Corrotto dalla prospettiva di ottenere i favori di qualsiasi fanciulla volesse, Paride scelse Afrodite, dea dell'amore. Come compenso, le chiese di avere la donna più bella del mondo: Elena, la splendida moglie del re di Sparta, il potente Menelao.
Aiutato dalla dea, Paride si rifugiò con Elena a Troia, città sulla costa dell'Asia Minore governata da suo padre, il re Priamo. Com'era immaginabile, Menelao diede inizio a una guerra per riprendere l'amata Elena, impegnando nell'impresa altre città greche e almeno mille navi. La flotta greca, guidata da Agamennone, assediò Troia per dieci lunghissimi anni senza però riuscire ad espugnarla.
Ed è a questo punto che gli eventi precipitano. Convinti ormai di non poter prendere la città con la forza, i Greci decisero di giocare d'astuzia. Fingendo di ritirarsi, lasciarono in dono davanti alla porta di Troia un gigantesco cavallo di legno. Incuriositi e felici per la fine della guerra, i Troiani portarono all'interno della città l'incredibile regalo.
Non sapevano che quella notte sarebbe stata fatale. Quando tutti furono addormentati, dalla pancia del cavallo di legno uscirono i soldati Greci che vi si erano nascosti. Con il favore delle tenebre aprirono le porte della città ai loro compagni, che misero a ferro e fuoco l'intera Troia.
Elena, infine, fu riportata a Sparta da Menelao, lasciandosi alle spalle solo morte e cenere.
Di Troia sopravvisse solo il ricordo, e l'ingegnoso cavallo di legno dei Greci divenne simbolo universale di subdolo tradimento.

Il ritratto di un avventuriero
Prima di dedicarsi alla sua passione, l'archeologia, Heinrich Schliemann aveva viaggiato a lungo per il mondo. Il commercio via mare, con le grandi navi a vapore, era un'attività fiorente e che richiedeva una dose di spirito di avventura.

Un sogno da realizzare

Dall'antico racconto dell'*Iliade* ha preso il via, molti secoli dopo, un'altra storia, ugualmente affascinante, anche se dai tratti non sempre di specchiata verità. Il protagonista è un personaggio ottocentesco fuori dagli schemi, con indubbie virtù e altrettanto certe debolezze: il tedesco Heinrich Schliemann. Da quel che si racconta, era ancora un bambino quando sentì per la prima volta la fantastica storia della presa di Troia e giurò a se stesso che da grande avrebbe riportato alla luce la città. Ma contrariamente alla maggior parte dei sogni giovanili, quello di Schliemann diventò presto un pensiero fisso. Aveva capito, infatti, che per realizzare il suo progetto doveva disporre di tanto di quel denaro da potersi pagare da solo lunghi periodi di scavi nei posti dove lui pensava fosse sorta l'antica e sfortunata città. Per questo viaggiò senza tregua per anni, arricchendosi con il commercio, acquistando numerose proprietà immobiliari e investendo in borsa e in imprese in diverse parti del mondo.
Era sempre in movimento, passando dall'Europa all'America, dall'Africa all'Asia, facendo affari a Tokyo, a New Orleans, a Calcutta, a Tunisi, a Londra, ad Amsterdam e a San Pietroburgo, dov'era considerato "il commerciante più astuto, scaltro e abile". Si dice anche che avesse imparato ben dodici lingue, che parlava e scriveva correntemente.

Scavare indietro nel tempo

Nel 1863, ormai ricchissimo e di grande successo, lasciò ogni affare per inseguire il suo sogno di bambino: ritrovare la mitica città di Troia.

All'età di quarant'anni Schliemann aveva iniziato a studiare archeologia a Parigi, convinto che tutto si potesse raggiungere con una ferrea volontà. E lui, che era figlio di un pastore e aveva iniziato prestissimo a lavorare come commesso e mozzo, è l'esempio più riuscito di questa sua filosofia. Anche se non tutto della sua vita potrebbe essere andato come si racconta. Liquidati affari e commerci, iniziò il suo viaggio nella terra di Omero.

Dopo essere salito sulla collina di Bunarbashi, considerata dagli archeologi il luogo dove un tempo sorgeva Troia, si dichiarò convinto che la città di Paride e di Priamo in realtà andasse cercata da un'altra parte: sulla collina di Hissarlik, lungo la costa nordoccidentale della Turchia.

Così Schliemann, ormai cinquantenne, finanziò e diresse una missione archeologica e lì iniziò gli scavi per ritrovare Troia. Era il 1870 e i lavori erano destinati a durare anni.

Prima della città greca però, ne trovò un'altra, egea, della quale non si conosceva l'esistenza. Sotto lo strato romano scoprì altre quattro città sovrapposte e alla fine degli scavi le città saranno in tutto nove. L'edificio meglio conservato era l'anfiteatro fatto costruire da Giulio Cesare nel I secolo a.C., che si trovava nell'ultimo strato, quello chiamato Troia IX, città che fu abbandonata nel 350 d.C.

Il luogo del mito
In alto, una veduta aerea della collina di Troia dalla quale si percepisce la posizione dominante dell'insediamento sulla piana circostante. Oggi sappiamo che gli strati sovrapposti della città erano nove, stratificatisi nel corso dei secoli, ma questo non era ancora chiaro quando Schliemann, qui sopra in un'incisione che lo ritrae in mezzo alle rovine, rinvenne i primi resti.

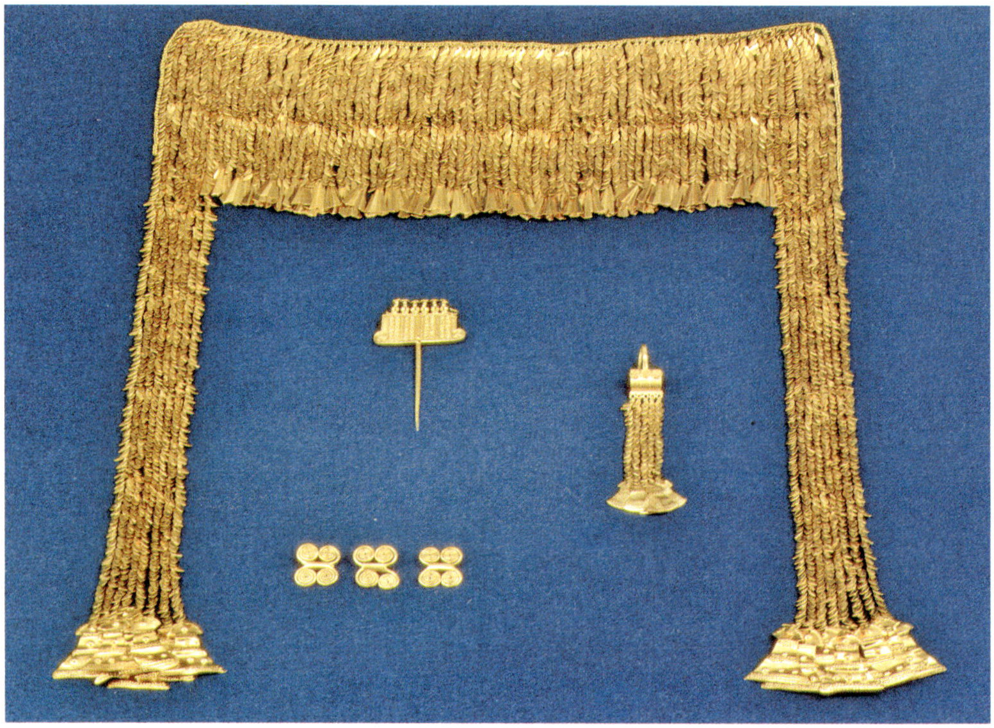

Uno splendore antico
Il celebre dagherrotipo nel quale Sophia Schliemann si fa ritrarre adorna di una parte dei gioielli del cosiddetto tesoro di Priamo, nella foto accanto in una riproduzione oggi esposta a Berlino. Sotto, un combattimento fra Greci e Troiani davanti alla città, dipinto su una coppa della prima metà del V sec. a.C.

Il "tesoro di Priamo" torna alla luce

Nel 1873, tra i resti del secondo e terzo strato, che riportavano evidenti tracce di incendio, Schliemann ottenne il primo risultato: scavò il Palazzo di Priamo, o almeno quel che ne rimaneva.
Ma un nuovo successo doveva arrivare nel giugno dello stesso anno quando, insieme alla moglie Sophia, trovò quello che considererà il tesoro del re.
Si trattava di vasi d'argento, armi di bronzo e, soprattutto, di una quantità di splendidi gioielli d'oro. Contravvenendo alle regole dell'archeologia, e non essendo soggetto a nessun controllo, Schliemann prese i reperti e li affidò a sua moglie, perché li portasse fuori dagli scavi avvolti in uno scialle. L'annuncio del fantastico ritrovamento venne corredato da una fotografia di Sophia con indosso i preziosi gioielli, compreso quello che Schliemann reputava essere il diadema di Elena. Il suo sogno si era quindi realizzato, ma non bastava per fermare la sua corsa verso la fama. Per proseguire gli scavi dovette pagare una forte multa, giustificata dal fatto che si era rifiutato di consegnare alle autorità turche la metà dei reperti ritrovati a Hissarlik.
Inoltre, una parte degli studiosi era scettica sull'effettiva provenienza di quel tesoro dalla Troia narrata da Omero. Nonostante questo, quasi tutto venne esposto nel Museo di Berlino, dal quale in seguito sparirà durante la Seconda guerra mondiale, portato via, pare, dai soldati russi.

Una dedizione che fa discutere

Intanto, la passione di Schliemann per l'archeologia continuava. Nel 1874 aveva esposto i risultati delle sue scoperte nel volume *Antichità Troiane*, nello stesso anno aveva iniziato uno scavo a Micene, e la sua fama era ancora cresciuta.

Era stato il primo, infatti, ad aprire la porta a una nuova considerazione dell'archeologia, basandosi sulle narrazioni dell'epica omerica e riportando così alla luce aspetti delle civiltà del passato fino ad allora sconosciuti.

Alle critiche di cattiva catalogazione dei reperti, se non addirittura di aver introdotto dei falsi negli scavi, risposero eminenti personalità, come il primo ministro inglese, e altri storici e archeologici. Schliemann era ormai conosciuto in tutto il mondo come lo scopritore di Troia; con il tempo e con la collaborazione di un archeologo esperto, Wilhelm Dörpfeld, continuò a riportare alla luce quel che rimaneva dell'antico sito con le sue diverse edificazioni nate ognuna sulle rovine dell'altra.

Un colpo da maestro
Con la scoperta delle imponenti rovine sulla collina di Hissarlik, sopra in una suggestiva veduta notturna, i leggendari eventi della guerra di Troia e le gesta dei protagonisti sembravano riprendere vita.
Al di là delle critiche, questo fu senza dubbio un grande merito di Schliemann: prima di lui non molti credevano nella reale esistenza dei luoghi omerici.

Un racconto evocativo
Grazie alle descrizioni di Omero, l'immaginario intorno agli eventi e ai luoghi dei suoi poemi è senza dubbio romanzato rispetto alla realtà archeologica. Troia è per noi una città grande e potente e i suoi abitanti sono personaggi leggendari. Sotto la morte di Priamo per mano di Pirro, figlio di Achille.

La leggenda supera la realtà

Per quel che riguarda la città di Priamo cantata da Omero, che Schliemann aveva identificato con Troia II, in seguito si rivelerà essere invece Troia VII, che mostrava segni di incendio e resti umani carbonizzati risalenti al 1260 a.C., momento stimato della sua caduta.

In ogni caso, della descrizione di Omero è rintracciabile ben poco, se si escludono il forte vento e un tipo di querce locali, anche perché nel frattempo il mare è avanzato di quindici chilometri.

Troia VII era poi piuttosto piccola, ben lontana dalla potente città dei poemi epici, che doveva avere ampie strade, templi e un palazzo reale, e che doveva essere circondata da alte mura turrite.

La Troia ritrovata misurava all'incirca 183 per 137 metri e si pensa che potesse ospitare non più di un migliaio di persone.

Oltre al Palazzo di Priamo vennero ritrovati un altare dedicato ad Atena, delle abitazioni e i resti di mura.

Così, dopo lunghi anni di studi e di letture, come sognava da bambino, con un centinaio di operai turchi Heinrich Schliemann aveva veramente fatto rinascere il mito di Troia, provando che non era solo un'invenzione letteraria frutto della fantasia di Omero e diventando forse il più famoso archeologo della sua epoca. Sigmund Freud, il padre della psicanalisi, pare lo considerasse l'unico uomo di cui invidiasse la vita.

Di altro parere erano invece diversi suoi contemporanei che, come altrettanti studiosi di oggi, vedevano nella sua opera molto di fantastico se non proprio di falsificato ad arte.

Ma la sua storia non era ancora finita e ancora oggi si cercano i luoghi di Omero nella realtà geografica.

"Omero nel Baltico"

Negli ultimi anni uno studioso italiano, l'ingegnere nucleare Felice Vinci, ha stupito gli archeologi con un'affascinante ipotesi. Dopo aver studiato a lungo sia i testi di Omero sia la geografia, è giunto alla conclusione che forse per ritrovare i luoghi cantati dall'*Iliade* e dall'*Odissea*, si dovrebbe guardare lontano dal Mediterraneo. Secondo lui, i luoghi citati da Omero che sono in Grecia e in Turchia, non hanno le caratteristiche geografiche narrate nei testi.

Il Peloponneso, per esempio, viene descritto come un'isola pianeggiante e non come una penisola montuosa, come realmente è; davanti a Itaca e Zacinto dovrebbe esserci un'isola lunga e piatta chiamata Dulichio, che però non esiste nello Ionio; Creta viene definita "vasta terra" e non emerge invece il suo carattere di isola. Anche la Troia di Schliemann non coincide con quella di Paride e Priamo, che doveva invece sorgere vicino a un palude, tra un fiume sempre caldo e uno invece molto freddo.

In un libro ormai tradotto in diverse lingue e studiato nelle università russe, scandinave e americane, Vinci avanza l'ipotesi che i veri luoghi dei poemi epici siano in realtà da ricercare nell'estremo nord dell'Europa, cioè nel Baltico e nei mari del nord.

Per avere un'idea dei riscontri che Vinci avrebbe trovato, basta seguire la narrazione con un atlante sotto mano.

Lo storico Plutarco narra che l'isola di Ogigia, che ospitò Ulisse prigioniero della ninfa Calipso, si trovava "a cinque giorni di navigazione dall'isola Britannia, in direzione occidente", e in effetti una delle isole Färöer, si chiama Hogoyggj.

Partito da Ogigia, Ulisse in diciassette giorni arriva fino alla terra dei Feaci, "alta come uno scudo" e ricca di "boschi ombrosi", che però non ci sono sulle coste egee, come non c'era il popolo dei Feaci, mentre tutto si ritrova sul litorale dei fiordi norvegesi di Bergen, che è una zona ricca di testimonianze dell'Età del Bronzo. I riscontri sono veramente molti. Inoltre è facile nel Baltico trovare nomi incredibilmente simili a quelli greci. Per esempio, a 200 chilometri da Helsinki, in Finlandia, dove si sarebbe svolta la guerra di Troia, c'è un paese di nome Toya. Le navi degli Achei omerici avrebbero avuto caratteristiche particolari, simili però a quelle vichinghe, come l'albero smontabile per evitare la formazione del ghiaccio e la doppia prua per navigare nei due sensi, e salpare e approdare ovunque. In Norvegia c'è il gorgo spaventoso, molto più aderente al terribile episodio di Scilla e Cariddi dello Stretto di Messina: Scilla e Cariddi si incontrerebbero seguendo la costa oceanica dell'isola di Moskenes e avvicinandosi allo spaventoso gorgo del Maelstrom, circondato da altissimi picchi.

A metà del monte Kolfjellet, poi, si trova una grotta perfettamente aderente alla descrizione fatta dalla Maga Circe nell'*Odissea*. Secondo Vinci, le vere origini dei miti omerici sarebbero presenti nelle antiche leggende locali. Nomi, luoghi, personaggi e storie sarebbero stati trapiantati in Grecia e in Turchia in seguito a una migrazione dei popoli baltici verso il sud, in cerca di una temperatura migliore.

Tra molte altre, un'ultima riflessione: per Omero la guerra di Troia venne combattuta in una notte in cui il Sole non tramonta mai, proprio come accade nell'estremo nord del mondo.

Cnosso
dove la mitologia incontra la storia

Un animale da sottomettere
Il toro, simbolo di potenza, era un animale emblematico per Cnosso. Qui sotto, un particolare degli affreschi del Palazzo Reale con l'esercizio della *taurokatapsia* (XVI-XV sec. a.C.) e, a sinistra, la statua bronzea di Poseidone in atto di scagliare il tridente (470-460 a.C.). Nella pagina a fronte, in alto, Teseo e il Minotauro.

Come per Troia, anche per conoscere Cnosso si deve partire da un mito. Il racconto di quella che fu la più antica città e civiltà della Grecia, inizia proprio dalle vicende di un mostro, un essere tanto importante da condizionare la vita di tutta la città. Era il Minotauro, figlio di un toro divino, inviato dal dio del mare Poseidone, e di Pasifae, la regina di Creta. Da questo amore inverosimile era nata una creatura con il corpo umano e la testa di toro, parte animale considerata anche il simbolo della parte istintiva dell'uomo.

Ma come si era arrivati a questa aberrante procreazione?
Il re di Creta, Minosse, aveva chiesto in dono un toro al dio Poseidone.
Un regalo così simbolico sarebbe stata una evidente dimostrazione di appoggio al suo regno da parte degli dei dell'Olimpo. Poseidone rispose alla supplica mandando un animale bellissimo, di un bianco stupefacente, che doveva essere sacrificato. Minosse però, lo tenne per sé e, colpito dalla sua straordinaria bellezza, decise di utilizzarlo come toro da riproduzione per le sue mandrie. Questa scorrettezza mandò su tutte le furie Poseidone che, per punire Minosse, rese aggressiva e violenta la bestia e poi fece in modo che Pasifae, la bella moglie del re, se ne innamorasse.
Da questa innaturale unione nacque quindi il mostro di Creta: il Minotauro, il cui nome è l'unione di "minos", re per i Cretesi, e "tauro", cioè toro.

Storia e mito
La ricostruzione dei primi del Novecento, basata sui resti del Palazzo di Minosse, della sala del trono riccamente affrescata. Nella pagina a fronte, un mosaico pompeiano con il labirinto e, al centro, la scena della lotta fra l'eroe Teseo e il mostro dalla testa di toro di fronte ai fanciulli che gli venivano offerti in sacrificio.

Il mostro e il suo antro

Con la sua aggressività l'orrendo mostro era una maledizione per il regno di Minosse che, per salvaguardare la pace, decise di rinchiuderlo nel palazzo di Cnosso. Per questo incaricò un abile architetto ateniese di nome Dedalo di costruire un labirinto sotterraneo dal quale fosse impossibile uscire.

Ma le sventure di Minosse non erano finite: suo figlio Androgeo rimase ucciso ad Atene, dov'era andato per partecipare ai giochi. Il re, per vendicarne la morte e placare la sua ira, costrinse gli Ateniesi a inviargli ogni nove anni sette fanciulli e sette giovani vergini destinati ad andare in pasto al Minotauro. Passati diciotto anni, quando Atene doveva inviare per la terza volta i fanciulli da sacrificare al Minotauro, il coraggioso eroe Teseo decise però di mettere fine a questa terribile imposizione. Arrivato a Creta entrò nel labirinto, ben determinato a uccidere il mostro. Lo aspettava una lotta feroce, alla fine della quale riuscì a trafiggere il Minotauro, uccidendolo.

Seguendo poi il filo rosso che gli era stato dato da Arianna, la bella figlia di Minosse, Teseo riuscì anche a ritrovare l'uscita dell'infernale labirinto il cui intricato perscorso assume quindi il significato universale di difficile cammino dell'uomo verso la perfezione.

Fino a qui, il mito. Ma che cosa si sa realmente di Creta e del suo popolo, i Minoici?

Figure emblematiche
Il cosiddetto principe dei gigli, dagli affreschi del Palazzo di Cnosso, forse un re-sacerdote (XVI sec. a.C.).

Una civiltà complessa

I Minoici erano agricoltori e raffinati artisti e, soprattutto, grandi navigatori e commercianti che vedevano il mare più come un'opportunità di scambi che come un limite. Erano gente pacifica, all'ascolto delle altre civiltà e con rapporti frequenti con popolazioni dell'Egitto come del resto della Grecia. La loro società era segnata da un'evoluzione tecnica e un'inventiva straordinarie, che non ritroviamo se non raramente nelle civiltà occidentali. Basandosi sul mito del Minotauro, ci si è chiesto se i Minoici facessero veramente sacrifici umani. Secondo gli studiosi, però, non ci sono risposte certe.

Le civiltà del passato hanno spesso placato l'ira degli dei con sacrifici, e anche nell'*Iliade* Agamennone sacrifica la figlia per avere vento favorevole, ma miti e racconti vanno interpretati con prudenza. Per quel che riguarda l'invio dei fanciulli al Minotauro, si sa solo che gli Ateniesi dovettero realmente pagare sostanziose imposte per avere ai Minoici. Per saperne di più bisognerà aspettare la decifrazione della loro scrittura. I Minoici, infatti, hanno lasciato numerose testimonianze ma ad oggi è stata tradotta solo la cosiddetta Lineare B, e non le altre loro due scritture, il complicato geroglifico cretese e la Lineare A. Riuscendo a leggere quello che è sopravvissuto al tempo, si avrebbero notizie più certe anche sul grande re Minosse.

Il mistero del Disco di Festos

Negli anni in cui Arthur Evans faceva rinascere Cnosso, una missione italiana guidata dall'archeologo Federico Halbherr scavava nella parte meridionale di Creta per riportare alla luce le rovine di Festos, il secondo potente centro dell'isola. Quanto fosse diverso lo stile della missione italiana è ancora sotto gli occhi di tutti: chi si reca oggi a visitare il sito archeologico di Festos, ancora sotto la cura degli archeologi italiani, trova quello che realmente è rimasto dell'antica città, con ricostruzioni rigorose, con il rispetto totale della civiltà minoica e nessuna azione di fantasia. Ma Festos è famosa non solo per quello che è emerso dal passato ma anche per un reperto realmente unico. Si tratta del cosiddetto Disco di Festos (qui a fianco), una terracotta circolare e piatta risalente pare al 1700 a.C. A trovarlo è stato Luigi Pernier, che nel luglio del 1908 stava seguendo gli scavi nell'archivio della città. Il Disco di Festos è sorprendente: sui due lati ci sono dei segni pittografici che seguono un andamento a spirale. Incredibilmente, però, non sono solo incisi ma come "stampati" nella terracotta con 45 diversi punzoni. È un testo scritto con caratteri mobili nella creta dell'Età del Bronzo, 3000 anni prima della prima stampa a caratteri mobili inventata da Gutenberg.
Un enigma archeologico che ancora non ha trovato una spiegazione e che non mette d'accordo gli studiosi neanche sul suo contenuto. Sul suo testo, infatti, sono state fatte diverse ipotesi: si va dalla magia alla religione fino a un inno di guerra ma si pensa anche a un calendario con un ciclo di 128 anni e persino a un falso eseguito magistralmente.

Simboli in evidenza
Uno splendido *rhyton*, un vaso rituale in steatite nera a forma di testa di toro con le corna d'oro proveniente dal Palazzo reale di Cnosso (XVI sec. a.C.). Sopra, le corna stilizzate erette sulle rovine del Palazzo.

Alla ricerca della città del toro

Chi era, dunque, veramente Minosse? È realmente esistito o è solo il simbolo del potere di Creta? E che cosa c'è di vero nel mito del Minotauro?

A Cnosso era venerata anche una divinità con sembianze di toro che ricorre in molti aspetti della città, a partire dalle corna stilizzate che ne sono divenute l'emblema. A ricostruirle è stato lo studioso inglese Arthur Evans.

Di piccola statura e di forte miopia, proveniva da una ricca famiglia di industriali inglesi, visse in un ambiente colto, studiò con agio all'Università di Oxford e viaggiò a lungo, spinto dalla sua passione per l'antropologia. Fu in Finlandia, Lapponia, in Bosnia e in Erzegovina. Da giornalista portò avanti una coraggiosa battaglia a favore dei popoli slavi, che gli procurò prima la prigione poi l'espulsione dall'Austria. Arthur Evans legherà indissolubilmente il suo nome a Creta e a Cnosso, ma allora non poteva ancora saperlo.

Era l'ultimo ventennio del 1800 quando, nel corso di una visita nella casa ateniese di Heinrich Schliemann, il famoso scopritore di Troia, Evans vide dei sigilli provenienti dall'isola di Creta e ne rimase fulminato.

Nel 1888 Schliemann era stato nell'isola, dove aveva individuato il Palazzo di Minosse, senza però procedere agli scavi. Cinque anni dopo Evans sbarcò per la prima volta a Creta.

Affascinato dalla scrittura cretese, vi tornerà nel 1900, scavando fino a riportare alla luce lo splendido Palazzo reale e poi l'intera città di Cnosso.

Vividi colori
Le tre colonne che segnano l'ingresso nord del Palazzo di Cnosso e, sotto, un particolare con due portatori di *rhyton* dall'affresco che decorava il corridoio della via della processione. In alto, la dama detta "la Parigina".

Imponenza e splendore

Quello che emerse fu espressione di una civiltà altamente evoluta, con un'architettura ardita e raffinata.

I resti delle mura, dei colonnati e degli affreschi furono fatti propri da Evans e ricostruiti così come egli credeva che fossero stati in un lontano passato. Le colonne un tempo di legno furono riedificate in cemento, così come le molte stanze dell'imponente Palazzo reale. I moderni mezzi di cui disponeva Evans giustificavano allora la riproduzione di decorazioni su intere pareti, partendo magari solo da qualche frammento di colore.

In poco tempo, Cnosso era rinata dopo tremila anni di buio.

Ma quali erano le particolarità dell'antica costruzione?

Il Palazzo di Minosse, i cui edifici erano disposti intorno a un cortile centrale, era incredibilmente complesso.

Millecinquecento stanze con intricati corridoi, un vero e proprio labirinto, però con un sistema fognario d'avanguardia e con un sistema idraulico che permetteva alla monarchia cretese di avere un bagno con vasca, acqua corrente e scarico oltre a un sistema naturale di condizionamento negli appartamenti reali.

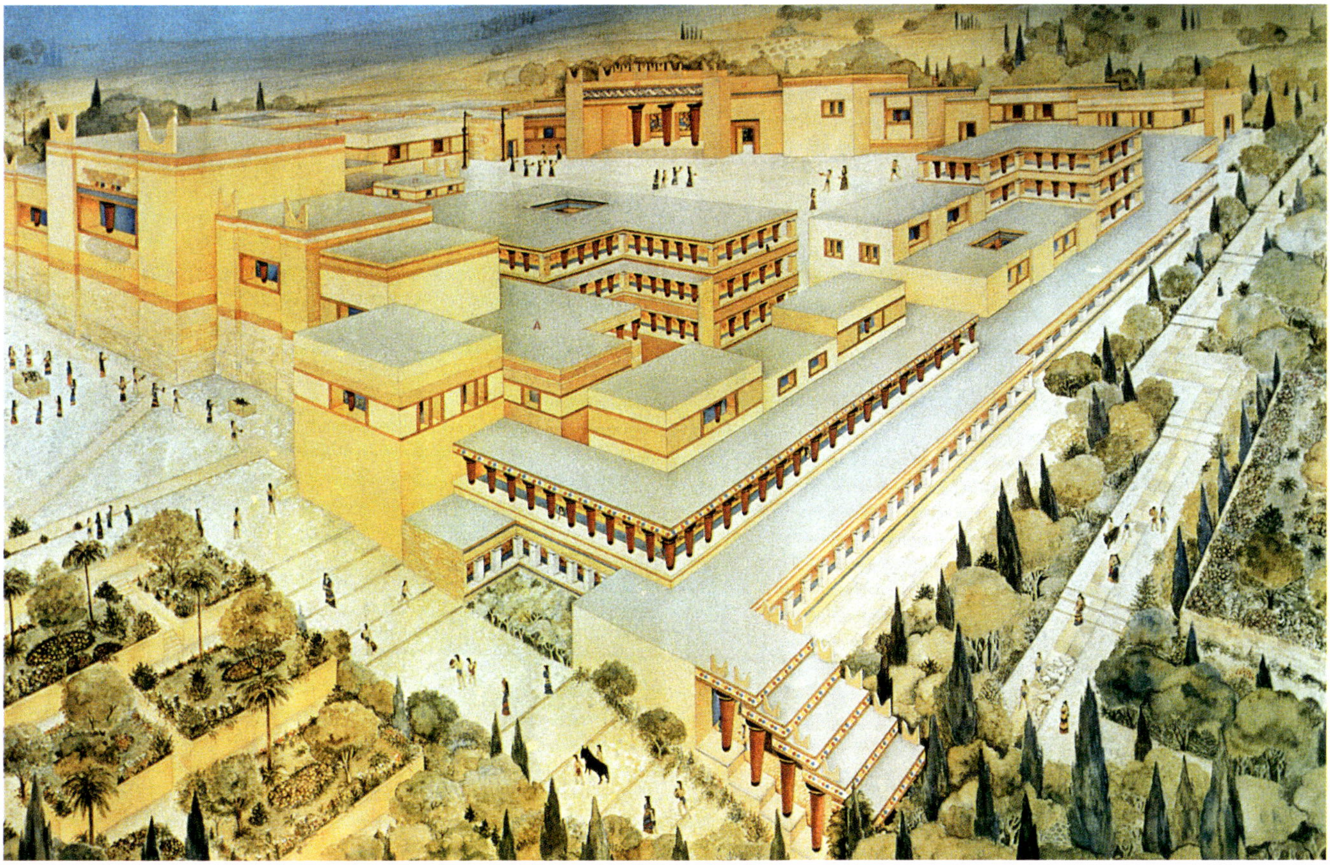

I frammenti delle ricche decorazioni trovati da Evans hanno dato un'immagine di eleganza e di colore come mai si era visto. Uno stile che Evans ha riprodotto secondo la sua interpretazione della civiltà cretese, che egli chiamò minoica in onore del re Minosse. Oggi Cnosso è come Evans immaginava che dovesse essere un tempo, con colonne rosse e nere, splendide sale decorate ovunque, e un intreccio di piani e stanze che ricalcano forse non del tutto il palazzo originale.
Lo specchio di un'antica civiltà con tratti anche ottocenteschi.

Un'età d'oro scomparsa

Davanti a una tale vivacità di espressione sia architettonica sia artistica e commerciale, una questione su tutte rimane irrisolta: perché e come è crollata la civiltà minoica? Dopo aver dominato l'Egeo per un millennio e mezzo è scomparsa improvvisamente. Da un lato si pensa che la colpa sia stata dell'eruzione del vulcano di Thera, la moderna Santorini, nel 1500 a.C., dall'altro l'arrivo di invasori. Il maremoto seguito all'eruzione non può aver sommerso Creta, piuttosto può aver danneggiato la flotta che proteggeva l'isola e che garantiva ai Minoici il dominio del mare, permettendo così al popolo dei Micenei di approfittarne e di installare sul trono che fu di Minosse l'ordine acheo. I palazzi danneggiati dalla violenta mareggiata erano stati ricostruiti ma in cento anni il sistema minoico era venuto meno, sostituito da uno nuovo in cui gli elementi micenei erano molto più forti. Dei Minoici è rimasto il ricordo di una civiltà brillante che per la prima volta ha imposto 1500 anni di pace: un periodo felice nella storia dell'arte e dell'umanità.

Un vero labirinto
Una riproduzione del Palazzo di Cnosso in tutto il suo splendore, con le grandi terrazze che sorreggevano colonnati e un intrico di sale riccamente affrescate. Qui sotto, un particolare di vivace realismo, con una serie di delfini affrescati nel cosiddetto bagno della regina.

Micene
una ricca e raffinata cultura

Una città fiorente e fortificata
L'imponente Porta dei Leoni segnava l'ingresso principale dell'acropoli di Micene. Sopra e qui sotto, due degli splendidi gioielli d'oro rinvenuti nelle tombe reali, un diadema e la testa di una spilla (XVI sec. a.C.).

È stata la più antica città continentale della Grecia, seconda per fondazione solo a Cnosso, sorta sull'isola di Creta e culla della civiltà minoica.
Il grande poeta greco Omero descrive Micene come una città ricca e allo stesso tempo studiata come una fortezza, costruita su una collina e protetta da alte mura, così massicce e spesse (ben cinque metri) da meritare già allora il nome di mura ciclopiche. Al centro spiccava il palazzo reale e intorno sorgevano edifici ben curati, grandi strade, una piazza per il mercato e, al di sotto, un cerchio di sepolture. L'ingresso monumentale era costituito dalla Porta dei Leoni, imponente e sovrastata da due belle statue di pietra. La postazione elevata permetteva ai suoi soldati di controllare tutta la pianura di Argo, che distava una decina di chilometri, e di mantenere quindi una posizione strategica nella regione.
La sua fu dunque un'importante civiltà, fiorita per cinquecento anni a partire dal 1600 a.C.
Tanto forte da arrivare a dominare il mare Egeo al posto dei Minoici di Creta e da andare anche oltre la Grecia, facendosi ammirare anche per raffinatezza e ricchezza artistica.

Una nuova, sensazionale scoperta

Mezzo secolo di gloria interrotto bruscamente intorno al 1150 a.C., quando la città venne distrutta, e per ritrovare un uguale livello di civiltà bisognerà aspettare la cultura classica.

Tutto questo, però, nella seconda metà dell'Ottocento non si immaginava neppure. A scoprire la fiorente Micene e la sua importante civiltà, è stato il tedesco Heinrich Schliemann, che già stava lavorando nella vicina Troia. L'amore per la città narrata da Omero l'aveva spinto a compiere, a sue spese e sotto la sua direzione, degli scavi considerati arditi.

Per arrivare a questo aveva accumulato un'ingente ricchezza, commerciando in ogni parte del mondo. Nel pieno dei lavori che avevano portato alla luce le rovine di Troia, nel 1874 Schliemann iniziò i sopralluoghi a Micene. Nell'agosto di due anni dopo, contro ogni parere, iniziò a scavare proprio dietro la Porta dei Leoni, che era già venuta alla luce.

Il risultato fu ancora una volta sorprendente. Com'era già successo con Troia, seguendo il suo istinto aveva trovato quello che altri avevano solo sognato. Questa volta a ispirarlo era stato un testo di Pausania del II sec. d.C., che lui aveva letto più volte in greco antico interpretandolo in maniera originale.

Il suo primo ritrovamento sorprese tutti: all'inizio di dicembre, poco tempo dopo l'inizio dei lavori riportò in superficie quello che verrà chiamato "Circolo A", con cinque tombe a fossa, dove trovò numerosi scheletri con ricchi ornamenti.

Le tombe dei re di Micene
Il Circolo A (XVI sec. a.C.) con le sepolture regali nelle quali sono stati ritrovati personaggi deposti insieme a un ricco corredo di gioielli e suppellettili d'oro. Qui sopra, un *rhython* aureo a forma di testa di leone (1600-1500 a.C.).

Armi e ornamenti
Diverse spade e pugnali rinvenuti nelle sepolture di Micene, come questo preziosamente intarsiato in oro con una scena di caccia al leone, indicano la presenza di un ceto aristocratico di guerrieri, così come Omero descriveva gli Atrei. Qui sotto, una delle numerose borchie d'oro sbalzate con immagini floreali e di animali trovate nelle sepolture femminili.

Un fiume d'oro sepolto dal tempo

Le cronache raccontano che insieme alla sua giovane seconda moglie, la greca Sophia, portò alla luce tredici chili di oggetti e gioielli in metalli preziosi.
Oro ma anche leghe, il tutto cesellato, sbalzato e inciso con incredibile maestria. Coppe, armi di bronzo decorate con oro e argento, come i pettorali. Reperti unici e a quei tempi impensabili per una civiltà vissuta oltre 3000 anni fa.
Ma la scoperta più preziosa fu una splendida maschera d'oro trovata sul viso di una mummia. Quando Schliemann la sollevò, vide quel che restava di un volto antico. Convinto che le spoglie fossero quelle di Agamennone, il re che aveva guidato i soldati greci nell'assedio di Troia, annunciò al mondo il fantastico ritrovamento dicendo: «Ho contemplato il volto di Agamennone». E la sua fama non ebbe più limiti. Il suo libro *Mykenae*, con la prefazione del primo ministro inglese, venne tradotto in diverse lingue. Il tesoro di arte e cultura trovato da Schliemann fece molto parlare di sé.
Ma anche questa volta non mancarono le polemiche. Come successe per gli scavi che rivelarono al mondo l'esistenza di Troia, si mise sotto accusa la sua correttezza, arrivando a ipotizzare una vera e propria frode. C'era infatti chi pensava che tanta fortuna fosse stata aiutata seppellendo nottetempo ciò che si sarebbe ritrovato al mattino. Accuse gravi, che non diedero però colpi definitivi alla fama di Schliemann. Dalla terra continuarono a uscire edifici e mura, oggetti e resti umani.
Se oggi si conosce Micene si deve proprio a un archeologo per passione, amato e odiato con la stessa forza.
La maschera di Agamennone è rimasta il simbolo della sua opera, nel bene e nel male. La sua datazione è stata più volte messa in discussione, fino a sospettare che si sia trattato solo del lavoro di abili

Una scrittura indecifrabile

Oltre agli oggetti preziosi che fecero la fortuna di Schliemann, a Micene e anche a Creta sono state trovate anche oltre 5000 tavolette d'argilla con incisa la scrittura della sua antica civiltà. Più si ampliava la sua influenza sui territori circostanti e aumentavano i commerci, più si rendeva necessario l'uso di una scrittura amministrativa. Un tesoro di conoscenza però molto difficile da decifrare. A riuscirci in parte è stato nel 1953 un archeologo e architetto inglese, Michael Ventris, che ispirandosi ai sistemi utilizzati nel corso della Seconda guerra mondiale per decriptare i messaggi cifrati, riuscì a tradurre una scrittura che era incisa su alcune centinaia di tavolette (qui a fianco due esempi) e oggi conosciuta come Lineare B.
Niente ha potuto invece con la più antica e complessa Lineare A e con il geroglifico cretese, che sono ancora indecifrati. Dal contenuto delle tavolette tradotte, sono emerse molte preziose informazioni sulla civiltà micenea, che aveva una gerarchia sociale rigida e un sistema economico molto complesso.

orefici pagati dallo stesso Schliemann. Anche sul resto dell'imponente bagaglio di reperti trovati a Micene e ora esposti al Museo Nazionale di Atene sono stati espressi dubbi; inoltre sono stati messi in discussione i resoconti degli scavi portati avanti dal tedesco, ma spesso si è arrivati alla conclusione di spostare solo un po' più indietro le lancette della storia.
Schliemann continuò la sua frenetica attività in compagnia della moglie, visitando altri siti che considerava interessanti, trattando con le autorità greche ma anche viaggiando per il mondo.
La sua storia finisce a Napoli, il giorno di Natale del 1890, accasciato per terra, tra gente che non lo riconosceva.
Ma il suo sogno poteva dirsi realizzato, aveva riportato alla luce l'antico mondo narrato nell'epica di Omero.

Il volto di un re
Schliemann ritrovò diverse maschere d'oro a grandezza naturale che coprivano il volto dei corpi sepolti nelle tombe reali di Micene. Questa, che egli attribuì allo stesso Agamennone, è in realtà del XVI sec. a.C., quindi molto più antica della guerra di Troia del poema omerico che si data al XIII sec. a.C.

Carnac
linee di pietra nella terra bretone

È il più grande raggruppamento di antichi megaliti del mondo.
Un insieme incredibile di grandi pietre infilate stabilmente nel terreno e allineate in lunghe file, oppure disposte in cerchi o in ampi archi, con uno scopo ancora da scoprire con certezza. Carnac è questo e altro, muta testimone di uomini di un lontano passato, nella campagna francese della Bretagna.
Tremila pietre rimaste in piedi attraverso i millenni per raccontare di un popolo a noi ancora in buona parte sconosciuto. Ma in grado di erigere opere ciclopiche capaci di superare le offese del tempo. Siamo nel cuore sacro dei monumenti megalitici di tutta la Francia. Nei pressi del paese di Carnac sorge Le Ménec, circondata da un'ellisse di pietre di 100 metri di diametro e composta da 70 megaliti alti circa un metro e mezzo.
Niente in confronto all'enorme allinea-

Testimoni della storia
L'impressionante sequenza di gigantesche pietre infisse da millenni nel suolo di Carnac, in Bretagna, rimanda alle culture più antiche di quelle regioni.

mento che si erge andando verso est: 11 file parallele di 1099 menhir che possono raggiungere le 50 tonnellate per 4 metri di altezza. Il loro sviluppo verticale decresce fino ad arrivare al centro dell'allineamento e risale poi verso la fine.

L'imponenza di queste lunghe sfilate di massi è impressionante: corrono per più di 1100 metri, con una posizione ognuna studiata nei minimi particolari.

Per definirne il percorso, secondo il professore inglese Alexander Thom, sarebbero state applicate le proprietà di un triangolo pitagorico. I menhir infatti seguirebbero una leggera curva verso nordest, finendo poi vicino a un anello ovale di pietre, ovvero un "cromlech", non in buone condizioni, formato da 25 menhir. Proseguendo nei suoi studi, Thom avrebbe anche identificato l'unità di misura usata in tutti i monumenti megalitici dell'area di Carnac, che ha chiamato "yarda megalitica" (MY).

Vivere fra i megaliti
Le case coloniche e i villaggi sono sorti nei pressi dei menhir. In passato, i contadini della zona non hanno esitato a rimuovere quelli che ostacolavano il loro lavoro. Qui a fianco, una cartina con i siti megalitici nei pressi di Carnac.

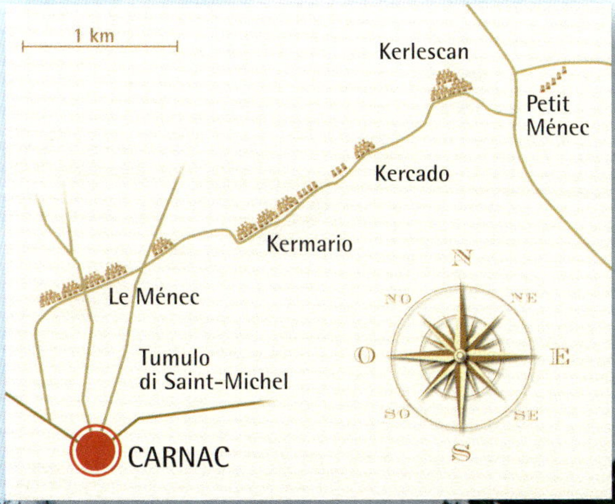

I monumenti megalitici

I monumenti megalitici sono ancora un enigma per gli studiosi. Il loro nome nasce dal greco *mega*, cioè grande, e *lithos*, che vuol dire pietra e indica tutte quelle strutture composte da grandi massi eretti verticalmente nel terreno tra la metà del V e il II millennio a.C., quindi prima degli Egizi e della civiltà mesopotamica. Le pietre venivano portate dalle cave fino a luoghi ben precisi per formare circoli, file o particolari costruzioni.
Se ne trovano in posti diversi del mondo. In Europa, per esempio, sono in Svezia, nella Penisola Iberica, nelle Isole Britanniche, in Francia e in Italia. I primi monumenti megalitici sono stati eretti nel Neolitico, un periodo che va dal 9000 fino al 6000 a.C., fondamentale per l'evoluzione della nostra specie, durante il quale gli uomini iniziarono a esercitare l'allevamento degli animali e l'agricoltura. Secondo gli studiosi, potrebbe essere stato l'inizio della pratica della sepoltura dei defunti a dare il via alla costruzione dei primi monumenti. A seguire, sarebbe sorta l'esigenza di propiziare la fecondità della terra e degli uomini con riti riferiti ai corpi celesti. Grazie a un'osservazione del cielo sempre più attenta, i popoli della civiltà megalitica avrebbero imparato a correlare, per esempio, i ritmi della natura con il moto del Sole e della Luna, e persino a calcolare la precessione degli equinozi. I segreti delle stelle quindi sarebbero stati visti come un patrimonio di conoscenza per la tutela e lo sviluppo delle prime comunità, tanto importante da meritare l'edificazione di strutture particolari. Resta comunque sconosciuto il senso della maggior parte delle costruzioni megalitiche.
A Carnac, con le sue lunghe file di menhir e i suoi dolmen, deve esserci stato un importante insediamento del Neolitico.
Nella periferia di Locmariaquer, sempre in Bretagna, è stato trovato anche il più grande menhir edificato nel Neolitico, chiamato Er-Grah, la Pietra delle Fate, soprannominato anche Le Grand Menhir Brisè (nella foto in alto). Il gigantesco megalite era alto oltre venti metri per un peso stimato di circa 350 tonnellate. Ora è rotto in quattro parti, in seguito a una caduta avvenuta presumibilmente per un fulmine o un forte terremoto, come quello che avvenne nella zona nel 1722. La sua posizione non è casuale. Si trova infatti alla fine di un antico tumulo e, usandolo come indicatore, partendo da altri tumuli e pietre nell'arco di tredici chilometri, era possibile osservare il sorgere e il tramontare della Luna.

Il luogo dei morti

A poche centinaia di metri da Le Ménec, sorgono altri giganteschi colossi di pietra. È l'allineamento di Kermario, conosciuto come "il luogo dei morti". Oltre a un dolmen a corridoio di grande bellezza, qui si trovano altre file di pietre. Anche queste hanno un andamento da ovest verso est ma i loro menhir sono di dimensioni molto maggiori e raggiungono addirittura i sette metri di altezza. Anche in questo caso, poi, l'altezza delle pietre cala verso il centro delle file per poi risalire verso la fine. Milleduecento metri di stupefacenti massi, che terminano con tre enormi monoliti alzati ad angolo retto rispetto ai viali.

Presenze nella campagna
Il dolmen di Kermario e, sotto, una veduta aerea delle lunghe file di menhir di Carnac che richiamano numerosi turisti.

Enigmatici colossi di pietra

A poca distanza verso est, sorge un altro complesso, quello di Kerlescan, "il luogo della cremazione." Tredici file parallele per un totale di 540 pietre che, insieme al piccolo allineamento di Petit Ménec, si pensa formasse un tempo un lunghissimo viale di menhir. Tredici allineamenti con direzioni impercettibilmente diverse, tanto da permettere al primo e all'ultimo di indicare il sorgere del Sole nel solstizio estivo e in quello invernale. A Kercado, si trova invece la più antica struttura di tutta Europa.
È un grande tumulo sopra il quale è eretta un'alta pietra. Il suo ingresso è diretto verso il sorgere del Sole al solstizio d'inverno e al suo interno c'è un corridoio che porta a una camera funeraria di forma quadrata. Secondo gli archeologi, sarebbe stato edificato intorno al 4700 a.C., molti secoli prima delle piramidi d'Egitto e di Stonehenge.
Il complesso megalitico di Carnac comprende anche il grande tumulo di Saint-Michel, lungo 122 metri e alto 12.
Al suo interno ci sono delle tombe di piccole dimensioni risalenti al 4000 a.C.
Con il passare dei secoli, sul sito neolitico è stata costruita una cappella dedicata a San Michele Arcangelo, colui che ha ucciso il drago.

Una tomba megalitica
In alto a destra, l'ingresso del tumulo di Kercado con un menhir infisso sulla sommità. Dietro l'imponente architrave si apre un lungo corridoio, come questo nella foto qui in basso con una sequenza di grandi massi incisi con forme a spirale e archi concentrici.

La tradizione cristiana rientra anche nella visione locale dei tanti menhir piantati nel terreno. Secondo una leggenda, infatti, i massi eretti sarebbero in realtà dei soldati romani, pietrificati dal patrono di Carnac, San Cornelio.
Quest'ultimo, che era stato Papa ed era poi stato rimandato in Bretagna, suo luogo natale, aveva portato con sé molti buoi, usati per trasportare i suoi averi, diventando così per la gente del posto il santo protettore del bestiame.
Escludendo comunque un collegamento seppur fantasioso con i soldati romani, resta il problema dell'interpretazione dei magnifici monumenti neolitici di Carnac. Perché genti tanto antiche hanno affrontato un lavoro così immane come quello di trasportare per chilometri migliaia di pesanti pietre? E perché disporle in file tanto lunghe o in circoli vasti e impegnativi, e a quali riti servivano?
Perché l'asse di molti dolmen e diversi menhir erano orientati verso la levata del Sole al solstizio invernale? Qual era, insomma, il legame tra le stelle e le pietre? Tutte domande per ora senza delle risposte veramente certe.

Rivolti verso il cielo
Le file di menhir di Le Ménec terminano in un circolo di pietre, una disposizione cioè a "cromlech". La posizione di molti massi sembra collegata a orientamenti astronomici.

I diversi aspetti delle costruzioni megalitiche

Le costruzioni megalitiche hanno forme diverse e a volte complesse che chiamiamo dolmen e menhir.

Il dolmen (nella pagina a fronte, in basso, due esempi), è un monumento funerario, una camera megalitica composta da alte pietre verticali o da pilastri e da muretti a secco, che sorreggono pesanti lastre di pietra. Ne sono stati classificati tre diversi tipi: i dolmen a corridoio, i più antichi, in cui la camera si può allungare verso l'esterno grazie a un corridoio; quelli a galleria coperta, come le Tombe dei Giganti della Sardegna, sorti verso la fine del IV millennio a.C., e con una camera più lunga che larga e un corridoio ricoperto di lastroni di pietra; e infine quelli più semplici, privi di corridoio e con una camera che dà sull'esterno. I dolmen possono essere edificati dentro un tumulo di pietra, chiamato "cairn". Al loro interno, spesso sono stati trovati molti corpi, aggiunti di generazione in generazione, e anche gli oggetti destinati ad accompagnare i defunti nel loro viaggio verso l'aldilà.

Le loro decorazioni sono incisioni a forma di spirale, cerchi e altri motivi tipici del periodo ma anche disegni che si rifanno ad avvenimenti celesti particolari, come un'eclissi. Un preciso riferimento al cielo c'era anche nell'orientamento dell'asse del dolmen, che guardava solitamente verso i solstizi, oppure a stelle significative come Sirio, o ancora verso i punti dove il Sole sorge o cala. Il dolmen di Newgrange, in Irlanda (nella pagina a fronte, in alto e al centro), ha una camera mortuaria decorata con le spirali, simbolo del Sole che in effetti penetra fino al suo interno durante il solstizio d'inverno.

Altro discorso sono invece i menhir (in queste pagine, nella foto sullo sfondo), cioè le pietre lunghe. Sono pietre di diverse dimensioni e più o meno lavorate, piantate stabilmente nella terra. Possono essere decorati con incisioni simboliche, comporre dei gruppi, dei lunghi allineamenti come a Carnac, degli archi, delle semplici figure geometriche o dei cerchi più o meno complessi, come a Stonehenge. Questi megaliti sono nati nel Neolitico ma ne sono stati eretti per lunghissimo tempo, fino quasi ad arrivare al medioevo. Il loro scopo è ancora incerto. Sicuramente nella loro edificazione facevano riferimento ai precisi momenti e orientamenti astronomici. Si pensa poi, ma senza certezza, che avessero una funzione cerimoniale, per propiziare i riti di fertilità e il culto del Sole o di altri astri.

Stonehenge
i colossi della leggenda

Un gigante fra i giganti
Le pietre più grandi di tutto il complesso di Stonehenge si trovano al centro, nella parte più antica del monumento, così come avviene in molti altri siti megalitici. Per avere un'idea delle loro ciclopiche dimensioni basti pensare che Roberto Giacobbo, nella foto qui sotto, è alto due metri.

È senza dubbio il più famoso monumento megalitico del mondo e, a distanza di millenni dalla sua edificazione, mantiene intatto il suo fascino magico. Stonehenge è il circolo di grandi pietre che sorge sulla piana di Salisbury, nel sud dell'Inghilterra.
Con i suoi alti macigni eretti a formare un insieme circolare, ha solleticato la fantasia degli uomini di molte generazioni. Sull'edificazione di Stonehenge sono state fatte nel tempo ipotesi più o meno fantasiose. Si è pensato che fosse un tempio romano, il luogo sacro dei druidi celtici e persino che le sue pietre fossero state portate da una tribù di giganti dall'Africa fino all'Irlanda e che poi siano state fatte volare da Merlino fino alla campagna del Wiltshire. Oggi è sicuramente uno dei siti archeologici più visitati del mondo, capace di affascinare un vasto ed eterogeneo numero di persone. Ma quello che vediamo non è il circolo di pietre dell'inizio. Da quello che si sa, la sua edificazione è iniziata intorno al 3500 a.C., in epoca neolitica. La sua struttura attuale, però, è frutto di passaggi successivi e di molte perdite, compreso il riposizionamento di alcune pietre in tempi non troppo lontani.
Essendo il risultato del lavoro degli uomini del Neolitico, che non avevano una forma scritta, sappiamo di Stonehenge solo quello che ci raccontano le pietre e il terreno circostante. Inizialmente era composta da un circolo di 56 buche distribuite a intervalli regolari, chiamate *Aubrey holes*, che dovevano servire da base per grossi pali. Intorno alle buche era stato scavato un fossato con un diametro di 114 metri, circondato a sua volta da un terrapieno. Nelle *Aubrey holes* sono stati trovati i resti di defunti cremati, il che ha confermato l'ipotesi che a Stonehenge si svolgessero anche riti funerari. Si è anche pensato che le buche rappresentassero l'ingresso al mondo dei morti.

Al suo interno sorsero quindi altri cinque triliti ordinati a ferro di cavallo e composti da pietre enormi e pesanti, che vanno dalle 20 alle 50 tonnellate.
I *sarsen*, le pesanti pietre di arenaria usate, però non erano stati trovati in zona ma venivano da Avebury, un altro sito megalitico che si trova a una trentina di chilometri di distanza.
Fuori dal cerchio di pietre è stata poi eretta un'unica pietra, chiamata *Heel stone*, posizionata lungo l'asse di simmetria privilegiato del monumento.

Un lavoro ciclopico
In queste illustrazioni, la ricostruzione di come potrebbero essere state trasportate le enormi e pesantissime pietre di Stonehenge, facendole scorrere su pali che venivano continuamente spostati. In alto, una possibile tecnica di sollevamento delle pietre orizzontali, con un castello di legno che poi veniva smontato.

Cerchi concentrici

In seguito, ai pali si è pensato di sostituire la pietra. Così venne eretto un circolo fatto da trenta triliti, archi composti da tre grandi pietre, collegati tra di loro in modo da formare un unico cerchio chiuso.

Prolungando idealmente quest'asse, si arriva al punto dell'orizzonte dove sorge il Sole al solstizio d'estate. Un elemento che poteva aiutare gli uomini della civiltà megalitica a organizzare un primordiale calendario solare, indispensabile per una vita basata sull'agricoltura e la pastorizia. Dopo duecento anni dal suo primo assetto, Stonehenge venne di nuovo modificato. Dalle Prescelly Mountains, nel Galles, vennero portati ottanta massi chiamati *bluestones* per via del colore del minerale di cui sono fatti. Gli uomini del Neolitico edificarono così un secondo cerchio di pietre, più piccole di quelle precedentemente usate. Come le altre, erano state estratte dalle cave aiutandosi con rudimentali attrezzi, in un'epoca nella quale non si conosceva il ferro.

Ma come sono state trasportate per più di 300 chilometri fino a Stonehenge tutte queste pietre, capaci di arrivare a pesare anche più di venti tonnellate? C'è chi ha pensato che le pietre potessero già trovarsi nei pressi del monumento megalitico, rimaste lì con la fine del periodo glaciale dopo essere state trasportate dai ghiacci. L'ipotesi più accreditata, invece, è che siano state prima trascinate fino al canale di Bristol, fatte arrivare al mare e fatte scendere lungo la costa del Galles sopra a zattere o a piroghe e che poi, lungo il fiume Avon, siano state fatte navigare per arrivare il più vicino possibile a Stonehenge.

Un calendario di pietra
La *Heel stone*, qui in basso, segna il punto di un allineamento astronomico: il sorgere del Sole al solstizio d'estate. Forse tutta la struttura funzionava come un gigantesco calendario?

Allineamenti astrali
Un'ideale ricostruzione di come i raggi del Sole, sorgendo, si incuneassero fra i giganteschi *sarsen* andando poi a sfiorare le pietre più esterne.

Un ordinamento simbolico

Quello di Stonehenge resta comunque un enigma che ha appassionato gli uomini di tutte le epoche.

La prima indagine risale al 1620, quando re Giacomo I incaricò l'architetto Inigo Jones di studiare i misteriosi megaliti.

Fu in quell'occasione che vennero eseguite le prime misurazioni, che però portarono alla conclusione che Stonehenge era stato eretto nel 79 d.C. dai Romani.

Negli anni Cinquanta, l'archeologo inglese Richard Atkinson è stato il primo a capire la sua struttura originaria, con le cinquantasei buche e il fossato intorno.

Ma la vera svolta nel modo di studiare il monumento megalitico si è avuta in tempi più recenti, grazie a un professore di Astronomia dell'Università di Boston, Gerald Hawkins. Secondo lui, le pietre così disposte erano servite come primordiale osservatorio e come una sorta di calcolatore per riuscire a prevedere, tramite allineamenti astronomici, l'arrivo delle eclissi di Sole e di Luna.

Infine, la moderna tecnologia è venuta in aiuto dell'archeologia. Grazie alla misurazione della quantità di carbonio 14 presente in un reperto organico, è possibile risalire all'epoca della sua morte. Questo metodo di datazione è stato applicato ai resti di alcune corna di cervo che sono stati ritrovati nelle fosse delle grandi pietre di Stonehenge, e ha permesso di affermare che una fase della sua edificazione risale almeno al 2200 a.C.

Lo stesso metodo, però, non si può applicare alla roccia. Stonehenge conserva quindi intatti i propri segreti. Grazie agli studi di Hawkins è stato provato il forte interesse della civiltà megalitica per il cielo e i suoi movimenti, ma ancora non si sa nulla sulla reale funzione di questo affascinante monumento preistorico.
Dell'antico popolo del neolitico resta comunque un invito ad ammirare il Sole che sorge in allineamento con l'asse di Stonehenge e della *Heel stone* il 21 giugno, in occasione del solstizio d'estate.
Un appuntamento al quale in molti, ancora oggi, non vogliono rinunciare.

Magica atmosfera
Osservatorio astronomico, sito rituale di sepoltura, luogo di culto degli antichi sacerdoti celtici, qualunque sia stata la sua funzione il grande cerchio di Stonehenge ha un fascino eterno.

Avebury
il grande circolo magico

Il compasso neolitico
Un villaggio con due strade che si incrociano a dividere un cerchio impresso da millenni nella campagna inglese. È Avebury, un enigmatico complesso preistorico composto da un profondo fossato e da grandi pietre poste in circolo.

È un altro splendido lascito della civiltà megalitica. Quello di Avebury è il più importante complesso neolitico della Gran Bretagna, con la tomba preistorica più vasta di tutta l'Inghilterra, il circolo di pietre più grande del mondo (con un diametro di oltre 470 metri) e la collina artificiale più alta d'Europa. Un insediamento meno famoso della vicina Stonehenge ma forse più significativo dal punto di vista archeologico.

Il villaggio di Avebury sorge a nord di Stonehenge, nei pressi di Marlbourough, nel Wiltshire del nord, in un territorio che con il tempo è stato in parte occupato dalle case. Anche se non ha l'immediata imponenza di Stonehenge, raccoglie in sé dei monumenti neolitici unici, a cominciare proprio dal suo circolo di pietre.

In origine doveva essere formato all'incirca da cento menhir pesanti fino a oltre quaranta tonnellate. Oggi non ne rimangono che ventisette, sopravvissuti al tempo e soprattutto all'intervento degli uomini che, dal XIV secolo in poi, da una parte hanno approfittato delle pietre per costruire il villaggio all'interno del grande cerchio, e dall'altra hanno pensato di cancellare il carattere pagano del luogo rovesciando e distruggendo i grandi massi.

Un fantastico cerchio di monoliti

L'aspetto odierno del circolo di pietre di Avebury richiede uno sforzo di fantasia per ritornare idealmente al momento della sua edificazione, a più di 2000 anni prima di Cristo. Allora si estendeva per oltre undici ettari ed era composto da un enorme fossato circolare profondo quindici metri (adesso è circa la metà) con due argini piuttosto alti e una lunghezza totale che raggiungeva il chilometro.

All'interno sorgeva l'anello di pietre più grande, che conteneva altri due cerchi più piccoli, purtroppo in maggior parte andati perduti, e altri menhir di cui si sa poco. Il "cerchio interno settentrionale" doveva avere un diametro di quasi cento metri, e al centro aveva tre grosse pietre.

Il "cerchio interno meridionale", invece, aveva un diametro di 108 metri e un solo menhir alto più di cinque metri.

Le pietre, contrariamente a quelle di Stonhenge non sono state lavorate e provengono dalle vicinanze di Avebury.

Tutto il sito è attraversato da due strade: la prima inizia dall'apertura meridionale del cerchio, è fatta di menhir accoppiati ed è la West Kennet Avenue, tuttora visibile. Della seconda invece, la Beckhampton Avenue, è rimasta una sola pietra e la traccia che procedeva verso occidente.

Buona parte di queste informazioni le dobbiamo all'antiquario William Stukeley, che dal 1720 disegnò tutti i particolari di questo magico sito megalitico, lasciandoci un'idea molto chiara di come dovesse essere quasi tre secoli fa e di quali tracce restassero del suo più lontano passato. Fu lui, inoltre, a chiamare i due cerchi interni "Tempio lunare" e "Tempio solare", facendo già intendere di aver colto lo spirito cerimoniale del luogo.

Un passato scomparso
Il disegno di come doveva apparire il sito prima che i cerchi di pietre all'interno del fossato venissero quasi distrutti dagli abitanti del luogo per costruire le case del villaggio. Oggi solo pochi giganti di pietra restano ancora al loro posto.

Resti umani e animali
Una rara immagine storica dei lavori di scavo nel fossato di Avebury. Sono stati trovati gli strumenti usati in epoca preistorica per la costruzione del sito, le corna di cervo, e anche resti umani che hanno fatto pensare a una destinazione funeraria rituale del complesso, almeno in parte.

Significati nascosti

Dovevano passare molti anni prima che un altro inglese, Sir Henry Meux, iniziasse nuove indagini: era il 1894 e scoprì che i lavori del fossato e del resto dovevano essere stati fatti, nel Neolitico, in diversi momenti.
Successivamente, le operazioni di scavo e di analisi andarono avanti, in maniera non troppo regolare, per 14 anni a partire dal 1908, sotto la direzione di Harold St George Gray. Quello che emerse, tra l'altro, fu che gli uomini della civiltà megalitica per scavare il profondo fossato avevano usato soprattutto delle corna di cervo. Nel 1934 Alexander Keiller acquistò il complesso. Scavò sotto le grandi pietre e rimise in sede i massi rovesciati dal tempo, sperando di trovare reperti organici da datare con il carbonio 14.
Ma qual era la funzione che doveva avere in origine il complesso di Avebury? Nel tempo si è detto di tutto, che fosse una rappresentazione simbolica dell'uovo e del serpente, un tempio romano, il luogo in cui i druidi, i sacerdoti dei Celti, celebravano i loro riti, un anfiteatro o, come Stonehenge, che fosse un osservatorio astronomico.
Ma anche in questo c'era una grande differenza tra i due siti megalitici. Ad Avebury, infatti non sono stati rilevati alli-

Tumuli silenziosi

A un chilometro e mezzo da Avebury sorge Silbury Hill (qui a fianco), la collina artificiale più vasta d'Europa. Un monumento del Neolitico risalente circa al 2750 a.C.
Si narra che l'enorme tumulo contenga le spoglie di re Sil, sepolto ancora in groppa al suo cavallo, ma all'interno non sono state trovate tracce di ossa umane. Sempre nei pressi sorge Windmill Hill, un territorio attraversato da strade lastricare che secondo gli archeologi doveva essere sorto intorno al 3350 a.C.
Inoltre, sempre nei paraggi sorge la più importante tomba preistorica di tutta l'Inghilterra: si tratta del tumulo di West Kennet, lungo intorno ai 104 metri.

neamenti astronomici importanti e da quello che si è capito, non era alle stelle che guardavano i costruttori del circolo di pietre.

Da quello che hanno ipotizzato gli archeologi, ad Avebury avevano luogo dei rituali legati alla vita, dei campi e degli uomini. Qui si svolgevano cerimonie pagane destinate a propiziare il corretto svolgersi dell'anno agricolo, ma anche a garantire la salute alla gente del villaggio.

In ascolto della Natura

Ancora oggi il suo aspetto spirituale attira visitatori e turisti, che si concentrano in occasione del solstizio d'estate e che considerano il cerchio megalitico il luogo sacro di un'antica religione. Resta ancora da capire perché sia stato necessario alzare e disporre tante pietre così pesanti. I popoli del Neolitico si sono impegnati spesso in costruzioni enormi dal significato oscuro. Si è detto anche che le enormi pietre innalzate verticalmente verso il cielo sarebbero una sorta di antenna o di accumulatore di energie naturali provenienti dal cuore della terra.

Avebury era quindi, forse, un posto dove riunirsi e trarre vigore per far crescere la popolazione e il bestiame.

Un luogo magico nel quale convogliare quelle forze che nella preistoria avevano tanto peso nella vita degli uomini e che noi oggi sembriamo non conoscere più.

Spiritualità nella roccia
Pietre solitarie infisse nel terreno, sembrano indicare il cielo. La loro origine le collegherebbe alle energie provenienti dall'alto o dal basso, in una unione simbolica fra cielo e terra.

Il Selciato del Gigante
un fantastico ponte sull'oceano

Il protagonista
Le leggende locali sono ben vive in Irlanda e i loro protagonisti, come il gigante Finn McCool qui in alto, sono ancora oggi celebrati. Qui sotto, l'ingresso della grotta di Fingal a Staffa, con le straordinarie colonne di basalto.

Ci sono luoghi che sembrano nati apposta per far nascere le leggende. Uno di questi si trova nella contea di Antrim nell'estremo nord dell'Irlanda, sullo stretto che guarda la Scozia.
Qui, tra gli spruzzi delle onde e l'umidità dell'aria, c'è una sorta di strada che si allunga sul mare chiamata "Giant's Causeway", il Selciato del Gigante.
La misteriosa formazione segue per 275 metri la costa, per poi puntare per altri 150 metri verso l'oceano Atlantico.
È composta da un infinito numero di colonne di basalto nero alte all'incirca sei metri ma capaci di arrivare in alcuni punti anche al doppio. Chi ha calcolato la loro quantità parla di quarantamila colonne, con un diametro che va dai 38 ai 50 centimetri e con una particolare forma poligonale, con facce regolari che vanno da 4 a 10 ma con una maggioranza di esagoni. Tutte insieme, queste colonne compongono una struttura a nido d'ape molto compatta, tanto da non lasciare neanche il minimo spazio tra i suoi elementi.
Si possono notare tre piattaforme naturali, che prendono il nome di Selciato Piccolo, Medio e Grande. Nel tempo, poi, sono state soprannominate anche

altre formazioni particolari, come il Ventaglio, i Camini, l'Inginocchiatoio, e l'Organo, simile a un insieme di canne d'organo alte 12 metri.
Questa incredibile strada sembra riprendere il suo percorso a 120 chilometri di distanza, sulle scozzesi isole Ebridi. L'estremità ideale si trova infatti sull'isola di Staffa, dove alte scogliere composte dalle stesse colonne di basalto raggiungono i 40 metri. Come di basalto sono le colonne su tutti i lati della Grotta di Fingal, così suggestiva da aver ispirato il musicista tedesco Felix Mendelssohn-Bartholdy che le ha dedicato un'ouverture.
Il nome della grotta proviene invece da Finn Gall, uno dei personaggi principali dei racconti popolari scozzesi.

Un artificio della natura
La particolare conformazione a nido d'ape della struttura di basalto del Selciato del Gigante è incredibilmente più simile a una costruzione voluta dall'uomo che all'opera della natura.

Da una costa all'altra
Le alte colonne della formazione di basalto sull'isola scozzese di Staffa fanno pensare a tronchi preistorici pietrificati. Qui in basso, Roberto Giacobbo sul lato irlandese del Selciato del Gigante, una sorta di ponte naturale steso sul mare verso la Scozia.

Natura e fantasia popolare

Anche il Selciato del Gigante, come si evince dal nome, è legato alle leggende locali: quelle che hanno come protagonista il gigante irlandese Finn McCool.

La prima narra che milioni di anni fa Finn avrebbe costruito una ciclopica strada di roccia per permettere alla sua amata, che era scozzese, di attraversare il mare e raggiungerlo così sulla costa dell'Irlanda.

Un'altra leggenda, molto meno romantica, racconta invece che il gigante irlandese decise di costruire una lunga strada che da casa sua arrivasse, attraversando il mare, fino alla fortezza del suo più grande nemico, il gigante scozzese Finn Gall che viveva nell'isola di Staffa.

Determinato nel suo intento, Finn McCool fissò sul fondo del mare un'infinità di pali di pietra. Finito il lavoro, preferì riposarsi per poter attaccare il suo rivale nel pieno delle forze. A sorpresa, però, Finn Gall percorse di nascosto la strada e attraversò il mare fino ad arrivare a casa di Finn McCool. Ma non aveva fatto i conti con l'ingegno femminile.

La moglie del gigante irlandese, infatti, giocò d'astuzia e mostrò allo scozzese l'uomo che dormiva, dicendo però che quello era suo figlio appena nato. Finn Gall pensò che se quello era il figlio, figurarsi quanto doveva essere grosso il padre! Così imboccò nuovamente la strada di pietra e si ritirò velocemente nella sua dimora in Scozia. Per prudenza, poi, smontò una buona parte delle lunghe colonne, interrompendo per sempre quel pericoloso collegamento con il rivale.

Come emerge dalla leggenda, il Selciato del Gigante un tempo doveva in effetti raggiungere l'isola di Staffa. Deve essere stata la furia del mare, che da quelle parti è piuttosto impetuoso, a staccare dal

fondo le pesanti colonne, spargendole poi nell'oceano. Ma questo sembra a tutt'oggi l'unico elemento che lega la realtà alla leggenda.
La misteriosa scogliera irlandese è rimasta quasi sconosciuta fino alla fine del 1600, quando il vescovo di Derry non lo scoprì e ne parlò alla Dublin Society e alla Royal Society, mostrando anche degli interessanti disegni del posto.
Fu quello l'inizio della notorietà del Selciato del Gigante, che ha conservato intatto il suo segreto per secoli, fino a che la scienza non ha dato una spiegazione esauriente della sua strana conformazione. Superate le più diverse congetture, come l'ipotesi che si trattasse di una foresta di enormi bambù pietrificata dal tempo, si è giunti alla conclusione che le squadrate colonne di basalto siano di origine vulcanica.
Bisogna andare indietro nel tempo di almeno 50 milioni di anni, quando il nord dell'Irlanda e la Scozia subirono uno sconvolgimento e la crosta terrestre si aprì in più punti all'improvviso. La lava che fuoriusciva si solidificava molto lentamente, per poi essere di nuovo ricoperta dalla nuova lava appena uscita. L'azione del tempo e le particolari reazioni della lava alla pressione e al cambio di temperatura hanno formato le colonne esagonali che oggi ammiriamo. Così, secondo i geologi, è nato il Selciato del Gigante: a costruire una strada così spettacolare non è stata un'antica e ignota civiltà sconosciuta, ma una forza inarrestabile ancora più potente dei giganti, quella della natura.

Testimonianze di ere lontane
La furia dell'oceano modella le scogliere disegnando forme curiose e suggestive.
Ma solo gli studi scientifici e la geologia hanno potuto chiarire come si fossero potute originare le colonne di pietra che formano il Selciato del Gigante.

AFRICA E MEDIO ORIENTE

Nelle terre dove tutto è cominciato e dove la storia ancora non rivela i suoi segreti, si concentrano molti dei misteri archeologici del mondo. Cittadelle perdute, edifici dei quali non conosciamo la funzione, palazzi maestosi scavati nella roccia e templi che risalgono alla notte dei tempi. E anche qui, come altrove, grandi pietre, monoliti giganteschi nella parte più antica delle costruzioni, come se fossero l'ultimo baluardo di qualcosa o qualcuno perso per sempre. E ovunque tracce di civiltà scomparse nel nulla, con le loro sorprendenti conoscenze e il loro enigmatico passato. Un viaggio nel passato più remoto per saperne di più su ciò che è stato, e aggiungere domande alle quali cercare di dare una risposta.

Il regno del Re Scorpione
alle origini del mito

Antiche testimonianze
Una figurina femminile di età predinastica, forse di uso votivo, e gli imponenti pilastri del tempio di Seti I ad Abydos.

Quando pensiamo all'antico Egitto immaginiamo piramidi, faraoni e magnifici palazzi lungo le rive del Nilo. Una società complessa, che si è mantenuta pressoché immutata per millenni, turbata solo alla fine dall'influenza dominante dei Romani. Ma che cosa sappiamo dell'inizio della civiltà egizia?
Com'erano gli Egizi di quella età così lontana? Com'è nata una delle civiltà più antiche e longeve del passato? Ancora molti misteri avvolgono l'alba dell'Egitto. Gli stessi Egizi non avevano un'idea precisa di chi li avesse preceduti, come se la loro terra con la sua stupefacente civiltà fosse sempre esistita.
Nel tempo sono stati stilati diversi elenchi di faraoni. A pensarci è stato innanzi tutto Seti I, della XIX dinastia, che sul muro del suo tempio ad Abydos si fa ritrarre mentre mostra al figlio Ramses II i settantasette cartigli dei re dalla prima dinastia fino ai suoi giorni, escludendo però il faraone donna Hatshepsut.

La Lista dei faraoni
Il lungo elenco dei sovrani inizia da Menes e termina con Seti. Il giovane ritratto è Ramses, figlio di Seti, che tiene in mano due rotoli di papiro con gli inni sacri.

L'Egitto fra le nebbie del tempo

Ma la cronologia più completa la dobbiamo a un sacerdote di nome Manetone vissuto intorno al 300 a.C., che ha compilato una storia dell'Egitto come risultava da diverse fonti. Ciò che è arrivato fino a noi di questo grande lavoro documenta l'esistenza di almeno trenta dinastie, che terminano con la conquista del macedone Alessandro Magno nel 332 a.C.

Anche in questa come in altre cronologie trovate a più riprese in templi e in biblioteche, come la Pietra di Palermo e il Canone dei Re del Museo Egizio di Torino, si dà per scontata l'esistenza di regni precedenti alle prime dinastie.

Era un tempo indefinito, nel quale la terra d'Egitto era governata da semidei. Una nebbia lontana dalla quale cominciano ad affiorare solo poche certezze. Migliaia di anni prima della I dinastia, l'Egitto stesso era diverso da oggi. Più umido e vivibile, era abitato da comunità nomadi che si erano stabilite nelle oasi o lungo il Nilo, che non era come lo vediamo adesso.

Gli archeologi hanno trovato tracce di antichissimi insediamenti anche dove oggi c'è il deserto, e segni di un corso diverso del grande fiume dell'Egitto.

Sono stati ritrovati anche circoli di pietre e tracce di primi villaggi risalenti al 7000 a.C. Secondo gli studiosi, doveva essere intorno alla metà del VI millennio a.C. quando l'incontro con popolazioni provenienti dall'Asia spinse le comunità nomadi a sviluppare forme complesse di pastorizia e di agricoltura e a insediarsi dove il terreno era più ricco. A regolare i cicli della semina e del raccolto sarebbe stato il Nilo, che con le sue inondazioni periodiche e la ricchezza del suo limo, che rimaneva sulla terra rendendola fertile, è sempre stato il grande padre della civiltà egizia. Ma la vita degli Egiziani più antichi non doveva essere solo lavoro nei campi.

Il Nilo fonte di vita
Lo scriba reale Nebamon con la famiglia a caccia nelle paludi. Il Nilo, che rendeva feconda la terra d'Egitto con le sue piene, era anche una quotidiana riserva di cibo, con pesci e uccelli in abbondanza.

Il falco divino
Horo, rappresentato in forma di falco in questa stele della I dinastia proveniente da Abydos, era il dio protettore dell'Alto Egitto. Dopo le lotte che precedettero l'unificazione dei due regni, divenne il custode della sovranità.

L'età predinastica

La divisione tra Basso e Alto Egitto era già netta in tempi lontani e portava a conflitti causati forse dalla diversa origine dei rispettivi abitanti.

In tempi remotissimi si adoravano già Osiride e Horo e gli dei avevano un ruolo determinante nella vita degli uomini. Nel resoconto di Manetone, i re predinastici erano indicati come gli "spiriti dei defunti", nome che ricorre anche nel Canone di Torino, che parla di "spiriti che furono seguaci di Horo". Ma chi erano realmente?

Il periodo che viene chiamato Predinastico e che per gli archeologi va dal quinto millennio al 3200 a.C., è stato ricco di avvenimenti, per massima parte ancora ignoti. Da quello che gli studiosi hanno scoperto basandosi su ritrovamenti archeologici, prima dell'inizio delle dinastie ci sarebbero stati almeno altri sette re, che sono stati raccolti nella cosiddetta dinastia zero. Ed è tra questi che si trovava il Re Scorpione.

Era il sovrano dell'Alto Egitto, ed era salito al trono dopo Ka, un altro re di cui si sa pochissimo. Del Re Scorpione sappiamo qualcosa in più, ma non ne conosciamo il vero nome. Lo troviamo indicato con il simbolo dello scorpione e ciò che sappiamo di lui viene dalle iscrizioni su alcuni oggetti ritrovati ad Abydos e a Hierakonpolis. Il più importante è la testa calcarea di una mazza che riproduce un falco e lo scorpione sormontato dal Sole, simbolo di regalità, insieme a scene della sua vita.

I primi faraoni
La testa di mazza con il simbolo dello scorpione (a destra vicino al volto del sovrano) e, qui a fianco i due lati della Tavoletta di Narmer. Nel particolare, il re indossa la corona dell'Alto Egitto e, qui sotto, quella del Basso Egitto.

Il più antico sovrano d'Egitto

Questo reperto, appartenuto probabilmente a uno scettro, fa di lui il primo re dell'antico Egitto del quale si abbiano notizie. Sulla sua identità però, ci sono molti dubbi e si pensa che possa addirittura coincidere con quella del faraone precedente, Ka, o con quella del faraone seguente, Narmer. A questo proposito, nel Deposito generale di Hierakonpolis è stato ritrovato anche un manufatto diventato famoso in tutto il mondo e conosciuto come la Tavoletta di Narmer. Mostra la vittoria del re sui suoi nemici e il sovrano con indosso le due corone del Basso e dell'Alto Egitto, come se l'Egitto fosse stato unificato in un unico grande regno. Non è ancora chiaro però se questo si debba al Re Scorpione o a Narmer, o se l'opera iniziata dal primo sia stata poi portata a termine dal secondo. Un problema che si dovrebbe considerare superato nel caso i due fossero la stessa persona. Questa confusione fa capire quale sia ancora oggi il livello di conoscenza dell'Egitto predinastico e della sua storia. Nel 1990 l'Istituto Archeologico Tedesco in Egitto diretto da Gunter Dreyer ha scoperto nuovi e importanti reperti presso la necropoli di Abydos, proprio dove si trova la tomba del Re Scorpione. Si tratta di piccole tavolette da uno o due centimetri di lato, una sorta di sigilli d'osso, di legno o di avorio. Su un lato riportano un nome, forse di un faraone o di una regina o di un alto ufficiale, e dall'altro lato spesso un numero. Secondo i risultati dell'esame del carbonio 14, dovrebbero risalire a un periodo tra il 3400 e il 3250 a.C. Questo ne farebbe i primi esempi di scrittura mai trovati.
Un primato in competizione con la Mesopotamia dei Sumeri, che è stata considerata dal 3000 a.C. la culla della scrittura.

Nasce la scrittura
Le tavolette di osso con segni geroglifici trovate in una tomba della II dinastia ad Abydos, sono fra i primi esempi di scrittura che si conoscano.

Misterioso e remoto centro di culto

Ma c'è qualcos'altro di cui è importante parlare. È forse il sito più misterioso di tutto l'Egitto: l'Osireion di Abydos.

Abydos, il cui nome voleva dire "villaggio sepolto", è a circa 550 chilometri a sud del Cairo, nell'Alto Egitto, dove un tempo regnava il Re Scorpione. La tradizione più remota vuole che qui sia stata sepolta la testa di Osiride, signore della resurrezione e dell'immortalità, che ad Abydos era venerato come in nessun altro posto.

Chi poteva, vi deponeva una stele o un oggetto votivo e sognava di dormire qui per l'eternità. Qui, in un punto ideale tra le montagne, dove al tramonto compare una lingua di fuoco, si pensava ci fosse l'ingresso per il regno dell'Amenti, quello che noi consideriamo l'aldilà.

Insomma, quello di Abydos era il centro consacrato allo svolgimento dei rituali più importanti e vi si celebravano i Misteri di Osiride. Il vero cuore di Abydos era infatti l'Osireion, un enigma ancora da svelare. Si trova a una quindicina di metri sotto il tempio di Seti I. Vi si accede attraverso un lungo corridoio ed entrarvi è come fare un salto in un tempo indefinito, sicuramente in contrasto con quello che sappiamo dei tempi più remoti dell'Egitto. Da una prima anticamera si passa a un vestibolo. Tutt'intorno sono incisi brani tratti dal Libro dei Morti.

Ed ecco l'Osireion vero e proprio, l'"Isola della Creazione". Lungo trenta metri e largo venti, è costruito con enormi blocchi di pietra arenaria e calcare bianco, posizionati a secco con degli incastri perfettamente aderenti l'uno con l'altro. Mura lavorate come difficilmente potevano fare le popolazioni che hanno abitato l'Egitto nella notte dei tempi.

Il tempio di Osiride
Roberto Giacobbo è ritratto davanti agli enormi blocchi squadrati, al centro dell'Osireion di Abydos: una misteriosa testimonianza che Voyager non poteva non indagare. Qui sopra, Osiride, signore dell'aldilà.

Mura che contengono diciassette nicchie alte e poco profonde e l'ingresso di una stanza con il soffitto a dorso d'asino decorato con meravigliosi e preziosi disegni astronomici, chiamata la Sala del Sarcofago e che da sempre gli Egizi consideravano centro di energia cosmica.
Tornando indietro e uscendo dalla stanza c'è un lungo canale che circonda dieci giganteschi monoliti di granito rosso, in mezzo ai quali si trovano due vasche rituali. Quando è stato costruito l'Osireion e chi ha potuto innalzare questi monoliti che raggiungono le ottanta tonnellate? Perché troviamo anche qui le stesse mura ciclopiche di altri antichi e misteriosi luoghi della Terra? Ma non ci sono statue né incisioni che possano indirizzarci. Nulla che possa aiutare gli archeologi a dare un tempo e un nome ai creatori del luogo più sacro e antico dell'antico Egitto.

Una città sacra nel deserto
La testa in oro massiccio del dio Horo, rappresentato come un falco. Il dio era originario di Hierakonpolis, antichissimo centro religioso.

Hierakonpolis, l'antica Nekhen

Intorno al 3500 a.C. era la città più grande dell'Egitto Predinastico, ed è rimasta anche durante le prime due dinastie come una delle due capitali dell'Egitto. Il suo nome era Nekhen, ora nota come Hierakonpolis, la città del falco. Si trova a pochi chilometri a nord di Edfu ed è uno dei siti archeologici più importanti e meno conosciuti di questa affascinante regione. Il deserto che ha preso il posto dell'antico corso del Nilo, ha permesso un eccezionale stato di conservazione dei suoi resti. Come tutto ciò che riguarda la nascita della civiltà egizia, anche Nekhen è in buona parte misteriosa.
Gli archeologi la considerano prima fra i primi, visto che qui sono state trovate le prime testimonianze di quello che sarà la civiltà egizia. Qui è stata trovata la casa più antica dell'Egitto, risalente al 3600 a.C. e fatta di terra cruda, paglia e legno. Qui sono stati trovati il tempio e il palazzo reale più antichi, con le prime mummie di 400 anni più vecchie di quelle di altri siti egizi. Qui è stata scoperta la prima e unica sepoltura di un elefante, le prime maschere funerarie, le prime fabbriche di birra, della quale si potevano produrre 1200 litri al giorno, le prime statue egizie a grandezza naturale, le prime tombe dipinte datate attorno al 3000 a.C. Qui gli archeologi hanno scoperto che già intorno al 3500 a.C. gli Egizi si tingevano i capelli con l'henné e avevano acconciature complesse sia per i capelli sia per le barbe. A Nekhen c'erano quartieri amministrativi, templi, zone residenziali e industriali, aree per la raccolta dei rifiuti, e necropoli. Soppiantata come importanza da Abydos e da Luxor, Nekhen è stata sepolta dalla sabbia per 5000 anni, fino a che non è tornata alla luce grazie agli scavi, ancora in corso, del British Museum di Londra.

Grande Zimbabwe
il mistero nel cuore dell'Africa

Una presenza anomala
I resti di pietra della Grande Cerchia spiccano come un elemento insolito fra la vegetazione africana. Sotto, la statuina del dio uccello.

Se si escludono i monumenti egiziani, la palma della più imponente e misteriosa costruzione in pietra dell'Africa spetta di diritto alla cittadella del Grande Zimbabwe. È lei che ha dato il nome alla nazione che la ospita ed è da lei che viene l'uccellino che ora è l'emblema dello Stato. Stranamente, però, di quello che tutti considerano il luogo simbolo del paese, si sa ancora molto poco. Come per molti altri antichi siti e monumenti, non si hanno notizie certe né sui suoi costruttori né sulla sua funzione.

Anzi, diversi aspetti dei suoi edifici lasciano interdetti studiosi e archeologi.
Prima ancora che qualcuno riuscisse a raggiungerla, la cittadella del Grande Zimbabwe aveva già fatto sognare esploratori e colonizzatori come i Portoghesi, che almeno fin dall'inizio del 1500 perlustravano il continente nero sperando in oro e pietre preziose. Cercavano in realtà le leggendarie miniere di re Salomone, secondo la tradizione presso la città di Ophir che essi ritenevano fosse nel sud dell'Africa.

La notizia era stata data a un portoghese da un viaggiatore arabo, secondo il quale la mitica Ophir sarebbe stata in realtà la città di Sofala, un porto che oggi appartiene al limitrofo Mozambico.
Sempre a Sofala, secondo quanto ha scritto lo storico portoghese João de Barros, c'era una fortezza in pietra che si sarebbe trovata nel cuore del "paese delle miniere" e che avrebbe avuto sulla porta d'ingresso un'iscrizione misteriosa. Iscrizione che nessuno, neanche in passato, sarebbe stato in grado di decifrare e che quindi sarebbe stata molto più antica delle popolazioni locali. Secondo Barros, inoltre, gli edifici della città, che erano chiamati "symbaoe" dalle persone che vivevano nei paraggi, erano stati costruiti con pietre unite senza nessuna malta.

La città della regina di Saba

A scoprire le rovine di Grande Zimbabwe sono stati nel 1867 un esploratore tedesco di nome Karl Mauch e un cacciatore che risiedeva in Africa da tempo, Adam Renders. Per loro, dietro a quegli incredibili muri non poteva esserci altro che il palazzo della mitica regina di Saba. Secondo la *Bibbia* la regina era bella, intelligente e straordinariamente ricca. La sua figura è presente in diverse culture e il suo incontro con il re d'Israele Salomone, che aveva portato alla nascita di Menelik, è riportato sia dalla tradizione ebraica sia da quella islamica. Il suo regno fiorì per secoli e divenne famoso anche per il commercio dell'incenso. Nel 2008 una missione archeologica tedesca dell'Università di Amburgo ha dichiarato di aver scoperto i resti del palazzo della regina di Saba ad Axum, in Etiopia, ma verso la fine dell'Ottocento ancora non si sapeva bene dove potesse essere.

A caccia di favolosi tesori
La regina di Saba, signora di un regno splendido e ricchissimo va incontro al re Salomone. La *Bibbia* narra che portò con sé un'eccezionale quantità di doni, oro, spezie, legno di sandalo e pietre preziose, ma rimase ammirata dalla prosperità del regno di Salomone e dalla sua proverbiale saggezza. Le mitiche ricchezze delle tradizioni più antiche, unite alla realtà delle miniere africane divennero nei secoli il miraggio di esploratori e colonizzatori. Sotto, il monumento dedicato alle scoperte portoghesi, a Lisbona.

Il grandioso spettacolo della natura
Le solide mura di mattoni di granito costruite a secco, senza cioè uso di malta, resistono da secoli come testimonianza di una fiorente civiltà. La potente natura africana ha oggi ripreso il suo spazio e le grandi acacie svettano all'interno della Grande Cerchia, accrescendone il fascino. Sotto, un tratto del fiume Zambesi.

La ricerca del minerale più prezioso

Il miraggio dei tesori della regina, insieme alla prospettiva di trovare le leggendarie miniere d'oro dalle quali il re Salomone attingeva la sua ricchezza, avevano negli anni portato più di un esploratore ad avventurarsi in luoghi fino a quel tempo ignoti. La zona, anche se non era la mitica Ophir, era tuttavia ricca di giacimenti d'oro tanto che sono stati trovati manufatti realizzati con questo prezioso metallo e si pensa che le popolazioni locali ne abbiano iniziato un fruttuoso commercio.

Uno studio approfondito del sito di Grande Zimbabwe cominciò intorno al 1891 per opera di J. Theodore Bent.

In quest'angolo di Africa, in un territorio compreso tra i due fiumi Zambesi e Orange, erano stati trovati ben ottomila ruderi. Di questi, quelli del Grande Zimbabwe risultavano essere il secondo complesso monumentale di pietra dopo l'Egitto di tutto il continente africano.

Un fantastico monumento

Il sito era diviso in due parti: più in alto quella che venne definita Acropoli, più a valle invece la Grande Cerchia, una cittadella ellittica dalle caratteristiche ancora da spiegare.

La cittadella aveva un muro di cinta con una circonferenza di 253 metri, alto dai cinque ai dieci metri circa e spesso minimo 120 centimetri. Quello che rendeva tutto diverso dal solito non erano solo le dimensioni ciclopiche, ma il fatto che era costruito con blocchi di granito tagliati come mattoni, con una tale precisione da non richiedere l'uso di malta per tenerli insieme. Gli studiosi hanno calcolato che per edificare un complesso come questo dovevano essere state impiegate non meno di 18 mila ore di intenso lavoro.

All'interno del muro di cinta c'era un'altra cerchia di mura divisa da tre entrate, così vicina a quella esterna da formare stretti corridoi, ampi solo per far passare una persona. Nel cuore del complesso c'erano diverse sale di cui non si è capito ancora l'utilizzo, oltre a tre piattaforme. L'elemento più misterioso della Grande Cerchia era una torre a forma di cono, alta nove metri, con una base di oltre diciassette metri di circonferenza. Stranamente, però, non c'erano porte o finestre né altre aperture che potessero indicarne la funzione.

Nel tempo sono state fatte quindi diverse ipotesi.

Un segreto ben custodito
La mole conica della torre si innalza all'interno della Grande Cerchia. Resta ancora un mistero la sua originaria funzione, probabilmente rituale, visto che è completamente piena all'interno e non ha scale per salirvi in cima.

L'uccello del tuono
Una angusta scalinata si snoda fra la pietra verso l'Acropoli. Sotto, le statue del dio Mwali, l'uccello del tuono venerato come sovrano mitologico dalle popolazioni locali e oggi simbolo dello Stato dello Zimbabwe.

Enigmatici edifici

Si è detto che la grande torre fosse un simbolo fallico edificato per propiziare la fertilità; che potesse contenere il fuoco e servisse per lanciare messaggi a grandi distanze; che fosse un supporto per studiare meglio le stelle e addirittura che fosse la riproduzione di una grande pannocchia volta a favorire un raccolto abbondante.

Poco più su della Grande Cerchia, c'era l'Acropoli, detta altrimenti la Fortezza di Collina, il miglior punto d'osservazione sulla Grande Cerchia e sull'intera vallata. Qui si sono fuse le pietre tagliate con le gigantesche rocce naturali.

La costruzione ha delle scale strette, adatte a una persona, che portano a una specie di labirinto interno.

Anche in questo caso il suo scopo è incerto. Si pensa che fosse un santuario o una roccaforte militare. Gli archeologi hanno poi scoperto un grotta, posta sotto un grande masso, con caratteristiche acustiche stupefacenti: i suoni pronunciati al suo interno potevano infatti essere uditi nella Grande Cerchia e in tutta la valle.

Più dubbi che certezze

Ma chi può aver ideato un complesso così articolato e per quale scopo? Come mai si è adottata una tecnica costruttiva impegnativa come questa, con pietre perfettamente sagomate, invece di usare il legno e i mattoni di fango come in tutta l'Africa? Che Grande Zimbabwe sia stata eretta prima dell'arrivo degli invasori arabi o dei colonizzatori europei, è sicuro. Che i suoi abitanti abbiano avuto scambi commerciali con paesi anche lontani è testimoniato dal ritrovamento di oggetti tipici di altre terre.

Gli archeologi che si sono alternati negli scavi sul posto hanno fatto diverse ipotesi. La più accreditata vede Grande Zimbabwe edificata intorno al IX secolo come punto di partenza di commerci con l'Arabia, l'India e la Cina. Sembra anche che le tecniche usate per l'estrazione dell'oro dalle miniere siano simili in molti punti a quelle usate in India.

Allo scambio di merci, però, con il passare degli anni pare si sia sostituito quello della tratta di uomini, forza lavoro per gente senza scrupoli, schiavi da portare in zone più ricche della terra.

Non si sa quando questi enigmatici edifici siano stati abbandonati, né se ad abitarli sia stato veramente chi li aveva costruiti.

Anche in questo caso, davanti alla meraviglia di una costruzione di pietra fatta da un'intelligenza antica, non abbiamo risposte. Solo domande e la voglia di saperne di più.

Una fortezza di pietra
L'Acropoli dominava la valle sottostante con le sue poderose mura segnate da tozze torrette. Perché questo sito così ben costruito e fortificato sia stato abbandonato rimane un mistero. Sotto, due maschere tradizionali dello Zimbabwe.

Petra
una meraviglia scolpita nella roccia

Uno spettacolo inatteso
L'esploratore Johann Ludwig Burckhardt in abiti tradizionali arabi e, qui in basso, le cosiddette "Tombe reali" che affiorano dalla roccia. La facciata di sinistra è quella della Tomba del Palazzo mentre quella di destra è la Tomba Corinzia.
Nella pagina a fronte, alla fine del Siq si intravede la splendida facciata del "Tesoro del Faraone".

Era rimasta per secoli nascosta agli occhi del mondo, forte del suo accesso quasi invisibile e di un rigido controllo delle entrate. Fino a quando un giovane esploratore, lo svizzero Johann Ludwig Burckhardt, non decise di tentare ciò che nessun occidentale aveva mai tentato: vedere di persona la misteriosa "città delle tombe", quella che oggi è conosciuta come Petra.

Ne aveva sentito parlare nei tanti viaggi che aveva fatto per arrivare a Damasco ma sapeva bene che nessun "infedele" era mai stato fatto entrare né era riuscito a sapere dove fosse la città.

Con l'incoscienza che viene dalla gioventù e la caparbietà dei viaggiatori di fine Ottocento, Burckhardt si vestì da arabo e, grazie alla conoscenza della lingua, cominciò a farsi vedere nei villaggi vicini presentandosi come Ibrahim ibn Abdallah.

Una volta conquistata la fiducia della gente locale, raccontò della sua devozione e del suo desiderio di portare una capra come sacrificio sulla tomba del profeta Aronne, che si troverebbe su una cima che sovrasta Petra.

Tanto impegno servì effettivamente a qualcosa: tra l'emozione e la sorpresa venne accompagnato fino a una parete rocciosa apparentemente compatta. Avvicinatosi, però, scoprì l'ingresso di una gola lunga circa un chilometro e mezzo e larga al massimo due metri. Lungo pareti rocciose che potevano raggiungere i cento metri d'altezza, Burckhardt vide steli votive, nicchie, iscrizioni e bassorilievi che rappresentavano antiche divinità.

La guida che lo accompagnava raccontò che quella era la maggior via di comunicazione della zona e che, per i pellegrini, era anche un percorso da fare per prepararsi spiritualmente all'ingresso nella città.

Il Tesoro del Faraone
Secondo una leggenda locale, la grande urna posta in cima alla facciata dell'edificio conterrebbe un tesoro appartenuto al faraone Ramses III (in alto a destra). I Beduini che attraversavano il Siq sparavano sull'urna cercando di spezzarla per impossessarsene. In realtà, l'edificio sarebbe la monumentale tomba di Aretas III, sovrano nabateo del I sec. a.C.

Una città incastonata nella pietra

Quello che doveva ancora scoprire non avrebbe deluso le aspettative del coraggioso viaggiatore, come di tutti gli altri che sarebbero arrivati in seguito.
Proprio dove le pareti della gola, che oggi conosciamo come il Siq, si stringono maggiormente, Burckhardt cominciò a intravedere una luce diversa. Ancora pochi passi e si trovò davanti a ciò che

mai avrebbe immaginato di ammirare: una città scavata nella roccia, con sontuose facciate che sembravano uscire dalle pareti di un canyon.
Di fronte ai suoi occhi esterrefatti c'era Al-Khaznah, "il Tesoro", uno straordinario edificio ricavato nell'arenaria rossa, con una facciata monumentale scolpita nella roccia e uno stile inconfondibilmente ellenico.
Com'era possibile trovare una tale magnificenza in un luogo sperduto nel deserto, a 250 chilometri da Amman, la capitale del regno di Giordania?
Che cosa ci faceva lì una facciata alta quaranta metri e larga ventotto, divisa in due piani e realizzata in stile corinzio?
Un monumento, inoltre, legato a una leggenda secondo la quale l'urna posta a coronamento nel punto più alto conterrebbe il tesoro di un faraone.
Burckhardt non poté entrare all'interno di Al-Khaznah e non ammirò le sue sale un tempo decorate da stucchi.

Splendide facciate scolpite

Cercando di non farsi notare, disegnò rapidamente ciò che vedeva, riportando così degli schizzi precisi del posto.

La città segreta aveva un fascino indescrivibile, con le sue sfumature di rosso che si esaltavano alla luce del tramonto e cambiavano di intensità a seconda dell'ora del giorno. Ma per sfuggire agli sguardi della sua guida, che si erano fatti sospettosi, Burckhardt non visitò tutto quello che c'era da vedere e, arrivato in vista del Gebel Harun, la Tomba di Aronne, preferì tornare indietro, soddisfatto di ciò che aveva scoperto.

Il suo entusiasmo contagiò altri viaggiatori e aprì la strada alla conoscenza di Petra da parte del mondo occidentale.

Furono in molti, quindi, a percorrere il Siq per arrivare fino alla Strada delle Facciate, alla Tomba delle diciassette Tombe, alla Tomba dell'Urna, alla cosiddetta Tomba del Palazzo, alla Tomba di Sextus Florentinus, l'antico governatore della provincia d'Arabia, al Deir chiamato anche il Monastero e fino a tutti i mausolei e santuari che costituiscono il cuore di Petra.

Elaborate architetture
Qui sotto, la Tomba dell'Urna, la prima della sequenza delle spettacolari Tombe reali. Nell'immagine grande, l'imponente facciata del Monastero.

I signori di Petra
Un frammento di una scultura proveniente da Petra ritrae un ignoto personaggio, forse un sacerdote o un sovrano (I sec. d.C.). Qui in basso, i resti del grande teatro con le gradinate intagliate nella roccia.

La capitale dei Nabatei

Si scoprì quindi che la città aveva ospitato in passato almeno 20000 persone, che godeva dell'acqua portata da un'importante rete idraulica, che aveva uno splendido teatro da 7000 posti ma anche una terribile tomba a pozzo, dove i criminali venivano gettati ancora in vita, e che un tempo era stata un importante centro commerciale, con mercanti che arrivavano dal Mediterraneo come dal Golfo Persico e dal Mar Rosso. Ma chi l'aveva costruita e quando? Burckhardt nel vederla l'attribuì subito ai Nabatei, pensando che fosse la loro antica capitale.
Si trattava di una popolazione le cui origini sono ancora sconosciute, comparsa nella zona intorno al IV secolo a.C.

I Nabatei avevano conquistato la Giordania meridionale e, da Petra, avevano tessuto una fitta rete di rapporti commerciali, portando merci preziose come le spezie, l'incenso e la mirra, fino al Mediterraneo. Con il re Aretas III Filelleno e con i suoi successori, pochi decenni prima dell'anno zero il regno nabateo raggiunse il suo splendore. Negli anni seguenti, i Nabatei svilupparono una fiorente agricoltura e riuscirono per lungo tempo ad arginare l'influenza di Roma, sempre più presente anche in quell'area. L'autonomia del loro regno resse fino al 106 d.C. quando, per volere dell'imperatore Traiano, il suo territorio entrò a far parte della provincia romana d'Arabia e la città di Bosra divenne la nuova capitale. Per Petra si parlò allora di città madre, cioè di metropoli, e le cose non cambiarono poi molto.

La Strada delle facciate
Una serie di mausolei destinati ai ceti più abbienti della città si susseguono lungo il costone che domina l'edificio del teatro. Qui sotto, un frammento di una scultura rinvenuta a Petra, con un'aquila probabilmente risalente al periodo romano.

Antico luogo di culto
Il coronamento del Monastero, alto sul complesso di Petra, svetta sulla cima del Gebel ed-Deir (il Monte del Monastero). Da lì si domina il complesso sottostante.

Segreti nascosti fra le pietre

Per secoli Petra mantenne un ruolo di prestigio, tanto che nel 358 con l'Impero d'Oriente divenne sede del vescovo metropolita.

La decadenza arrivò inaspettata, causata da una serie di terremoti che distrussero buona parte della città. Gli edifici danneggiati non vennero ricostruiti e tutto il sistema di Petra iniziò il suo lento declino. Già nel VII secolo di lei si parlava pochissimo e ben presto sparì dagli itinerari di viaggio e dalle cronache dell'epoca. Solo intorno al 1100 tornò nei resoconti dalla zona grazie alla occupazione subita dai crociati, che la chiamarono Valle Moyse. Dopo di ciò, il nulla.

Petra fu dimenticata da tutti e rimase un segreto per le genti del posto.

L'arrivo di Johann Ludwig Burckhardt svegliò il suo mito dal lungo letargo, svelando al mondo uno dei tesori più preziosi del passato.

Ma chi la costruì realmente?

L'edificio che più rappresenta Petra, il meraviglioso Al-Khaznah, risalirebbe al II secolo d.C., mentre le prime tombe e i primi templi sarebbero del 300 a.C.

Secondo gli studiosi, tutto ebbe inizio ben prima della presenza dei Nabatei.

Nella regione di Beida, un avamposto dei Nabatei non distante e sicuramente precedente, è stato trovato un insediamento neolitico complesso, con ben sei livelli sovrapposti di edifici, che dovrebbe risalire al VII millennio a.C., e resti preistorici sono stati trovati anche nella stessa Petra. Da quello che si sa, nel primo millennio a.C. la zona era abitata dagli Edomiti, il popolo che secondo la *Bibbia* discendeva da Esaù e che avrebbe negato l'ingresso nelle sue terre agli Ebrei guidati da Mosè. Di loro sono rimaste tracce come case e cisterne per l'acqua piovana. Inoltre, le tradizioni dicono che su una collina nei pressi di Petra ci sarebbe ancora la tomba di Aronne, che di Mosè era il fratello. Resta il dubbio su chi per primo, tanto tempo fa, rese quelle rocce che vanno dal rosso al rosa all'arancio, una città nascosta e sicura. Tanto che ancora oggi chi vuole raggiungerla per godere della sua bellezza o per sognare sui suoi tesori nascosti, può farlo solo percorrendo a piedi o a dorso di cavallo e cammello lo stretto canalone tra le rocce: come in un viaggio a ritroso nel tempo.

Babilonia
dove tutto ha avuto inizio

Nel 1899, nel deserto a sud ovest di Baghdad, il mondo assistette a un'importante scoperta. Si trattava della Porta di Ishtar della biblica Babilonia, la città rinata dopo un millennio di oblio intorno al 600 a.C. per volere del re Nabucodonosor II.
La missione archeologica tedesca diretta da Robert Koldewey aveva intrapreso la spedizione in Iraq basandosi sui testi lasciati da storici antichi come il greco Erodoto che, 400 anni prima di Cristo, aveva descritto Babilonia come la città più splendida di tutto il mondo allora conosciuto.
Ma di Babilonia si era tramandato anche un altro aspetto, quello di città ambiziosa e ardita punita da Dio. Nella *Bibbia*, e precisamente nel libro della *Genesi*, si narra di una torre che guardava verso il cielo: la leggendaria Torre di Babele.
Quando i discendenti di Noè l'avevano costruita, si legge, sulla terra si parlava una sola lingua e tutti si capivano.
Preoccupato da ciò che gli uomini potevano fare in accordo gli uni con gli altri, e vedendo che la Torre da loro costruita era già molto alta, il Signore decise di confondere le loro lingue e di disperderli per tutto il pianeta.
In realtà quella di Babilonia non era l'unica torre costruita in Mesopotamia.
La Torre di Babele infatti, non doveva essere altro che una ziqqurat, una torre-tempio tipica della regione, edificata al centro della città. La scelta della ziqqurat di Babilonia come simbolo dell'ambizione punita degli uomini è forse dovuta al fatto che l'epoca della nascita del libro della *Genesi* coinciderebbe con la presenza in città degli Ebrei fatti prigionieri dal re Nabucodonosor II, intorno alla fine del 500 a.C.

Con la cima fra le nubi
La costruzione della leggendaria Torre di Babele, che la *Bibbia* descrive così alta da confondersi con il cielo, in un dipinto del 1563 del fiammingo Bruegel il Vecchio. L'iconografia viene dalla descrizione degli scrittori classici: una serie di otto livelli, posto l'uno sull'altro, ai quali si accede dall'esterno con una strada che gira tutto intorno. In alto, il dio babilonese Marduk.

Una società prospera e straordinariamente avanzata

Babilonia invece sembra risalire a oltre 5000 anni fa, quando i primi abitanti della Mesopotamia fecero di una terra bagnata dai fiumi Tigri ed Eufrate la culla della prima civiltà.

Da dove venissero in realtà non è certo: paradossalmente delle origini del popolo che cambiò in tempi molto stretti la storia dell'uomo si sa ancora troppo poco.

Grazie agli scavi archeologici, invece, sappiamo molto dello sviluppo successivo di quella che conosciamo come la civiltà sumera. Dobbiamo infatti alla società mesopotamica non solo l'edificazione di palazzi e altre importanti costruzioni e la realizzazione di opere d'arte di finissima manifattura, ma anche il sorgere di una vera e propria civiltà avanzata. Da quello che dicono gli archeologi, sarebbero stati i Sumeri a inventare la scrittura, i primi codici di leggi, le prime trattazioni filosofiche, le prime città-stato come anche, in campo tecnologico, la ruota e il primo sistema di stampa. Conoscevano la botanica e la zoologia, la farmacia e la chirurgia, la geografia e l'astronomia.

Ad aiutarci a comprendere veramente il livello di conoscenze e di prosperità raggiunto in Mesopotamia sono stati anche i resti di Babilonia, a cominciare dalla splendida Porta di Ishtar che era uno degli otto ingressi della città e che oggi si trova al Pergamon Museum di Berlino. Le sue due ante erano alte ben quattordici metri e colorate di blu cobalto. La superficie era rivestita di mattoni smaltati e di sculture, ed era decorata con raffigurazioni di oltre 500 animali, tori e draghi, simboleggianti le divinità del popolo mesopotamico.

Un ingresso imponente
La ricostruzione della splendida Porta di Ishtar ornata di tori e draghi. Vi si accedeva attraverso il Viale delle Processioni, le cui mura erano rivestite di mattonelle smaltate e con una lunga serie di leoni (in alto un particolare) sacri alla dea Ishtar. Qui sopra, la statuetta di un fedele inginocchiato (XVIII sec. a.C.).

Celebri testimonianze
La ricostruzione della ziqqurat dedicata al dio Marduk al tempo di Nabucodonosor II, a Babilonia. A sinistra, il Codice di Hammurabi: il sovrano è ritratto in piedi di fronte al dio del Sole Shamash assiso in trono.

La città più bella del mondo

La prima ziqqurat di Babilonia fu edificata dal re Hammurabi a metà del 1700 a.C. Con lui in Mesopotamia si ebbe uno sviluppo senza pari, con una crescita culturale mai vista prima. Fiorirono le arti, si svilupparono sia la matematica sia le lettere, e un posto speciale lo ebbero l'astronomia e l'astrologia che un tempo non erano così distanti come sono oggi. La società sumera cominciava ad essere basata sul diritto e, proprio grazie a Hammurabi, ebbe il primo codice di leggi mai redatto al mondo, che venne poi preso a modello da molte delle popolazioni che seguiranno.

Ma non tutto sopravvisse ad Hammurabi. Dopo la sua morte, avvenuta nel 1750 a.C., per Babilonia iniziarono mille anni di difficoltà, in cui Ittiti e Assiri si alternarono senza farla rifiorire.

Ma la fama di città più bella del mondo Babilonia la deve a un altro re, il secondo da quando all'inizio del 600 a.C. nacque l'Impero Babilonese: il grande sovrano Nabucodonosor II.

Tutto divenne grandioso, a iniziare dalle mura cittadine, che pare fossero spettacolari ed enormi, costituite da una doppia cinta, e che si estendevano per oltre diciotto chilometri.

Ampissimo era anche il Viale delle Processioni, che gli archeologi hanno riportato alla luce e che doveva essere di quasi venti metri di larghezza e delimitato da un muro coperto di ceramiche colorate di un azzurro abbagliante. La strada entrava in città dalla splendida Porta di Ishtar e di lì conduceva fino al tempio dedicato al dio principale di Babilonia, Marduk.

Per edificarlo, Nabucodonosor non aveva lesinato in risorse, tanto che al suo interno c'era anche una stanza completamente d'oro.

Secondo quanto ci ha tramandato la tradizione, il re non badò a spese neanche per quelli che vennero considerati una delle Sette Meraviglie del mondo antico: i suoi straordinari giardini.

Il Codice di Hammurabi

Compilato intorno a 3800 anni fa, è una delle più antiche testimonianze di regolamenti scritti dell'umanità. Fu Hammurabi, re di Babilonia, a ordinare la raccolta e la stesura di tutte le leggi promulgate dal periodo Sumero in poi. A rivelarcelo è stata una stele di diorite nera, fittamente coperta di caratteri cuneiformi, ora conservata al Museo del Louvre di Parigi. Sappiamo così che gli abitanti dell'antica Mesopotamia avevano creato una complessa struttura sociale basata sul diritto. La maggior parte dei 282 articoli del Codice riguardavano le problematiche della vita quotidiana, come le eredità, i matrimoni e le transazioni commerciali. Il Codice di Hammurabi è stato scoperto per caso all'inizio del XX secolo nell'antica città iraniana di Susa. Era stato portato in patria come bottino di guerra dagli Elamiti quando invasero e conquistarono la Mesopotamia nel XII secolo d.C. Nella parte superiore della tavola sono raffigurati Hammurabi, a sinistra, e il dio solare Shamash a destra. È rappresentato l'atto di consegna al sovrano di un anello, simbolo del dominio e di un bastone, simbolo dell'autorità. La famosa massima "occhio per occhio" prevista dall'articolo 196, era stata incisa sul retro della tavola e prevedeva che «se un uomo causa la perdita di un occhio di un altro uomo, egli sarà privato di un occhio». Il Codice prevedeva anche degli aiuti a favore delle persone più deboli della società, come le donne e i bambini.

Gli spettacolari Giardini pensili

Gli autori classici che ne hanno parlato hanno detto che «*le piante sopra il livello del terreno, crescono nell'aria. Le radici degli alberi formano un tetto al terreno. Colonne di pietra si trovano sotto i giardini per sorreggerli e l'intera area sotto il giardino è occupata da basi incise su colonne*». Nabucodonosor li aveva progettati per la moglie Amytis, che aveva nostalgia della ricchezza naturale della sua terra d'origine, la Medea, nell'odierno Iran, allora molto più florida di Babilonia.

Il re fece costruire enormi terrazzamenti artificiali a forma di anfiteatro, che vennero cosparsi di bitume e resine per evitare le infiltrazioni e sopra i quali erano posti i giardini.

Per irrigarli si pensa siano state studiate delle grandi ruote provviste di secchi che dovevano portare l'acqua del vicino fiume Eufrate ad altezze sempre maggiori, arrivando così a riempire le cisterne poste sulla terrazza più alta.

Per compiacere la regina, i giardini accoglievano piante di ogni genere, giunte a Babilonia da tutto il mondo. I suoi fiori erano magnifici, gli alberi davano frutti dolcissimi e ogni cosa cresceva rigogliosa. La fama dei Giardini pensili di Babilonia superò presto montagne e deserti volando di bocca in bocca, riportata nei secoli da cronache e storie. Ma nulla della loro magnificenza è veramente arrivata fino a noi.

La costruzione documentata più spettacolare fatta fare dal re è stata invece la ziqqurat che ha reso la città immortale nei secoli. Questa mitica torre era perfetta per incarnare il simbolo dell'ambizione dell'uomo. Era alta un centinaio di metri, divisa in otto gradoni, aveva una forma piramidale e sulla sommità aveva un tempio che conteneva un tavolo d'oro e un letto, destinati alle visite del dio.

Nabucodonosor II
L'incisione ritrae il grande sovrano che fece costruire i favolosi Giardini pensili (qui in basso una ricostruzione ideale) dedicandoli alla sua sposa.

La città e il suo fiume
Una veduta fantastica di Babilonia, in un'incisione settecentesca, mostra il complesso del Palazzo reale con i Giardini pensili di fronte ai quali scorre il fiume Eufrate. Sotto, una tavoletta sumera (XXII-XXI sec. a.C.) riporta incisa la "lamentazione della caduta di Ur" nella quale si narra di una devastante tempesta inviata dal dio Enlil che spazzò via la città.

Sconvolgimenti epocali

Babilonia era cresciuta intorno al fiume Eufrate, che periodicamente straripava, allagando lo spazio circostante. Ma mentre gli Egizi consideravano le inondazioni annuali del Nilo una benedizione degli dei, per gli antichi abitanti della Mesopotamia le inondazioni che colpivano inaspettatamente la loro terra venivano prese come un castigo divino.
In quei momenti la ziqqurat fungeva da rifugio sia per la popolazione sia per gli animali. Prima delle piene, i Sumeri usavano il bitume che sgorgava dal sottosuolo per impermeabilizzare le mura della ziqqurat.
Sono giunte fino a noi delle tavolette d'argilla sumere che narrano di una grande inondazione che sommerse totalmente la città di Ur, dopo la quale solo la ziqqurat affiorava dalle acque.
«Per sei giorni e sei notti il vento spirò e le tempeste e le piene torrenziali inondarono il mondo. Le tempeste e le inondazioni si abbatterono sulla terra come ciclopici guerrieri. All'alba del settimo giorno la tempesta venuta dal sud si placò, i mari si calmarono e le piene si ritirarono».
Davanti a una tale forza della natura, era normale pensare a un intervento divino. Intervento che la leggenda vuole abbia segnato anche la fine di Babilonia.
Morto Nabucodonosor, la città conobbe nuovamente momenti di degrado.
A determinarne la fine pare sia stato Baldassarre, figlio di Nabonide, l'ultimo re. Durante un banchetto, avrebbe infatti usato i vasi d'oro e d'argento che venivano dal Tempio di Gerusalemme. All'improvviso una mano soprannaturale scrisse su un muro delle misteriose parole.
Da lì a poco la città venne conquistata dallo scaltro imperatore Ciro il Grande, che si presentò al popolo babilonese come un salvatore e rese la città parte dell'Impero Persiano. Era il 539 a.C.: dopo di allora, per Babilonia non ci furono che difficoltà. Devastata da Serse nel 482 a.C., non tornò più ai vecchi splendori neanche con Alessandro Magno.
Di Babilonia rimasero solo il mito e tante domande irrisolte, oltre a pochi resti.

Suggestivi legami con il cielo

Rimane da capire come una popolazione possa aver dato vita oltre 5000 anni fa alla prima civiltà evoluta della storia, bruciando tappe che avrebbero richiesto tempi ben più lunghi. Una risposta pensa di averla data Zecharia Sitchin, esperto di civiltà mesopotamiche e autore di bestseller. Secondo i suoi studi, dietro alla mitologia ci sarebbero fatti realmente accaduti in passato, situazioni così inconsuete da essere scambiate per fantasia. I Sumeri, secondo Sitchin, avrebbero insegnato agli Egizi ciò che loro stessi avrebbero appreso da altri.

E gli altri, questa è la tesi di Sitchin, sarebbero stati degli esseri venuti dallo spazio chiamati Annunaki "coloro che sono venuti sulla Terra". Avrebbero insegnato ai Sumeri come uscire dal loro stato preistorico fino a sviluppare una civiltà complessa. A riprova di questo, Sitchin parla, tra l'altro, di un cilindro accadico del 2400 a.C. conservato al Museo di Berlino con la sigla VA243. Riporterebbe inciso il sistema solare con il Sole e i pianeti inseriti nella giusta posizione e proporzione. Nulla di questo, però, è certo. Solo i dubbi rimangono aperti, e spingono verso soluzioni ancora da trovare.

I più antichi astronomi
L'interesse per lo studio del cielo portò i Sumeri a un vero primato nell'astronomia. Sopra, un particolare da un cippo di pietra, con i simboli astrali degli dei. Le stesse ziqqurat (qui sotto quella di Ur) avevano anche la funzione di osservatorio astronomico.

Takht-i Sulaiman
il trono di re Salomone

Uno specchio blu fra i monti
Le rovine di Takht-i Sulaiman circondano il lago sacro. La posizione del sito, sulla cima di un'altura, la si apprezza nella veduta aerea della pagina a fronte. In alto, il *faravahar*, principale simbolo dei devoti di Ahura Mazda.

Il luogo consacrato più antico dell'antico Iran sorge sulle rive di uno specchio d'acqua termale tradizionalmente senza fondo.
Takht-i Sulaiman, il Trono di Salomone, è qui, tra le catene montuose dell'Iran nord-occidentale, poco distante da Tabriz.
Un insediamento nato intorno al lago sacro, un bacino blu come un calice di 100 metri, con le pareti rocciose a picco sull'abisso d'acqua. A scoprirlo è stato nel 1819 l'esploratore e artista scozzese Sir Robert Ker Porter, ma è solo dalla fine degli anni Cinquanta del secolo scorso che gli scavi dell'Istituto Archeologico Tedesco hanno portato alla luce le tracce di un sito tanto importante. I primi a fermarsi qui sono stati gli Arii, gli antichi fondatori dell'Iran. Ad attirarli sarebbe stata la presenza dell'acqua e del fuoco data dal lago e dai vulcani che agitano la zona.
Gli Arii credevano infatti in queste forze della natura, che consideravano manifestazioni della dea dell'acqua, Anahita, e della loro divinità principale chiamata Ahura Mazda.

Il profeta di Ahura Mazda
Zoroastro, il profeta del Mazdeismo, o Zoroastrismo, che fu per lungo tempo la religione dominante in Asia centrale, fino all'affermazione dell'Islam, nel VII secolo. Sotto, le rovine di Takht-i Sulaiman.

Devoti alle manifestazioni naturali

Secondo il loro credo, gli elementi naturali dovevano restare assolutamente "puri". Per questo stabilirono, per esempio, che i cadaveri non venissero sepolti, per non "inquinare" la terra, ma neanche bruciati, per non contaminare il fuoco. Un'usanza questa che tramandarono agli zoroastriani, i seguaci di una religione fondata da Zarathustra chiamato anche Zoroastro in greco.

Intorno al 600 a.C., Zoroastro, che era sacerdote degli Arii in una società in cui il sacerdozio era solo a carattere ereditario, parlò al suo popolo di un'importante rivelazione, durante la quale Ahura Mazda lo avrebbe reso il suo unico profeta. La sua dottrina veniva tramandata di generazione in generazione attraverso diciassette inni sacri. Al fondo c'era l'obbligo per ogni uomo di operare una drastica scelta di campo a favore del bene o del male, decidendo da che parte stare nella lotta tra il dio creatore Ahura Mazda e il suo opposto Ahriman.

Questa religione, che imponeva un rigido rispetto delle forze della natura, è sopravvissuta all'arrivo dell'Islam in Persia grazie alla fuga dei suoi fedeli in India intorno al X secolo d.C. Con il nome di Parsi si sono insediati prima nello stato di Gujarat e poi, dopo l'arrivo dei colonizzatori inglesi, nella capitale Mumbai, dove attualmente sono una comunità di almeno centomila persone. E ancora oggi i sacerdoti Parsi si coprono la bocca con un velo per non contaminare il sacro fuoco che custodiscono per la comunità: lo stesso rispetto che avevano i loro progenitori a Takht-i Sulaiman.

Particolari riti funebri

Anche i Magi, i tre saggi che secondo la tradizione partirono da Saveh per portare a Betlemme oro, incenso e mirra per Gesù Bambino appena nato, erano dei sacerdoti della religione di Zoroastro che, non a caso, in passato denominava "magia" i suoi riti religiosi.

Del passato di Takht-i Sulaiman, comunque, si sa poco ma quel poco riguarda soprattutto la presenza della religione nella vita di ogni uomo.

Seguendo i dettami dello Zoroastrismo, si costruivano Torri del Silenzio chiamate *dakhmes*, che servivano per l'esposizione dei defunti. Come già fatto dagli Arii, i seguaci dello Zoroastrismo li ponevano senza vestiti sulla sommità della torre, secondo un ordine tramandato da Zoroastro nel libro sacro chiamato *Avestà*, e aspettavano che gli avvoltoi strappassero loro le carni, mentre lo spirito saliva verso il cielo con i raggi del Sole. Una volta rimaste solo le ossa, le ripulivano e le gettavano in un pozzo posto al centro dell'edificio.

Ma non osservavano scrupolosamente solo questa forma di devozione verso la natura.

Presenza inquietante

La Torre del Silenzio sulla cima di un'altura a Yazd, in Iran. La pratica, secondo lo Zoroastrismo, di esporvi i defunti è stata vietata nel 1970. Sotto, il corteo dei Magi.

Focolari continui
I Parsi, ancora oggi sono devoti al Fuoco Sacro. Qui in alto, a destra i templi a quattro archi sulla cima dei quali ardevano i focolari continui.
Sotto, le maestose rovine del palazzo di Ctesifone.

I custodi del fuoco

Dal III al VII secolo d.C. la religione di Zoroastro era osservata in tutto l'Iran. Ovunque erano sorti dei focolari alimentati di continuo, alcuni all'aperto e altri dentro templi chiamati *chahar taq*, cioè quattro archi, dalla loro struttura sormontata da una cupola.
Il fuoco perpetuo rappresentava Ahura Mazda e i fuochi sacri principali erano quello dei sacerdoti, quello dei pastori e degli agricoltori e quello dei guerrieri e dei re. Ma il più importante era il Fuoco Reale, chiamato *Atur Gushnasp*.
Quest'ultimo ardeva nel Tempio del fuoco di Takht-i Sulaiman, sulle rive del lago sacro, diventato all'inizio della seconda metà del 500 d.C. grazie al grande re Cosroe, il principale luogo di culto dell'Iran.
A lui si doveva anche la costruzione del palazzo di Ctesifone sul fiume Tigri, tanto splendido da far pensare fosse stato eretto da esseri soprannaturali.

Fuoco Sacro
Incisione ottocentesca che raffigura sacerdoti devoti al culto del fuoco.

Secondo la tradizione, i re venivano incoronati a Ctesifone, poi andavano a piedi fino a Takht-i Sulaiman, percorrevano la Strada delle Processioni, ricevevano la benedizione degli dei davanti all'altare del Fuoco Reale per poi concludere la cerimonia nel lago.

Conosciamo questi particolari grazie ai bassorilievi che sono stati trovati lungo le colline in un vasto territorio, ed è tutto ciò che è rimasto di una grande e antica civiltà.

Takht-i Sulaiman ha vissuto momenti difficili.

Prima saccheggiata dai Bizantini, poi ricostruita dai Mongoli e infine abbandonata alle offese del tempo.

Il suo Fuoco Sacro si è spento, lasciando spazio all'altro elemento venerato dai seguaci di Zoroastro: la terra, che copre con la sua coltre le più antiche tracce degli uomini.

Il Santo Graal in Persia

Che la ricerca del Santo Graal sia stata fin dalla morte di Gesù Cristo il sogno di cavalieri e non solo, è risaputo. Pochi sanno invece che uno dei luoghi in cui si ipotizza possa trovarsi è proprio la fortezza di Takht-i Sulaiman. Per alcuni studiosi sarebbe infatti la mitica Sarraz, dove il Graal sarebbe stato a lungo e dove potrebbe essere ancora custodito. Tutto partirebbe dalla descrizione fatta dal poeta tedesco Wolfram von Eschenbach, che nel suo poema *Parzival* avrebbe descritto il castello del Graal con caratteristiche notevolmente simili a quelle del forte iraniano. Von Eschenbach potrebbe essere entrato in contatto con Guiot de Provins, un monaco legato ai Templari che girava la Francia facendo il trovatore e cantando per piazze e paesi le storie d'amore e di spada sentite negli anni. Von Eschenbach, che scrisse del Graal come di una pietra, potrebbe aver composto il nome del suo poema, *Parzival*, unendo i termini Parsi, che come sappiamo è una etnia devota al culto del Zoroastrismo, e Fal, divinità celtica e pietra con poteri soprannaturali. Secondo questa teoria, il Fuoco Reale che ardeva a Takht-i Sulaiman non sarebbe stato altro che il Santo Graal, cercato invano nel resto del mondo.

ASIA

In questa parte della Terra, così vasta e ricca di storia, sono nate civiltà raffinate e colte, scomparse nella nebbia del tempo. La forza della foresta ne ha inghiottito le meraviglie, nascosto i palazzi e le statue, preservato per secoli la storia e le leggende. La natura ha avuto il sopravvento sull'uomo ma non ne potuto tramandare il passato e la fine.

Dietro alle antiche mura si nascondono ancora molti segreti e molte vicende restano ancora da chiarire, per dare un nome agli avvenimenti e un volto ai protagonisti. Un viaggio attraverso deserti, fiumi e boscaglie per capire quanto ancora c'è da scoprire sul nostro passato e arrivare a seguire la mitica Via della seta, il sogno dei viaggiatori di tutte le epoche.

SAMARCANDA
MOHENJO DARO
ANGKOR

Samarcanda
l'insuperato mito dei viaggiatori

La meta dei mercanti
L'azzurro splendente delle cupole è il colore che saluta l'arrivo dei viaggiatori a Samarcanda. Qui sotto, un ritratto di Marco Polo da una miniatura tardo medievale e una veduta della città.

Si trova nel cuore dell'Asia Centrale ed è una delle città più antiche del mondo.
La sua storia ha attraversato i secoli, portata in tutti gli angoli della terra dai mercanti che l'hanno conosciuta. Samarcanda è stata per secoli il mito dei viaggiatori di ogni tempo e di chi si trovava ad ascoltare i loro racconti. Ancora oggi il suo nome evoca atmosfere lontane, cupole scintillanti e tessuti regali, incontri tra gente di ogni dove e scambi culturali e commerciali tra società diverse per storie e religione. Samarcanda è stata per lungo tempo meta di ricchi convogli mercantili, il crocevia sia della rotta mercantile che univa le Indie con l'Occidente sia della leggendaria Via della seta, che dalla Cina arrivava fino al Mediterraneo. Nel medioevo uno storico arabo l'aveva definita un «porto terrestre sulla rotta della grande Via della seta».
La sua collocazione geografica, in pieno Uzbekistan, nella media valle dello Zeravshan, ne ha fatto fin dai tempi più remoti una delle oasi più importanti e ricercate dell'Oriente.
A descriverla è stato anche Marco Polo, il viaggiatore veneziano che, accompagnando il padre e lo zio nei lunghi viaggi commerciali in Cina, raccontò nel 1298 ciò che vide e seppe di quei posti lontani. Nel *Milione*, scrive che Samarcanda era una città nobile con bellissimi giardini e una pianura piena di tutti i frutti che l'uomo può desiderare. Vi si trovavano sia cristiani sia saraceni, e un giorno avvenne anche un miracolo. Il sovrano, un nipote del Gran Khan, si convertì al cristianesimo e i cristiani costruirono una grande chiesa dedicandola a San Giovanni Battista.

Il miracolo del Battista

I cristiani presero una grande pietra da un palazzo di saraceni che non poterono opporsi, e la misero sotto la colonna centrale che reggeva il tetto dell'edificio. Quando il sovrano morì, i saraceni reclamarono la loro pietra, che però era il punto d'appoggio di tutta la chiesa. I cristiani si offrirono di pagare qualsiasi cifra perché la pietra restasse al suo posto, ma invano. Allora pregarono San Giovanni perché trovasse una soluzione e, quando si recarono a prendere la pietra per restituirla, trovarono la colonna che vi poggiava sopra alzata di tre palmi, quel tanto che bastava per estrarla senza danno per la chiesa. Marco Polo chiude notando che ancora ai suoi giorni sotto la colonna non c'è nulla, a ricordo del miracoloso evento. L'immagine che emerge di Samarcanda è quella di una città aperta a ogni religione e che ha già aperto le sue porte a più di un conquistatore. Ma per conoscere la sua storia bisogna fare un passo indietro.

Viaggiatori medievali
Marco Polo, seguendo la Via della seta, viaggiò con il padre e lo zio che, nel 1271, partirono per la seconda volta per raggiungere le lontanissime terre del "Chatai", la Cina. Qui sotto, la loro carovana in cammino verso l'estremo Oriente, particolare dall'Atlante catalano (1375 ca.).

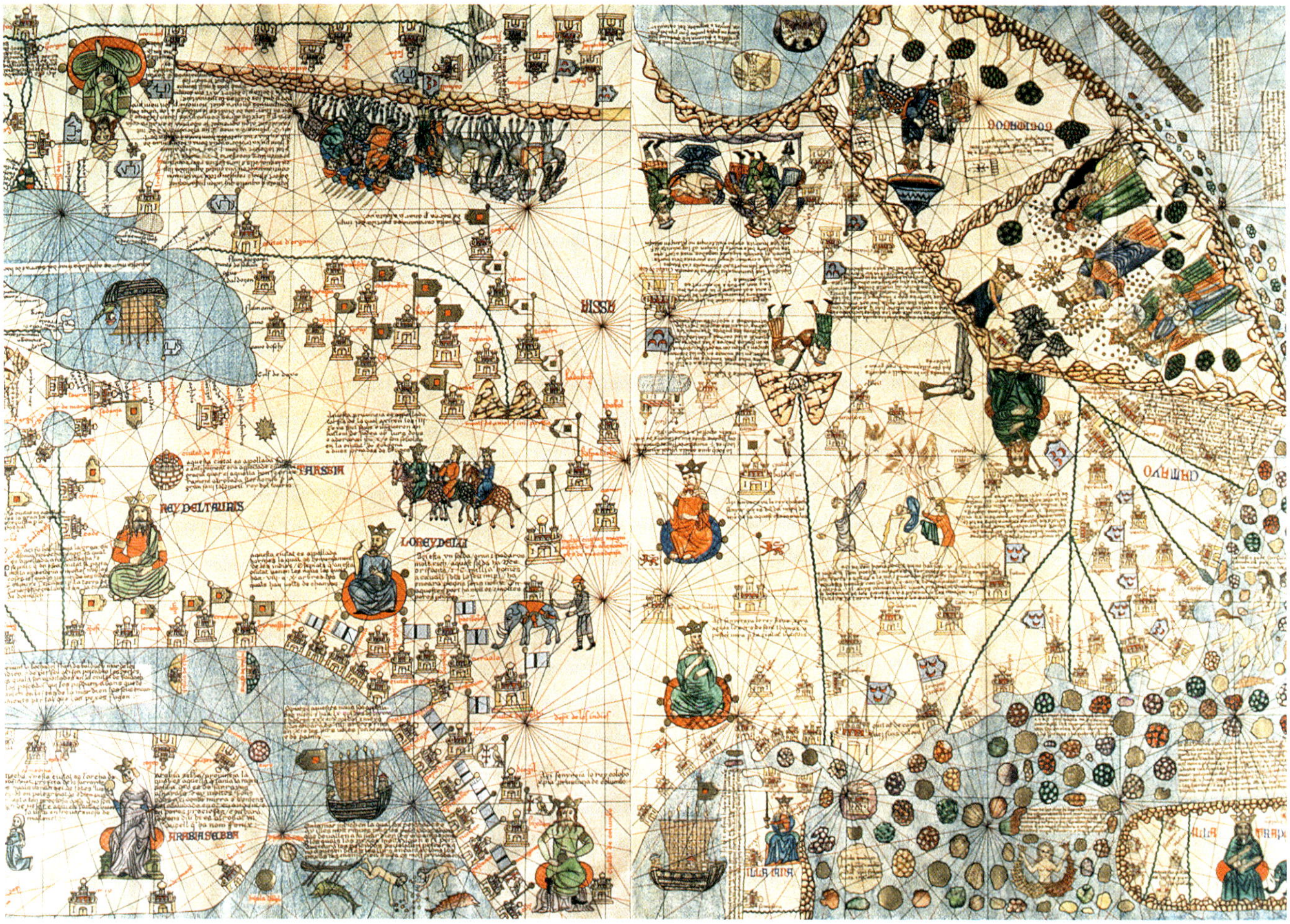

L'Atlante catalano di Carlo V
Commissionato probabilmente per il re di Francia nella seconda metà del XIV sec., rappresenta tutto il mondo allora conosciuto. L'Asia è disegnata secondo le descrizioni di Marco Polo e dei viaggiatori medievali.

Lungo la Via della seta

Quella che un giorno sarebbe diventata la più famosa città dell'Asia, da ciò che riportano le fonti scritte, risalirebbe a circa 2800 anni fa, quando nella zona vivevano i Sogdiani.

I primi a parlarne sono stati Plinio e Strabone. Nel 329 a.C., mentre con il nome di Maracanda era ancora una delle città più importanti controllate dalla prima dinastia dell'Impero Persiano, fu conquistata da Alessandro Magno.

Il giovane re macedone, che aveva espugnato il vasto territorio della Persia sconfiggendo Dario III nonostante questo avesse un esercito quattro volte più numeroso del suo, era poi entrato da vincitore anche in Egitto. In soli dodici anni Alessandro aveva creato un impero ed era pronto per spingersi fino al Pakistan, all'Afghanistan e all'India, sua meta finale. Raggiunta la regione della Sogdiana e avendo sostato a Samarcanda da vincitore, continuò il suo cammino fino a quello che oggi conosciamo come il Turkestan cinese.

La città, intanto, divenne una tappa obbligata della Via della seta e uno dei più importanti nodi commerciali dell'antichità. Le "navi del deserto", i cammelli, portavano merci da un capo all'altro di territori immensi, attraversando deserti e montagne fino alla fertile valle bagnata dal fiume Zerafsan, e qui trovavano una città affollata di mercanti.

Con la stessa frequenza con la quale Samarcanda accoglieva nuovi viaggiatori, però, cambiava anche area d'influenza, passando dall'Impero Persiano, alla Cina fino alla Russia in tempi moderni.

L'Impero dei Mongoli

A determinare questi cambi di rotta sono state le molte invasioni che ha subito nel tempo. Turchi, Persiani, Arabi e Macedoni, ma soprattutto guerrieri delle tante tribù nomadi che infestavano l'Asia: gli aggressori seguivano anch'essi le rotte dei mercanti. Ma un attacco su tutti cambiò la vita degli abitanti di Samarcanda, quello di Gengis Khan. Il suo nome significava "sovrano universale" e con la sua determinata ferocia era riuscito a diventare nel 1206 il comandante di tutte le tribù nomadi della Mongolia.
Da popolazione nomade, dedita alle armi per difendere il proprio bestiame e ai saccheggi per procurarsi i beni di cui non poteva altrimenti disporre, quella dei Mongoli era diventata una società aggressiva e ambiziosa, come il suo capo.
Quest'ultimo fece in modo che nascesse un vero e proprio Impero Mongolo, con un'organizzazione burocratica, un servizio postale, una politica fiscale e una lingua ufficiale.
Dopo la creazione dal nulla di una struttura statale, però, Gengis Khan partì per un'infinita serie di saccheggi e invasioni, fino alla creazione di uno dei più grandi regni che la storia ricordi.
Samarcanda rimase vittima della sua inesorabile marcia verso il trionfo. Aveva già assaltato con successo Pechino quando decise di assumere il controllo della ricca Via della seta. Nel 1221 mosse all'attacco di Samarcanda, che pagò in maniera pesantissima la sua resistenza.

Un grande sovrano
Gengis Khan raffigurato sotto una preziosa tenda da viaggio, circondato da attendenti e servitori, in una miniatura persiana del XVII secolo. L'immagine prevalente che noi occidentali abbiamo di lui (in basso, in una scena del film *Mongol*) è quella del feroce conquistatore.

La città di Tamerlano
Tamerlano assiso in trono, da una miniatura persiana del XVIII secolo. Sotto, il grandioso mausoleo che si fece erigere nella città di Samarcanda, la capitale del suo regno.

Una splendida capitale

La città impiegò moltissimo tempo per risollevarsi dal passaggio dei Mongoli.
A portarla a un nuovo splendore fu un altro conquistatore: era infatti la fine del XIV secolo quando divenne la capitale del regno di Tamerlano. Il suo nome era in realtà Timur Lenk, "zoppo di ferro", soprannome nato per una vistosa ferita alla gamba e apparteneva alla dinastia dei Chagatai nata da uno dei figli di Gengis Khan. Anche lui saccheggiò e distrusse, facendo razzia di quanto di bello trovava sul suo cammino. Un cammino in effetti lungo, che dalla Valle dell'Indo lo aveva portato fino al Mediterraneo.
Tamerlano era spietato tanto quanto il suo progenitore. Non risparmiava nessuno e non si faceva scrupolo di annientare interi villaggi. Si dice che facesse delle piramidi con i teschi dei suoi nemici o dei popoli trucidati. Si fermava solo davanti agli artisti e agli artigiani più bravi, portandoli poi a Samarcanda per farli lavorare al suo servizio.
L'unica sua debolezza era infatti la bellezza. Amava l'architettura e desiderava portare Samarcanda, la sua capitale, a un livello di magnificenza mai visto prima. Pare che al ritorno dai suoi lunghi viaggi di conquista, si accampasse appena fuori dalla città in una ricca tenda per seguire da vicino i lavori dei suoi nuovi fastosi edifici.

Le meraviglie dell'arte Timuride

Grazie al lui Samarcanda ha acquistato maestose moschee e alti minareti, raffinati palazzi e piazze accoglienti. Su ogni cosa faceva applicare delle piastrelle dipinte e dorate, scegliendo come colore dominante l'azzurro, il suo preferito da sempre. Samarcanda acquistava di giorno in giorno una fisionomia più imponente. Le sue cupole brillavano sotto la luce ed erano visibili anche a grande distanza. Il colore del tramonto si specchiava nei suoi ori rendendola magica e splendente. Il mito di Samarcanda era ormai inarrestabile e la fama della sua bellezza superava deserti, montagne e mari lontani.

Tamerlano regalò all'Asia dei veri capolavori d'arte medievale. Dopo aver conquistato l'India, decise che era ora di pensare alla propria gloria futura e fece costruire quella che nelle sue intenzioni doveva essere la più grande moschea del mondo. Scelse un giorno propizio e diede inizio a dei lavori che durarono cinque anni e tennero occupati oltre settecento persone tra artigiani e operai, aiutati da un centinaio di elefanti. Nel 1404 la moschea Bibi Khanum fu finalmente pronta, la tradizione dice intitolata alla sua sposa, la principessa mongola Sarai Mulk "Bibi" Khanum.

L'anno dopo Tamerlano morì e venne sepolto sotto la lastra di giada più grande del mondo nel mausoleo Gur-e Mir a Samarcanda, una maestosa tomba che lui stesso aveva fatto costruire, prendendo come modello la grande cupola della moschea di Damasco.

Capolavori di architettura islamica
Il Registan, il centro della città medievale, comprende tre madrase attorno a una vasta piazza.
Qui sopra, la cupola ricostruita della moschea Bibi Khanum.

Il re amante delle stelle
L'esterno dell'osservatorio fatto costruire da Ulugh Bek a Samarcanda e una vista dell'interno con il binario di bronzo del grande sestante. Sotto, una statua dedicata al sovrano, appassionato delle scienze.

La città dal fascino immortale

Dopo Tamerlano governò un suo nipote, Ulugh Bek. Era un amante delle arti e dell'astronomia, un sovrano che amava circondarsi di intellettuali e filosofi.

Con lui la città divenne uno dei centri culturali più importanti dell'intero Oriente. Continuò l'opera architettonica di Tamerlano facendo costruire una madrasa, un seminario per lo studio della religione musulmana. Ulugh Bek edificò anche uno straordinario osservatorio a tre piani, con un doppio sestante montato su un lungo binario di bronzo e con un raggio di quaranta metri che doveva servire per osservare i pianeti, il Sole e la Luna. Da questo luogo magico nel cuore dell'Asia centrale, è uscito un contributo importante per la storia dell'astronomia. Qui infatti, oltre a calcolare l'esatta lunghezza di un anno, nel 1437 si è anche compilata la prima tavola dettagliata del cielo con la posizione di tutte le stelle.

Il declino di Samarcanda coincise con la morte di Ulugh Bek avvenuta nel 1449.

A ucciderlo era stato un sordido complotto ordito dal suo stesso figlio.

La città pagò un governo debole ma anche un cambiamento delle rotte commerciali. La Via della seta, che aveva fatto per secoli la fortuna di Samarcanda, aveva perso buona parte della sua forza e i confini cinesi erano stati chiusi. I fasti dell'impero di Tamerlano erano ormai solo un ricordo. Lungo la direttiva di Samarcanda si alternavano le aggressive tribù nomadi provenienti dalla Turchia e dalla Mongolia.

Dal 1720 in poi, la città perse addirittura i suoi abitanti, restando deserta per qualche decina d'anni. Perché la vita ritornasse, Samarcanda doveva passare sotto il controllo della Russia.

Ora Samarcanda è Patrimonio dell'Umanità dell'Unesco, e la seconda città più grande dell'Uzbekistan.

Oggi sono i tesori architettonici come la

Piazza Registan con le sue tre madrase dalle splendenti cupole blu, la Sher Dori, la Tilla Kari e la Ulughbek, ma anche il Gur-e Mir, il mausoleo di Tamerlano e di Ulugh Bek, e l'eccezionale osservatorio a raccontare ai moderni viaggiatori la storia di Samarcanda. Con il suo mondo fatto di avventure, battaglie, conquiste, merci preziose e sete regali, oro e ceramica blu.

Un mondo che non c'è più ma che continuerà per sempre a far sognare.

Un'immagine fiabesca
L'interno vibrante di mosaici dorati della madrasa Tilla Kari a Samarcanda evoca perfettamente lo splendore della città che fu per secoli una splendida capitale nel cuore dell'Asia.

Mohenjo-Daro
la silenziosa collina dei morti

Il distruttore di fortezze
Il dio Indra rappresentato con quattro braccia e armato di spade e lancia, in sella a un elefante. Sotto, le rovine di Mohenjo-Daro.

Mentre dall'altra parte del mondo fiorivano le civiltà egizia e sumera, tra l'India e il Pakistan sorgeva la più antica cultura della Valle dell'Indo.
Per conoscerla abbiamo dovuto aspettare i primi anni del Novecento.

Come spesso è capitato in archeologia, è stato il caso (questa volta sotto le vesti di un ingegnere ferroviario) a rivelare al mondo un'altra meraviglia della storia lontana: una società dai caratteri sorprendenti sorta intorno al 3000 a.C.

Il suo cuore pulsante è stato a lungo la città di Mohenjo-Daro, la "collina dei morti". Già diverse leggende indiane avevano tramandato di una fiorente civiltà sepolta sotto la coltre del tempo.
Tutto si rifà al dio indù Indra. Le sue gesta compaiono nel testo sanscrito *Rigveda*, risalente al secondo millennio a.C. Secondo quanto è scritto, il dio si sarebbe guadagnato l'appellativo di "distruttore di forti" perché avrebbe annientato cento castelli e circa novanta fortezze tra i quali, forse, anche Mohenjo-Daro, una delle città più ordinate ed evolute dell'antichità.

Una città ben organizzata

La civiltà della Valle dell'Indo era stata fino al momento dei primi ritrovamenti completamente sconosciuta. Eppure aveva raggiunto un livello di sviluppo incredibile per l'epoca.

Intorno al 2500 a.C. infatti, Mohenjo-Daro e la sua gemella Harappa erano già le città più vaste del mondo ed erano organizzate in maniera incredibilmente moderna. La prima aveva la forma di una griglia, con dodici ampie strade in terra battuta che raggiungevano anche i quattordici metri e che la dividevano in dodici quartieri. Di questi solo uno era poco distante dalla città. Si trovava su un tumulo di mattoni alto circa sei metri e costituiva la cittadella. I suoi edifici sono stati ribattezzati il Granaio, la Sala delle riunioni e il Grande Bagno. Quest'ultimo era una grande vasca fatta di mattoni e rivestita di gesso, e ampia dodici metri per sette. Era circondata da spogliatoi in legno, come in legno erano le rampe di scale che scendevano fino al fondo della vasca. Veniva usata forse per i bagni rituali che ancora oggi sopravvivono nella religione dell'India moderna, o forse, più banalmente, come piscina pubblica.

Società evoluta
Il Grande Bagno, qui sopra, e gli altri servizi pubblici testimonano dell'alto livello di civiltà raggiunto a Mohenjo-Daro. Sotto, due reperti: la statuina di una danzatrice e dei dadi da gioco.

Abili artigiani
Bacini formati da una serie di mattoni servivano per la produzione di oggetti di terracotta. A destra, un frammento di una scacchiera.

Ricchezza, pace e prosperità

A Mohenjo-Daro le case erano a più piani ed erano state costruite con mattoni cotti nel forno, con una lavorazione che non ha nulla da inviare a quella moderna.

Le abitazioni avevano in maggior parte un cortile centrale con un pozzo, stanze tutte intorno e una scala per accedere ai piani superiori. Contrariamente alla norma, le finestre e le porte non si aprivano sulla strada. Le case avevano un efficace sistema fognario, erano dotate di riscaldamento e avevano almeno un bagno completo di acqua corrente. La città aveva perfino una serie di piscine coperte e punti di raccolta dei rifiuti.

I suoi 40000 abitanti erano commercianti, pescatori, bravi artigiani e agricoltori. Grandi silos conservavano i raccolti di una terra ai tempi fertile e generosa grazie all'Indo, che serviva anche per un'efficace navigazione, com'è testimoniato dal porto della città.

La civiltà dei Vallindi, gli abitanti della Valle, era incredibilmente evoluta e pacifica. La loro vita dipendeva dal grande fiume intorno al quale si erano insediati con decine di città e villaggi, arrivando a essere l'impero più vasto dell'epoca preclassica, conosciuto ai giorni nostri come l'Impero Harappa.

Una riserva di acqua
I resti di una cisterna nella parte bassa della città, riservata alle abitazioni e fornita di una buona rete idrica.

Sigilli dai segni indecifrabili

A riportare alla luce tutto questo è stato Sir Mortimer Wheeler, che dal 1944 ha scavato senza sosta nella Valle dell'Indo. A dare il via agli scavi erano stati dei piccoli sigilli di pietra scolpiti in maniera mirabile, usati nei vasti commerci dei Vallindi con i popoli delle terre vicine ma anche di quelle più lontane come la Mesopotamia e la Penisola Arabica.

I mercanti locali, infatti, scambiavano nel mercato dell'attuale Bahrein prodotti come ceramiche sapientemente decorate ma anche legno, avorio e raffinate tele di cotone.

Sui sigilli trovati negli scavi c'era però incisa anche una forma di scrittura che ancora oggi fa lavorare gli studiosi.

Gli abitanti di Mohenjo-Daro che, per esempio, contavano usando il sistema binario, lo stesso usato oggi dai computer, avevano una scrittura per noi ancora misteriosa, chiamata "vallinda".

Una scrittura, però, stranamente simile nel disegno a quella di un popolo molto, molto lontano. Bisognerebbe infatti andare esattamente dall'altra parte del mondo per trovarne una analoga.

Si tratta della scrittura *rongo-rongo*, incisa su misteriose tavolette di legno trovate nella lontana Isola di Pasqua. Anche in questo caso della civiltà che la usava si sa poco o niente, e dei suoi antichi abitanti non rimangono che i colossi di pietra chiamati Moai.

La terra dei Vallindi
La Valle dell'Indo (in alto una veduta del fiume) vide fiorire una grande ed evoluta civiltà, tra le più antiche del mondo e con un'estensione geografica eccezionale. Qui sopra, uno dei sigilli incisi rinvenuti a Mohenjo-Daro con immagini di animali e caratteri di una scrittura ancora oggi indecifrata.

Un volto antichissimo
Fra i reperti più celebri rinvenuti a Mohenjo-Daro c'è questa statuetta in steatite. Non sappiamo se sia dedicata a un sovrano o a un sacerdote, di certo una figura autorevole: i trifogli dovrebbero essere un simbolo religioso. Sotto, una vista della cittadella.

Scomparire nel nulla

Ma com'è possibile che due civiltà distanti come più non si potrebbe, sorte in punti diametralmente opposti della Terra, abbiano avuto una scrittura che appare simile? Tornano in mente le teorie che parlano di grandi continenti inabissatisi negli oceani, che potrebbero aver fatto da ponte alle migrazioni di perdute civiltà. Società complesse sparite nel nulla, lasciandosi dietro solo rovine e antichi segreti. Così com'è accaduto a Mohenjo-Daro e alla sua gente.
Nelle sue città, che erano prive di mura difensive, non sono mai state trovate armi. Si pensa che in questa parte del mondo, l'antica civiltà dei Vallindi abbia vissuto secondo una filosofia di vita votata alla pace, sviluppando forse discipline come lo yoga, che avrebbero diffuso anche oltre la Valle dell'Indo con i loro commerci.
Intorno al 2000 a.C., comunque, tutto cessò di esistere. All'improvviso questa società ricca e pacifica scomparve dalla storia, restando nascosta alle stesse genti del posto per millenni. Com'è stato possibile? Il dito viene puntato contro gli Arii, che avrebbero invaso l'impero senza trovare resistenza. Il carattere pacifico dei Vallindi non prevedeva evidentemente la battaglia, neanche in caso di difesa.
Ma a questa soluzione c'è chi ha proposto un'incredibile alternativa.
Basandosi su quanto dice sugli dei e sulle armi usate nelle loro guerre planetarie il *Ramayana*, che con il *Mahabharata* è uno dei massimi poemi epici della mitologia induista e uno dei testi sacri indiani, qualcuno ha ipotizzato come causa della fine

della civiltà della Valle dell'Indo un'anacronistica esplosione atomica.
Come prova di una tesi così ardita, vengono portate le tracce di devastazione rilevate sulle rovine di Mohenjo-Daro, bruciature effettivamente importanti e simili a quelle che provocherebbe un'esplosione nucleare. Può essere che in quel tempo remoto ci sia stata una guerra, condotta con le armi dei nostri giorni, capace di azzerare millenni di storia e un'intera civiltà? Difficile da credere, almeno per ora.
In ogni caso, un'ipotesi che è un monito per le future generazioni.

Pace o guerra?
Una scena del *Ramayana* con il combattimento vittorioso di Rama su Ravana per riprendersi sua moglie, Sita. L'epica indù è stata tirata in ballo per ipotizzare una fine cruenta della pacifica popolazione di Mohenjo-Daro.

Angkor
i templi nel cuore della giungla

Una meraviglia nascosta
La complessa architettura degli edifici di Angkor, che in lingua khmer significa "la capitale", lasciò ammirati gli scopritori occidentali che la riportarono alla luce dal fitto della vegetazione. Lo stupore si accrebbe di fronte alla quantità e soprattutto al livello delle decorazioni, qui sotto una processione con cavalieri, schiavi ed elefanti.

Per trovarla è stato necessario farsi largo tra la prepotente giungla della Cambogia. Eppure si trovava a soli 240 chilometri dalla capitale Phnom Penh ed era stata il più grande insieme di costruzioni dell'epoca medievale. Di Angkor, però, si erano perse le tracce da tempo quando, nel 1850, Charles-Emile Bouillevaux si trovò davanti alle sue rovine. Completamente sopraffatta dalla vegetazione, dell'antica Angkor erano rimaste solo le monumentali costruzioni religiose: templi in pietra meravigliosamente lavorata, di dimensioni impressionanti. Gli altri edifici, costruiti invece in legno, erano stati divorati dal tempo e dalla natura. Con enorme stupore il missionario francese si era trovato davanti a uno dei templi più grandi del mondo: Angkor Wat. Descrivendone le meraviglie, raccontava di pareti di pietra scolpite in maniera mirabile, con elefanti e uomini impegnati in feroci combattimenti.
Dopo di lui toccò a un altro francese, il naturalista Henri Mouhot, scoprire nuovi tesori della stessa giungla cambogiana. Come scrisse lui stesso, dopo ore di cammino «si aprì una spianata pavimentata con enormi pietre». Tutt'intorno c'erano delle scalinate e a ogni angolo Mouhot vide una coppia di grandi leoni di granito.

In una zona pianeggiante, dunque, si ergevano oltre cento templi decorati come lui non aveva mai visto: danze e soldati, sovrani a dorso d'elefante e immagini del Buddha, statue a forma di scimmia, motivi tipici della religione indù e richiami al buddhismo in un insieme di edifici magicamente ricchi. Più avanti gli archeologi diranno che erano stati edificati in un periodo che andava dal IX al XIII secolo d.C., anche se fino ad allora in Cambogia non era conosciuta nessuna civiltà precedente al XV secolo.

La forma dell'universo
Il maestoso Angkor Wat riproduce schematicamente la visione induista del mondo. Le mura esterne sarebbero le montagne, il fossato le acque, il centro del tempio principale, il cuore dell'universo: il Monte Meru.

Significati simbolici
La figura di un "guardiano del tempio" con la testa di leone. Sotto, le torri ogivali dell'Angkor Wat a forma di bocciolo di loto, simbolo dei centri energetici del corpo umano e della forma dell'universo: quella più alta, al centro, è la sede di Vishnu il dio al quale il tempio è dedicato.

Nel cuore della Cambogia

Allora chi aveva progettato ed edificato così magistralmente l'immensa città di Angkor, che aveva raggiunto la grandezza di 190 chilometri quadrati, comprendeva due grandi laghi artificiali creati per dare acqua all'agricoltura in ogni stagione ed era in grado di ospitare oltre 600 mila persone ed essere il punto di riferimento del milione di persone di quella parte di Cambogia? Chi poteva avere le conoscenze tecniche, artistiche e architettoniche per costruire templi così maestosi, ricchi di particolari splendidi, decorati un tempo con stucchi colorati e statue coperte di corallo, avorio e altre ricchezze, e così alti da svettare oltre i fitti alberi della giungla?
Oggi sappiamo che a realizzare tale meraviglia è stata la civiltà Khmer, sviluppatasi fin dal IX secolo nella vasta area della Cambogia e del Laos.
Li conosciamo attraverso le parole di Cheu Ta-Kuan, un esploratore cinese, che ne ha descritto aspetto e costumi.
I Khmer, dunque, avevano la carnagione scura, anche se le donne dell'élite erano candide, sempre protette dai raggi del sole con grandi ombrelli colorati in cui il rosso era simbolo di potere. Donne e uomini camminavano scalzi e portavano un drappeggio di stoffe colorate sui fianchi. Su tutti dominava il re che, secondo Cheu Ta-Kuan, aveva una guardia privata di sole donne armate e una corte di soldati, musici, ancelle, carrozze d'oro ed elefanti a portarlo in trionfo quando usciva dal palazzo reale.
Nel sovrano era mitizzato ogni aspetto: aveva cinque mogli, ma solo una viveva con lui mentre le altre abitavano in palazzi posti ai quattro punti cardinali e, inoltre, aveva anche ben cinquemila concubine. Tutto ciò avrebbe portato alla corona il ragguardevole numero di 3000 figli.

Sovrani venerati come divinità

Nella realtà dietro alla fioritura della civiltà Khmer c'è stata una intelligente gestione delle acque del fiume Mekong, che era stato in parte convogliato in enormi bacini idrici, necessari per irrigare le coltivazioni nella stagione secca. Grazie a una rete di canali, infatti, l'acqua ad Angkor non mancava mai e rendeva possibile una florida coltivazione del riso.

Molte informazioni dirette sui Khmer le dobbiamo alle tante iscrizioni che hanno lasciato sui templi, e alla moltitudine di scene sui bassorilievi che li decoravano.

Della loro scrittura non è rimasto altro: per scrivere si usavano pelli di animali o foglie di palma che non hanno resistito al trascorrere dei secoli.

Era comunque una società complessa, con caste chiuse e una notevole organizzazione del lavoro. Le case erano in legno, costruite su palafitte, e seguivano delle regole di costruzione dettate dagli astrologi. La religione permeava la società Khmer, che ha realizzato con il tempo una straordinaria fusione del culto induista e buddhista. L'impegno maggiore per la popolazione era infatti quello di venerare il sovrano come una divinità, dedicandogli splendidi templi.

Li erigevano ovunque, alti e a piramide, appoggiati su piccole alture. Nascevano per esaltare l'aspetto divino del sovrano, rispecchiandone le credenze e le ambizioni e diventando poi la sua tomba.

Il Bayon, per esempio, il secondo tempio per importanza dopo Angkor Wat, conteneva ben duecento statue di Buddha ed era stato costruito dal re Jayavarman VII, che aveva preferito il buddhismo alla religione induista. Lo stesso re, però, era particolarmente attento alla sua gente, tanto che fece costruire ad Angkor oltre cento ospedali.

Le "Torri dei visi"
Sulle torri del tempio del Bayon, ad Angkor Thom, sono scolpiti circa 200 volti del Buddha con i tratti del sovrano Jayavarman VII che fece costruire il complesso. Sotto, una statuina di fedele inginocchiato.

Statue e bassorilievi
Le ricchissime decorazioni dell'Angkor Wat (sopra una vista dall'alto) sono tutte di eccellente fattura. Qui sotto, una delle *apsaras*, le danzatrici sacre che circondano Vishnu nel bassorilievo del mito della creazione.
A destra, Roberto Giacobbo in cima a una scalinata ornata da leoni di pietra e, nella pagina a fronte, un particolare del Banteay Srei, il "tempio delle donne" dedicato a Shiva.

Un tempio fastoso

Il primo tempio della città, però, era il maestoso Angkor Wat, grande più di Versailles. Era circondato da un ampio fossato nel quale vivevano liberi i coccodrilli. Costruito come gli altri in pietra arenaria, aveva una strada d'accesso che era il doppio dell'altezza della torre più alta. La sua struttura, organizzata con una serie di recinti murari concentrici e con al centro il tempio vero e proprio dalle alte torri, era lo specchio del modo di partecipare alle cerimonie presso i Khmer. Il popolo, infatti, non poteva accedere alla parte centrale del tempio, ma aspettava sotto le lunghe gallerie colonnate o all'esterno delle mura.
Sulle pareti, venivano incisi bassorilievi che raccontavano la storia della loro civiltà, le guerre e gli episodi del tempo di pace, i personaggi storici e i protagonisti delle leggende e della religione.

Fra questi campeggia il mito della creazione indù con l'oceano primordiale dal quale tutto ha avuto inizio e la preparazione della bevanda dell'immortalità.

L'ultima capitale
Angkor Thom, qui a fianco alcuni resti, fu l'ultima delle città dell'Impero Khmer, fondata come capitale da Jayavarman VII. Orientata secondo i punti cardinali e protetta da un fossato, nei suoi templi compaiono riferimenti al buddhismo, la religione del sovrano.

Una società pacifica
Forse i pacifici sovrani Khmer non riuscirono a proteggere il proprio impero dalla prepotenza degli invasori Thai che attaccarono anche Angkor.
Qui sotto, un particolare dai bassorilievi delle gallerie dell'Angkor Wat, con una processione reale ispirata alle narrazioni del *Ramayana*.

Una data finale per la nostra civiltà?

Com'è potuta finire una civiltà tanto florida e organizzata, alla quale inoltre la fitta vegetazione circostante assicurava legno e cibo a sufficienza? Come spesso accade, in mancanza di testimonianze certe si alternano più tesi.

Proprio la scelta della pacifica religione buddhista fatta dal re Jayavarman VII, il costruttore del tempio di Bayon, avrebbe indebolito l'esercito Khmer, che sarebbe poi stato invaso intorno al 1431 da un popolo vicino. Angkor, con i suoi tesori di arte e civiltà non si sarebbe più ripresa dalla devastazione subita.

L'altra ipotesi tira in ballo il mito e ricorre a una leggenda. Un re Khmer avrebbe fatto affogare nel lago Tonlè Sap un giovane sacerdote, reo di averlo offeso. La cosa fece però infuriare il dio, che per punizione fece straripare le acque del vicino specchio d'acqua, sommergendo l'intera città di Angkor. Un racconto che può essere stato ispirato dagli straripamenti del lago nella stagione dei monsoni.

Ma quello che è sopravvissuto ad Angkor potrebbe celare le prove di una teoria molto affascinante. Può essere che quegli antichi architetti abbiano costruito i loro templi nel rispetto di una conoscenza in comune con i costruttori delle Piramidi in Egitto e con i Maya del Sudamerica?

Come le tre piramidi di Giza sembrano riprodurre la posizione delle stelle della Cintura di Orione, così i sedici edifici sacri di Angkor Wat riprodurrebbero fedelmente la costellazione del Drago.

E come la Sfinge della Piana di Giza secondo molti guardava la costellazione del Leone all'orizzonte nel cielo del 10500 a.C., così anche da Angkor la costellazione del Drago era visibile all'orizzonte solo nel 10500 a.C.

Nei bassorilievi cambogiani che illustrano la precessione degli equinozi emergerebbe anche, con gli opportuni calcoli astronomici, la data del 3100 a.C. ovvero l'inizio dell'ultima era chiamata Kali Yuga, che dovrebbe essere proprio quella attuale. La stessa data che segna anche l'inizio del Primo Regno faraonico in Egitto e l'Era del Quinto Sole per i Maya.

Una coincidenza che porta infine a una domanda: se civiltà così lontane fra loro avrebbero fatto coincidere l'inizio della nostra era, può essere che considerassero uguale anche la sua fine, che i Maya in particolare hanno previsto in maniera precisa? Sia gli indiani d'America che i Maya, sia gli Inca che gli antichi sacerdoti cambogiani, e persino Nostradamus, ipotizzavano un cambiamento importante per un particolare solstizio d'inverno: il 21 dicembre del 2012.
Oltre a previsioni di apocalittici cataclismi o di asteroidi in picchiata verso la Terra, si pensa invece che questa potrebbe essere la fine di un'era spirituale e l'inizio di un lungo periodo di pace e di armonia. Non ci resta che verificare.

Il cielo sopra Angkor
Un volto del Buddha del Bayon si fonde con il cielo sul quale spicca la costellazione del Drago. Tutto il complesso di Angkor è legato a una simbologia cosmica, ma questo potrebbe forse nascondere ulteriori significati?

OCEANIA

Nell'immenso continente, nel quale è l'acqua dell'oceano a tenere insieme le sue diverse terre e la parte del leone spetta di diritto all'Australia, il tempo sembra essere passato più lentamente che in ogni altra parte del mondo. Proprio nel centro di quello sterminato territorio sorge un imponente monumento naturale, un punto di riferimento per le genti locali che non smette di richiamare e proteggere anche ai nostri giorni. Un posto insolito e mistico, unico nel suo genere e ancora tutto da scoprire. Un viaggio nel luogo più segreto e sacro dell'intero continente, un percorso sulle tracce di un popolo misterioso, ancora in buona parte sconosciuto, per raggiungere il centro dell'antico cuore australiano.

Ayers Rock
i segni del Tempo del Sogno

Sir William Gosse
«La cima per la prima volta si mostrò chiaramente ai miei occhi e quale stupore mi colse nello scoprire che si trattava di una roccia immensa che si ergeva nel mezzo della pianura».

Può un enorme monolite di arenaria rossa essere al centro di una delle storie più incredibili e magiche del pianeta? La risposta si trova in un angolo incontaminato dell'Australia dove, in pieno deserto, si staglia quell'imponente massiccio che è un punto di riferimento per gli Aborigeni e un mistero per i moderni australiani.

Il primo bianco che ne ha parlato è stato l'esploratore Ernest Giles, che l'ha visto a quaranta chilometri di distanza mentre si trovava sulla riva del Lago Amadeus. Era il 1872. Ma quello che l'ha raggiunto è stato invece un altro esploratore, William Gosse, che l'anno seguente, impegnato in un viaggio di studio nel grande Territorio del Nord, arrivato in una pianura arida e solitaria a oltre 300 chilometri di distanza da Alice Springs, si è trovato davanti a una serie di cumuli di roccia tra i quali svettava il gigantesco blocco di quasi 350 metri di altezza. Visibile anche per 100 chilometri, il massiccio è stato chiamato dal suo scopritore Ayers Rock, in onore del primo ministro australiano, Sir Henry Ayers.

Un nome, però, che non teneva conto della vera storia del posto, leggendaria e affascinante come poche altre, e che in tempi recenti ha dovuto lasciare il passo alla sua denominazione più antica.

Quel luogo, capace di cambiare colore con i movimenti del Sole, di passare dal nero all'oro, dal rubino al porpora e al malva nel trascorrere dell'alba e del

I "proprietari tradizionali"
L'arrivo dei colonizzatori europei portò inevitabili conflitti con gli Aborigeni. Confinati in riserve ai primi del Novecento, gli Anangu, i "proprietari tradizionali", sono oggi riconosciuti dal governo australiano come i detentori del possesso assoluto del parco che comprende Ayers Rock, e che fa parte del Patrimonio dell'Umanità. Qui sotto, un "Wondjina", uno spirito della mitologia aborigena, dipinto sulla pietra.

tramonto, ammantandosi d'argento in caso di pioggia, è in realtà sacro da tempo immemorabile, e il suo nome, conosciuto dai nativi fin dalla notte dei tempi e praticamente intraducibile, è Uluru.
A chiamarlo così sono stati gli Aborigeni, gli abitanti originari dell'Australia che trovano in ogni aspetto della grande roccia un significato antico.

Tutto risale, secondo la leggenda, a un'epoca remota nella quale la Terra era ancora in formazione e l'uomo come lo conosciamo era ancora al di là da venire.
In questo periodo indefinito e lontano, esseri fantastici, in parte uomini e in parte animali, avrebbero esplorato quella che ora è l'Australia, ponendo le basi della sopravvivenza dei propri discendenti.

Territorio magico
Quello che ai nostri occhi è un luogo dal fascino magnetico, per i nativi è realmente "magico", pieno del senso del sacro che essi avvertono in tutto ciò che li circonda. Gli Anangu sono i custodi originari di Uluru che, in alcune zone, è anche vietato fotografare. Qui in alto, simboli del culto su un moderno dipinto aborigeno.

Un fantastico mito delle origini

Secondo il mito, in principio vi era il Mondo del Sogno, l'"Altierjinga", un mondo misterioso per tutti ma ben visibile e fisico esclusivamente per gli Aborigeni. Solo loro e pochissimi altri illuminati, infatti, avrebbero le chiavi spirituali per entrarvi e per vederlo realmente, trovando al suo interno i segreti più reconditi della loro antica civiltà. Per tutti gli altri, invece, l'Altierjinga resta un luogo di fantasia, immateriale come tutti i mondi fantastici.

In questa realtà mitologica, in un tempo originario chiamato "Tjukurpa", il Tempo del Sogno, i "Kundingas", che per gli Aborigeni erano i Padri venuti dal cielo, avrebbero attraversato tutto il territorio australiano e al loro passaggio il territorio sarebbe cambiato e si sarebbero create rocce, fonti o altri segni nella terra dal significato sacro. I Padri avrebbero lasciato ai loro figli, gli Aborigeni appunto, una complessa rete di linee che attraversava tutti i deserti del paese, chiamate le Vie del Sogno, percorsi sicuri che avrebbero garantito la sopravvivenza alle future generazioni e la cui conoscenza è stata tramandata attraverso leggende, canti, danze e riti complessi.

Completata questa missione, avrebbero abbandonato la Terra lasciando le conoscenze acquisite nelle menti dei loro discendenti come in un sogno. E quello del sogno è un legame che pare unisca anche oggi tutti gli Aborigeni e che sembra servire anche per diffondere le nuove conoscenze a tutta la comunità.

Il sogno non sarebbe tuttavia quello che intendiamo comunemente, ma piuttosto un momento spirituale, al quale si accederebbe dopo accurate cerimonie. Si racconta di un rituale magico chiamato "Kadajingera" che permetterebbe di vedere il Mondo del Sogno, e quindi di sognare, cioè riconoscere nella natura le tracce del passaggio degli antichi progenitori. Tracce che le tribù aborigene di oggi riconoscerebbero come i sogni dell'acqua, della fertilità, della giustizia, e tanti altri.

Il rituale che porterebbe al sogno è oggi protetto anche dal governo australiano, che ha vietato l'ingresso ai luoghi considerati sacri ai non Aborigeni.

Di queste leggende infatti non è rimasto solo il ricordo. Ancora oggi gli Aborigeni cantano e danzano con i corpi dipinti e con i costumi tradizionali per raccontare quel che accadde nell'epoca lontana del Tjukurpa, e durante queste celebrazioni introducono i più giovani ai segreti della vita.

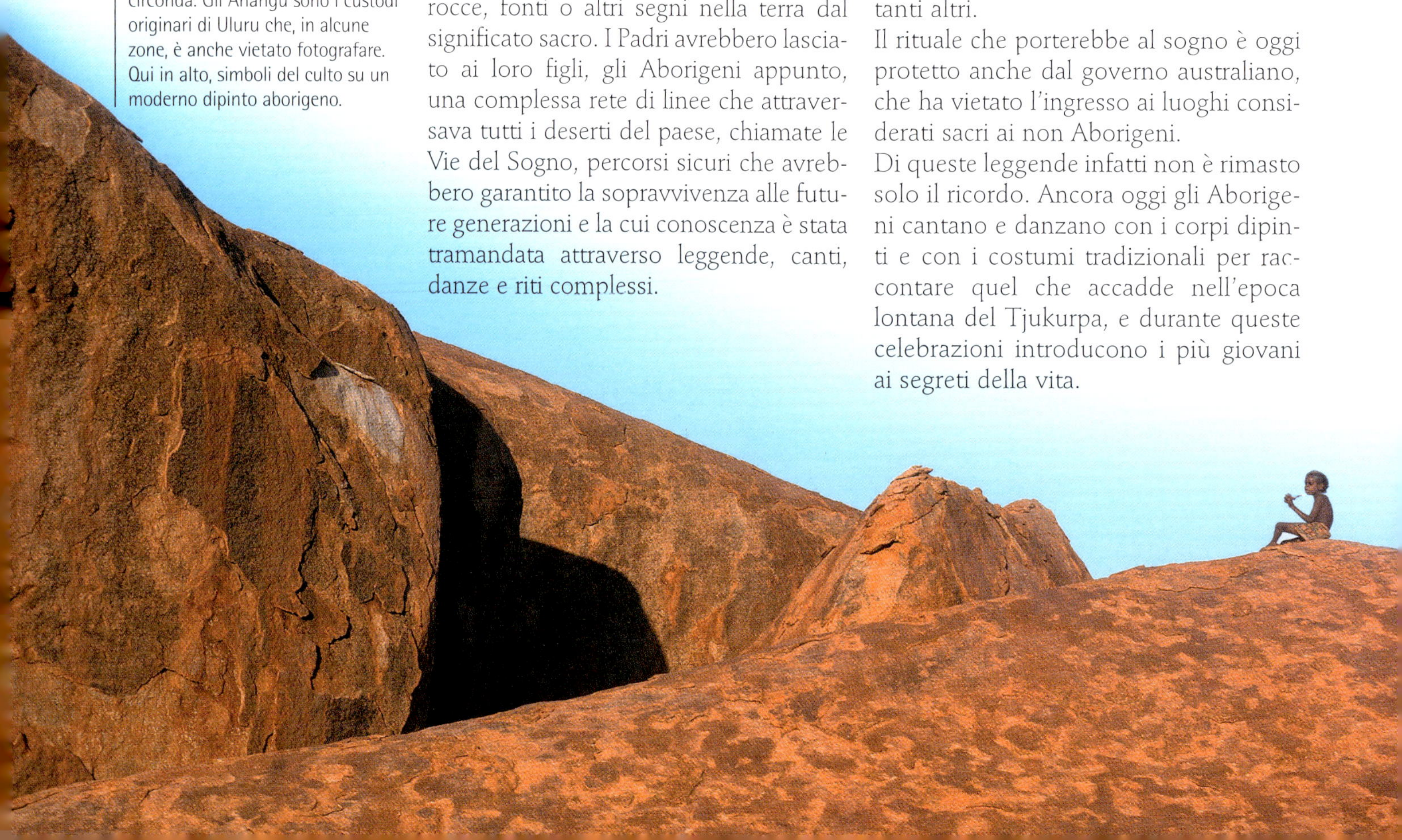

Gli Spiriti del Sogno
Un dipinto aborigeno ritrae uno degli esseri soprannaturali che hanno creato il mondo "disegnando" il territorio e tutti gli esseri viventi nel Tempo del Sogno. Le danze e i canti rituali degli Aborigeni si fondano su quella tradizione mitologica.

Cerimonie ancora vive

Nelle danze rituali si narra di battaglie avvenute nel remoto Tempo del Sogno tra gli antichi Kundingas, dei diversi gruppi dei Pitjantjatjara, il popolo dei Canguro-Lepre, o degli Yankuntjatjara, quelli del Serpente Diamantino, che vivevano proprio a ridosso del massiccio Uluru. Nei suoi pressi, si racconta si svolsero sanguinose battaglie tra una tribù del Serpente Velenoso giunta dal sud per attaccare il popolo del Serpente Diamantino. Un attacco improvviso che però non ebbe successo tanto che gli aggressori si spostarono ancora per far guerra ad altre tribù mentre i corpi dei loro guerrieri caduti in battaglia sarebbero rimasti chiusi in alcune delle forme del grande massiccio di Uluru.

Bellezza primordiale
La maestosa mole di Uluru spicca nell'arido paesaggio del deserto australiano. I lunghi solchi verticali che ne segnano i fianchi sono la memoria dei venti e delle piogge nel trascorrere del tempo. Dalla roccia sgorgano sorgenti che garantiscono una sorprendente varietà di vita animale e vegetale.

Il cuore della tradizione aborigena

La grande roccia rossa è dunque molto di più di un interessante fenomeno geologico: per gli Aborigeni ogni suo aspetto mostra un significato profondo.

Quella che sembra una macchia di umidità per loro sarebbe il sangue dei feroci combattenti del Serpente Velenoso.

In alcune caverne sarebbero invece rintracciabili le impronte lasciate dalla fuga della tribù del Canguro-Lepre attaccata da un mostruoso dingo evocato dal rito magico di un violento popolo nemico. Ogni caverna di Uluru ha, così, una precisa destinazione ed è nata per accogliere un rituale ancor'oggi praticato. I buchi della roccia possono ricordare gli occhi di un personaggio del passato e ogni sporgenza può essere espressione del naso di un defunto dell'epoca del Tempo del Sogno. Nei solchi si può immaginare Kandiu, la lucertola, che cercava tra queste rocce il suo boomerang smarrito. Uluru è quindi un grande cuore sacro per il popolo aborigeno e ogni centimetro dei suoi nove chilometri di circonferenza ha per loro un messaggio dal passato.

Neanche l'erosione che il massiccio d'arenaria sta subendo nel tempo, anche a causa dei forti sbalzi di temperatura, costituisce per gli Aborigeni un pericolo: secondo loro, infatti, nonostante lo sfaldamento della roccia che prosegue inesorabile, la fisionomia di Uluru non cambia e mantiene intatti i segni del passaggio dei Padri.

Le sue caratteristiche naturali, inoltre, la rendono una preziosa oasi per la sopravvivenza nel deserto australiano e un crocevia delle ideali e ancestrali linee che attraversano l'Australia e che sono state tramandate nei canti e nelle danze degli anziani. Intorno a Uluru, infatti, ci sono ben undici sorgenti e negli incavi del massiccio resta per lungo tempo anche tutta l'acqua caduta con le rare piogge.

Simbologie ancestrali

La meraviglia di Uluru però non finisce con la maestosità del suo esterno. All'interno delle sue grotte sono stati ritrovati splendidi disegni tracciati sulla roccia, lascito dei più antichi iniziati del lontano Tempo del Sogno e poi dei loro figli e successori. I simboli e le immagini che li compongono sarebbero propiziatori di fertilità, ispiratori di un'evoluzione spirituale e portatori della sapienza dei mitologici antenati degli Aborigeni.
Alcuni di essi sarebbero destinati solo agli uomini o solo alle donne, tanto che è addirittura vietato guardare in direzione di alcune grotte considerate sacre per l'altro sesso.
Una grotta riveste un valore particolare: è la caverna del Canguro-Lepre di Mala, considerata dagli Aborigeni un luogo felice, nel quale gli iniziati ritornano commossi. Qui non può entrare nessuno che non sia aborigeno. Sulle pareti sono riprodotti scritti e segni che arrivano dalla notte dei tempi e che servono per le cerimonie di iniziazione dei giovani, che affrontano il passaggio rituale con il corpo dipinto di color ocra.
È grazie a questo insieme di misteriose cerimonie e di imperscrutabili tradizioni che Uluru è diventato per tutti il simbolo dell'Australia. Che si vedano solo le sue meraviglie naturali, come la sua maestosità e i suoi strabilianti colori, o che se ne comprendano i profondi significati spirituali, non si può restare insensibili davanti a questo incredibile monolite di roccia color ruggine. Un fascino e una potenza che hanno indotto le autorità australiane a restituirgli il primitivo ruolo di faro dell'antica cultura locale, quella ancora per noi misteriosa e profonda degli Aborigeni.
Una cultura tra le più indecifrabili dell'intero pianeta, l'unica che ha avuto in eredità dai suoi mitologici antenati un tesoro tanto speciale.

Un libro d'arte sulla pietra
Le rocce e le grotte di Uluru sono ricche di dipinti simbolici che gli Anangu ritoccano con continui passaggi di colore. Qui sotto, tipiche immagini che sembrano a raggi X di animali ed esseri umani.

Gli Aborigeni, gli antichi australiani

Sono giunti in Australia migrando dal Sudest asiatico circa 50000 anni fa. Quella degli Aborigeni non era però una civiltà omogenea: erano infatti divisi in oltre seicento tribù diverse, ognuna composta da un gruppo familiare che comprendeva fratelli e nipoti, e parlavano più di duecento lingue differenti. Nomadi per vocazione, i primi Aborigeni erano scuri di pelle e vivevano di caccia e di quello che riuscivano a raccogliere nella natura incontaminata delle distese australiane, come frutti, bacche o radici. Si addentravano negli impervi sentieri armati solo dei loro boomerang e dei woomera, specie di rudimentali balestre. La loro vita era caratterizzata da un profondo rispetto per la natura, che faceva parte di ogni loro forma d'arte. Donne e uomini hanno sempre avuto una sensibilità unica, e anche oggi come un tempo tengono in grande considerazione la rispettiva crescita spirituale e partecipano, anche se separatamente, ai riti tramandati dagli anziani. Una cerimonia, chiamata "Corroboree", tramanda ancora adesso con canti e danze le storie degli antichi eroi del Tempo del Sogno. Uomini e donne si dipingono il viso e il corpo e si ornano con piume o altro.

Ognuno interpreta una parte precisa. Il posto d'onore è riservato agli anziani ma nessuno di loro è considerato un sacerdote. Hanno l'importante compito di tramandare con i canti le antiche storie del passato e di custodire fino alle cerimonie le tavole e le pietre considerate sacre, che riportano incise sulla roccia i simboli di ciò che accadde in un'epoca lontana.

Ma è nei dipinti che si trovano all'interno delle grotte sacre che si coglie al meglio quello che si sa dello spirito degli Aborigeni. Sono ritratti in maniera stilizzata gli animali che hanno significati simbolici ma anche quelli associati a una tribù o a un gruppo di persone. Gli Aborigeni credono che una pianta, un oggetto o un animale, abbia uno stretto legame con una persona, e lo considerano il suo totem. Nessuno di loro, per esempio, caccerebbe un animale che rappresenta un proprio totem. Il mondo spirituale degli Aborigeni presenta comunque moltissimi aspetti tuttora segreti. Non solo non vengono rivelati i lati più profondi della loro cultura, ma neanche le cerimonie religiose più importanti. Se un tempo la punizione per chi ne svelava il momento era la morte, oggi la tribù colpisce il traditore con la cosiddetta prova della lancia, cioè con una pioggia di lance scagliate sulle gambe.

Ritorno dalla caccia
Gli Aborigeni, ancora oggi, utilizzano gli strumenti dei loro antenati: il boomerang e il woomera (in alto nel riquadro).

Segni di appartenenza
L'appartenenza ai diversi clan e dinastie delle popolazioni aborigene si rivela anche nelle pitture rituali del corpo che si collegano alla loro complessa mitologia (in alto a sinistra). E alla mitologia si unisce il concetto di totem (qui sopra) nel quale animali, piante o caratteristiche naturali diventano emblematiche per un individuo o per una tribù.

AMERICA

Quello che gli europei chiamarono il Nuovo Mondo era già stato in realtà la culla di diverse ed enigmatiche civiltà che si sono lasciate alle spalle città spettacolari e templi imponenti, meravigliose piramidi e raffinati manufatti. Inca, Maya, Aztechi e altri antichi popoli hanno dato vita a culture complesse, società dalle rigide regole e dalla sacralità estrema, ma non hanno lasciato elementi per raccontare la loro scomparsa. Nelle cittadelle costruite in cima a montagne impervie, come nelle inquietanti statue e nelle spettacolari linee tracciate nel terreno, troviamo segni evidenti di una storia ancora avvolta nel mistero. Un viaggio per vcdere da vicino le grandi pietre e i disegni di uomini di cui ancora non conosciamo il volto.

CHACO CANYON
TEOTIHUACAN
COPÁN
NASCA
MACHU PICCHU
ISOLA DI PASQUA

Chaco Canyon
le case di pietra di una civiltà dissolta

Un enigma sugli altopiani
Un popolo scomparso, che ha lasciato insediamenti importanti come questi, nasconde un mistero che bisogna indagare. Qui in basso, Roberto Giacobbo a Pueblo Bonito.

È forse il più importante mistero archeologico del Nordamerica ed è indissolubilmente legato alla storia degli Anasazi, una civiltà che ha lasciato molte tracce di sé prima di scomparire misteriosamente circa ottocento anni fa. Chaco Canyon si trova a Four Corners Country, nel punto d'incontro tra il New Mexico, l'Arizona, il Colorado e lo Utah, 160 chilometri a nordovest di Albuquerque, in una zona con una bassa vegetazione e frequenti tempeste di vento. Per rendersi conto delle dimensioni di questo territorio, basterà sapere che ha una lunghezza di diciannove chilometri per una larghezza di poco più di un chilometro e mezzo. Noi oggi lo troviamo arido, ma un tempo al suo interno scorreva copiosamente l'acqua.

Il sito più noto e più grande di tutta l'area abitata un tempo dagli Anasazi è Pueblo Bonito, che si trova all'estremità nord del Chaco Canyon.

È uno di quei luoghi la cui funzione ancora non trova una spiegazione soddisfacente: da anni gli archeologi si interrogano dibattendo se sia stata la capitale di questo misterioso popolo oppure il più importante centro religioso dell'area.

Il popolo degli "antichi"

Degli Anasazi si sa relativamente poco, visto che non hanno lasciato nulla di scritto e si ignora se avessero o no una qualsiasi forma di scrittura. La loro origine si era fatta risalire in un primo momento a circa 6000 anni fa, mentre poi si è scoperto che le prime notizie certe di questo popolo risalgono a 2000 anni fa, più o meno.

Di questa, che è stata una delle più antiche civiltà del Nordamerica, si hanno oggi soltanto le pietre, i resti delle case e gli oggetti lasciati al loro interno.

Come spesso accade in archeologia, la loro scoperta si deve al caso e a due cowboy che nel 1888 capitarono senza volere nel Chaco Canyon.

Allora quella zona era abitata dai Navajo. E proprio da una parola Navajo che significa "antichi" è nato il nome Anasazi.

Case nelle rupi
A Mesa Verde, un riparo nel canyon protegge l'antico villaggio chiamato Cliff Palace.
Sotto, incisioni rupestri con simboli rituali degli Anasazi si trovano numerose all'interno di caverne o sui massi isolati lungo tutto il territorio dei Four Corners.

Pueblo Bonito
La struttura a ferro di cavallo del sito è ben visibile in questa veduta aerea. Le grandi *kivas* si alternano ai resti delle case più tarde erette intorno.

Oggetti della vita quotidiana
Reperti della cultura del Chaco Canyon in un cesto di fibre di Yucca fittamente intrecciate tipico dell'artigianato più antico degli Anasazi e, in genere, delle tribù che abitarono in passato queste terre.

Un complesso sistema abitativo

Per conoscere questo antico popolo, bisogna fare piazza pulita dei luoghi comuni che riguardano i nativi americani e pensare che gli Anasazi in un'epoca remota vivevano già in case di pietra riunite in un raffinato complesso cittadino. Nel descriverli sono stati fatti molti errori: si è detto, per esempio, che fossero cacciatori di bisonti che invece non vivevano in quella zona, e che montassero a cavallo senza pensare che i primi cavalli arrivarono in America con gli spagnoli, più di due secoli dopo la loro misteriosa scomparsa. I ritrovamenti archeologici ci hanno invece rivelato per certo che erano attenti contadini e abili artigiani, capaci di intrecciare delle ceste tanto perfette da poter addirittura contenere dell'acqua.

Prima del 750 d.C. la popolazione viveva in case a fossa seminterrate, che poi si sono sviluppate fino a salire in superficie, dando vita al sistema delle Case Grandi, che all'inizio erano composte da una decina di stanze.

Pueblo Bonito, com'è stato detto, era il più grande centro della cultura Anasazi ed era la maggiore delle diciannove Case Grandi del Chaco Canyon. Intorno al Mille contava solo una ventina di camere ma 150 anni dopo il piccolo insediamento si era trasformato in un'unica costruzione a ferro di cavallo di circa 800 stanze contigue distribuite su quattro piani, tutte più o meno delle stesse dimensioni.

Secondo gli archeologi, nel momento della sua massima espansione vivevano a Pueblo Bonito più di mille persone.

La loro agricoltura era basata sulla coltivazione di cereali, zucche e legumi. L'aspetto scarno delle abitazioni testimonia l'usanza di cucinare e lavorare direttamente sul terreno.

La struttura omogenea delle stanze e la mancanza di mobili e di altri arredi hanno fatto in un primo tempo pensare a una società primitiva nella quale mancassero delle vere gerarchie sociali. Secondo un'altra ipotesi Pueblo Bonito poteva addirittura essere una specie di enorme convento, nato per ospitare la casta sacerdotale degli Anasazi.

A contatto con la forza della Terra

La religione aveva un posto molto importante nella vita degli antichi abitanti del Chaco Canyon, che erano condizionati dal cielo ma anche dalle energie della terra. E proprio l'aspetto religioso conduce a un'altra caratteristica degli Anasazi: la costruzione delle gigantesche *kivas*, fosse perfettamente tonde che si ritrovano in tutti i loro insediamenti. A Pueblo Bonito le *kivas* erano ben trentasette.

Avevano al centro un focolare ed erano coperte da un tetto in legno con un foro al centro, che fungeva da ingresso ma anche da camino.

Una delle più grandi *kivas* di tutto il Canyon è la cosiddetta Casa Rinconada, perfettamente circolare, di ben venti metri di diametro e di quasi cinque di profondità. Una gigantesca fossa scavata sulla sommità di una collinetta a qualche centinaia di metri da Pueblo Bonito, e quindi non posta come le altre in un centro abitato.

Ma a che cosa servivano le *kivas*? Sicuramente erano utilizzate per riunioni e cerimonie sacre. Al centro del pavimento avevano un foro chiamato *sipapu* che secondo gli Anasazi serviva per mettersi in contatto con gli spiriti degli antenati ma anche con le forze del centro della Terra.

In effetti gli insediamenti e le *kivas* erano stati costruiti in particolari punti del canyon, dai quali si sprigionerebbero i cosiddetti "vortici", forze telluriche che hanno la forma di una spirale.

Nel ventre della Terra
Le *kiwas*, in un primo tempo utilizzate come abitazioni sotterranee, vennero in seguito adibite a luoghi di riunione e di celebrazione di rituali religiosi quando gli Anasazi cominciarono a costruire a livello del terreno. Qui sotto, i resti di una grande *kiva* nel sito di Chettro Kettle.

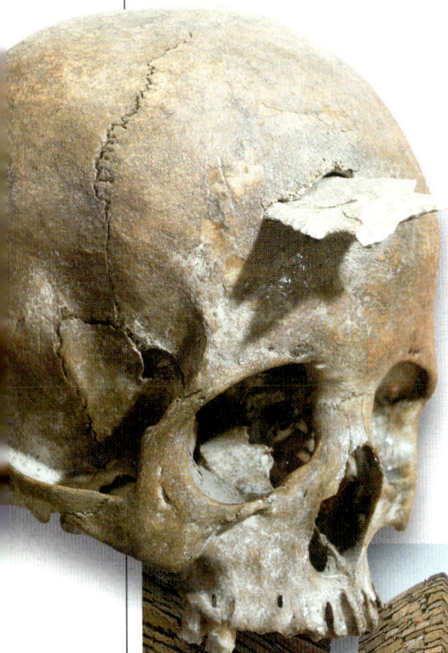

Oscuri rituali e abilità sorprendenti

La potenza delle forze della natura era un pensiero fisso del popolo del Chaco Canyon. Nella loro ritualità, però, c'era anche un aspetto molto inquietante. Dallo studio dei resti ritrovati nelle *kivas* si è giunti alla conclusione che gli Anasazi praticassero il cannibalismo. A provarlo sono stati diversi elementi: innanzi tutto negli anni Sessanta sono stati trovati crani fratturati e ossa svuotate del midollo. In seguito, sono state analizzate alcune feci umane fossili che hanno rivelato la presenza di resti di materiale organico umano.

Un reperto impressionante
L'interno di una delle case costruite in mattoni intorno alle più antiche *kivas* di Pueblo Bonito. Da questo sito proviene il teschio, qui in alto, apparteneva a una giovane donna Anasazi di circa vent'anni ed è stato trovato con la punta di freccia che la uccise ancora infissa sulla fronte.

Poi sono stati esaminati al microscopio elettronico i resti di alcune ossa, e si è così appurato che alcune di esse erano state sottoposte a cottura.
Infine, da una pentola sono emerse tracce di mioglobina umana, una proteina presente nel cuore e nei muscoli, a testimonianza che l'orrenda pratica era ancora in vigore al momento dell'improvvisa scomparsa degli Anasazi.

La complessità della religione di questo antico popolo è confermata anche dalla loro ossessione per il cielo e le stelle.
La stessa Casa Rinconada avrebbe un allineamento astronomico ben preciso: all'alba del solstizio d'estate pare che il Sole vada a illuminare, attraverso una finestra che si apre sul muro a nord-nord est, una nicchia posta all'interno della *kiva*. Quasi tutti gli edifici lasciati dagli Anasazi erano poi allineati ad un determinato fenomeno celeste. Come avessero acquisito una così precisa conoscenza astronomica è ancora un mistero.
Ma gli aspetti sorprendenti di questa civiltà non sono ancora finiti.
Gli Anasazi hanno lasciato molte strade, per una lunghezza totale di 300 chilometri. Incredibilmente, però, molte di queste non seguono una traiettoria logica perché portano solo a punti particolari del loro territorio, come se fossero state tracciate per scopi rituali, magari per condurre a luoghi sacri dove depositare offerte o celebrare cerimonie. Un esempio della loro incredibile abilità è anche la Grande Strada del Nord: parte da Pueblo Alto, sulla "mesa" che sovrasta Pueblo Bonito, si dirige per tre chilometri a tredici gradi a est del nord, per poi proseguire per venti chilometri esattamente in direzione nord con uno scarto di solo mezzo grado. Ottenere una precisione del genere sarebbe difficile anche usando una bussola, che gli Anasazi però non conoscevano.
La più grande studiosa della cultura del Chaco Canyon, Anna Sofaer, è giunta alla conclusione che gli Anasazi abbiano edificato le loro costruzioni in base a precise correlazioni con i movimenti del Sole e della Luna. Sia il loro orientamento, sia le geometrie interne e le relazioni geografiche tra i vari siti sarebbero quindi stati dettati dal rapporto con gli astri.

Guidati dalle stelle

Forse proprio l'estremo rispetto del culto per le stelle e per le forze della natura in genere può aver determinato la loro fine improvvisa, arrivata nel momento del loro massimo splendore.

Alfred Witherhill, uno dei cowboy che scoprirono Chaco Canyon, pare sia rimasto impressionato dal suo ingresso nelle abitazioni degli antichi Anasazi, tanto da dire: «*Quando entrammo nel Navajo Canyon e scoprimmo le rovine, riportammo il nostro mondo indietro di un numero imprecisato di secoli. Tutto era intatto, esattamente come era stato lasciato dagli abitanti originali. Gli oggetti erano sistemati nelle stanze come se le persone fossero appena uscite per far visita ai loro vicini. Esemplari perfetti di stoviglie erano adagiati a terra mentre utensili di ferro e altri attrezzi domestici si trovavano lì dove le donne Anasazi li avevano usati per l'ultima volta*».

Che cosa può essere successo intorno al 1300 per spingere gli abitanti della zona a lasciare così, in modo precipitoso, le proprie case? Dopo mille anni una moltitudine di alcune migliaia di Anasazi abbandonò improvvisamente la propria terra spostandosi in un primo tempo solo di alcuni chilometri più a nord e, un centinaio di anni più tardi, di altri 500 chilometri a sud.

Fino a ora sono state fatte diverse ipotesi, ancora però al vaglio degli studiosi.

Si è parlato di un improvviso cambiamento delle condizioni climatiche, che avrebbero stravolto sia le culture sia gli allevamenti portando una serie di carestie; di una serie di invasioni da parte di altri popoli che avrebbero costretto gli Anasazi a cercare una terra più sicura; infine, di motivi religiosi che avrebbero spinto l'intera comunità a iniziare un esodo guidato dalle stelle.

Una teoria quest'ultima che sembrerebbe trovare un appoggio inaspettato: la destinazione finale di questa migrazione è stata la zona di Casas Grandes, nello Stato di Chihuahua, esattamente sullo stesso meridiano di Chaco Canyon, il 108°.

Com'è possibile che un popolo così antico sia riuscito a spostarsi per più di seicento chilometri perfettamente lungo l'asse nord-sud? È un mistero che va ad aggiungersi agli altri e che rende ancora più enigmatica la civiltà degli Anasazi.

Artigiani e astronomi
Numerose suppellettili, come queste con il tipico decoro bicolore, sono state trovate intatte nei diversi insediamenti degli Anasazi a Chaco Canyon. Sappiamo che nei loro villaggi era fiorente l'artigianato della ceramica. Sappiamo anche che vi erano edifici adibiti a osservatori astronomici. Che sia nascosto fra le stelle il segreto della loro improvvisa scomparsa da quei territori?

Teotihuacan
piramidi verso il cielo

Una città fiorente
Una maschera d'oro, ritrovata a Teotihuacan, raffigura il dio azteco Xochipilli. Sotto, la gigantesca mole della Piramide del Sole e, in alto, il Viale dei Morti che si apre sulla grande piazza davanti alla Piramide della Luna.

È un altro dei grandi misteri precolombiani, un antichissimo sito dagli aspetti stupefacenti.
La "Città degli dei", questo il significato del nome di Teotihuacan, è sorta forse prima dell'anno zero e ha raggiunto il suo massimo splendore al tempo della Roma imperiale, ben prima della nascita dell'Impero Azteco. Per avere un'idea della sua potenza, la Piramide del Sole, che ne domina il profilo, era più grande di un altro celebre monumento coevo, il Colosseo di Roma.
È stata la città più importante di tutto il Messico e il ricordo della sua grandezza è stato tramandato nel tempo attraverso i miti degli Aztechi. Si estendeva per oltre venti chilometri quadrati nella grande pianura dell'altopiano del Messico, a un'altitudine di 2285 metri sul livello del mare, e aveva un alto e insolito grado di urbanizzazione.
Prima di conoscere meglio quello che è arrivato fino a noi di questa spettacolare città, è giusto sapere che ancora oggi non sappiamo chi l'abbia edificata.

Culti e divinità
Qui a fianco, la ricostruzione di una pittura murale da uno dei palazzi di Teotihuacan: rappresenta una divinità femminile, che incarna l'unione fra la comunità e la natura. Sotto, Xipe, dio della rinascita e dell'agricoltura.

Un'origine circondata dal mistero

In passato si credeva che a fondare Teotihuacan fossero stati gli Aztechi, ma la città era già stata abbandonata quando questi la scoprirono.

Del misterioso popolo che l'abitava non rimanevano che maestosi edifici, oggetti finemente decorati e una forma di scrittura non ancora decifrata. Dovevano però avere una classe dominante molto attenta a conservare il potere, che ha fatto anche dei templi uno strumento di sottomissione. Erano artigiani molto abili e hanno lasciato manufatti splendidi, a cominciare dalle maschere in pietra, di nefrite, basalto e giada con gli occhi in ossidiana e madreperla. I loro vasi di ceramica decorata erano commerciati in quasi tutta l'America Centrale. Dai ritrovamenti archeologici si capisce che intrecciavano ceste e affilavano strumenti e armi in ossidiana, ricavata in abbondanza dai vicini vulcani.

Ma ciò che più impressiona chi visita i resti di Teotihuacan è la sua architettura. Sull'intera città domina la Piramide del Sole. Per edificare i suoi quattro piani, si stima ci siano voluti trent'anni, il lavoro di 3000 uomini e due milioni e mezzo di tonnellate di mattoni di fango essiccati al sole. I lati sono lunghi quasi quanto quelli della Piramide di Cheope in Egitto, ma la sua altezza è solo la metà.

È stata costruita sui resti di un tempio più antico ed è allineata lungo l'asse est-ovest, così da seguire il percorso del Sole nel cielo, ed è orientata secondo i quattro punti cardinali, il che ha fatto pensare a una sorta di rappresentazione dell'universo, con in cima il centro della vita. Nel 1971, sei metri sotto il maestoso edificio è stato trovato un tunnel di lava naturale lungo un centinaio di metri che termina con una stanza che ha rappresentato per lungo tempo il cuore sacro del monumento e dell'intera città. Nell'immaginario di questo antico popolo, dalla grotta dovevano essere usciti in un remotissimo passato sia gli antenati sia il Sole e la Luna.

Monumenti spettacolari

L'asse principale della città è il cosiddetto Viale dei Morti, che prende il via dalla Piramide della Luna, passa per la Piramide del Sole e arriva alla Ciudadela, la cittadella, e al tempio del dio Quetzalcoatl. La Ciudadela era circondata da un muro di cinta quadrato, con i lati lunghi circa 400 metri, che sorgeva vicino al centro della città e che forse era il palazzo reale. Nel cuore di quest'area sorgeva il tempio di Quetzalcoatl, una piramide con sei ordini di gradini, intorno ai quali si alternano immagini del serpente piumato e teste del serpente del fuoco. Gli scavi archeologici hanno individuato delle fosse sotto ai quattro lati della piramide, nelle quali erano stati sepolti gruppi di uomini legati, probabilmente come terribili offerte propiziatorie per gli dei.
Un altro importante punto di riferimento è la Piramide della Luna, l'edificio con la maggiore complessità architettonica della città. Contrariamente alle altre due piramidi, la parte inferiore della facciata era interamente formata da gradini. Come le altre, invece, la sua funzione era quella di piattaforma per un tempio.

Tesori d'arte
Splendide maschere incrostate di pietre dure, come questa rivestita di turchesi, ossidiana e conchiglie sono fra i tesori più preziosi rinvenuti a Teotihuacan.
Sotto, una suggestiva veduta del complesso.

Templi verso il cielo
In origine, sulle cinque terrazze che formano la Piramide della Luna, qui a sinistra, svettava un tempio. Sotto, la testa del dio Quetzalcoatl, il serpente piumato.

Il progetto della città prevedeva poi dei quartieri residenziali che formavano veri e propri complessi di case divisi in base alla parentela o ad altri elementi che potevano accomunare gli abitanti.
A Teotihuacan vivevano e lavoravano, infatti, anche rappresentanti di altri popoli vicini, che mantenevano i loro usi e le loro tradizioni.
Quello di Teotihuacan sarebbe dunque il ritratto di una città vitale e prospera, orientata da rigidi dettami religiosi, se non fosse che, com'è già successo per altri antichi centri abitati, la civiltà che l'aveva edificata è finita senza un motivo conosciuto.
Come sempre in questi casi, si è parlato di cambiamenti climatici e di invasioni di popoli aggressivi, che avrebbero sfaldato la società precedente.
Una risposta potrà forse arrivare con il tempo e con nuovi scavi, quando si saprà qualcosa di più di quelle civiltà che noi ancora non abbiamo scoperto.

Copán
la città perduta dei Maya

L'Atene del centroamerica
Copán è chiamata così per i suoi splendidi tesori d'arte. In alto, una maschera rituale e, sotto, i templi del complesso dell'"Acropoli".

È il sito archeologico più famoso di tutto l'Honduras ed è stato proclamato dall'Unesco Patrimonio dell'Umanità. Si trova non lontano dal confine con il Guatemala ed è una splendida testimonianza del livello raggiunto dalla civiltà dei Maya. Come le altre antiche città dell'America e dell'Asia, anche Copán è stata avvolta per secoli dalla folta vegetazione tropicale. A ritrovarla e a farla conoscere al mondo sono stati due viaggiatori, Frederick Catherwood, un artista inglese, e John Lloyd Stephens, un esploratore americano. Arrivati sul posto, i due non hanno potuto fare a meno di constatare che le periodiche inondazioni del Rio Copán avevano danneggiato la struttura di molti fabbricati e avevano mantenuto fertile la foresta circostante, che con il tempo aveva preso il sopravvento sui magnifici edifici di pietra.
Quella di Catherwood e di Lloyd Stephens non era stata però una scoperta casuale.

Nascosta nella foresta tropicale

Che ci fosse a un chilometro dal villaggio di Copán un'antica città perduta era noto da tempo. Ne avevano parlato gli spagnoli e lo stesso governo del Guatemala si era impegnato anni prima perché le sue rovine tornassero alla luce.

Senza i due esploratori, però, non avremmo conosciuto le sue meraviglie come le vediamo oggi. Prima di liberare la città dal giogo della vegetazione, avevano acquistato per cinquanta dollari tutto l'appezzamento di terreno sul quale sorgeva il sito archeologico. Il loro è stato un lavoro metodico, documentato da appunti scrupolosi e dai bei disegni fatti da Catherwood. Furono proprio questi ultimi a far nascere dall'altra parte dell'oceano il mito di Copán, la favolosa città perduta dei Maya.

Gli archeologi hanno recuperato con il tempo quello che ne resta. A cominciare da una grande piazza rettangolare lunga ben 1000 metri e profonda cento, circondata da terrazze alte dai tre ai cinque metri e con una piramide, a sud, alta circa sei metri.

Immagini di un'arte raffinata
Il disegno, opera di Catherwood, di una stele nel fitto della vegetazione e, qui sopra, la decorata Scala dei geroglifici. Qui a fianco, un coperchio antropomorfo di ceramica datato fra VII e IX secolo.

Gli edifici erano decorati con grandi statue di pietra che riproducevano giaguari o enormi teste e con steli alte anche quattro metri, il tutto riccamente scolpito e pieno di iscrizioni. La grande quantità di glifi incisi hanno addirittura dato il nome alla ripida scalinata che sale lungo la piramide e che ora è conosciuta come la "Scala dei geroglifici".

Ogni cosa era poi decorata con stucchi dipinti e la città doveva dare l'impressione di un posto vivace e colorato.

Personaggi in vista
Il volto di una delle steli trovate a Copán, che sono la principale caratteristica dell'espressione artistica di questo sito maya. Sotto, un particolare del cosiddetto Altare Q datato verso la fine dell'VIII secolo. Sui quattro lati sono scolpite le immagini dei sedici sovrani di Copán, ognuno seduto su un glifo che ne riporta il nome.

La più antica città maya

L'impianto della città ruotava intorno a quattro grandi piazze. Era lì che si alzavano i palazzi più belli, ma quello che esprimeva al meglio il carattere della città erano le piramidi con le loro scalinate che portavano ai templi posti sulla cima. Per avere un'idea delle loro dimensioni, basti sapere che una delle più imponenti aveva ben settantadue gradini alti ognuno quarantacinque centimetri, anche se oggi non ne rimangono in sede che una trentina.

Le leggende locali vogliono che Copán sia stata la prima a sorgere tra tutte le città maya e che sia nata prima anche di Palenque.

Alfred P. Maudslay, l'archeologo che più di ogni altro ha lavorato a Copán, ne ha ricostruito la storia usando un modello in gesso. Dopo lunghi studi è giunto alla conclusione che si era ingrandita e sviluppata nel tempo con l'aumentare della popolazione, per poi decadere com'è successo alle altre città maya. Tanto che gli spagnoli, al loro arrivo, non trovarono che una pallida copia di quello che era stata. Era infatti fiorita nel periodo classico della civiltà maya, tra il 250 e il 900 d.C. durante il quale si erano alternati alla sua guida oltre quindici sovrani.

In quel periodo Copán vantava rapporti commerciali con tutte le altre città maya, anche distanti, e questo le assicurava un benessere evidente.

Statue colossali
L'impressionante testa detta "il Vecchio di Copán" decorava probabilmente un tempio.

La sua popolazione era composta da mercanti, contadini e ottimi artigiani.
Sono state le preziose iscrizioni lasciate sui muri, come sui gradini e sui palazzi, ad aiutare gli studiosi a ricostruire la storia della città, con dettagliati racconti dei sovrani e del periodo nel quale avevano regnato. A loro sono state dedicate anche delle splendide steli, colonne di pietra scolpite che li ritraevano con dimensioni maggiori del reale e con gli abiti delle cerimonie ufficiali. Sono state trovate ben trentotto di queste steli, che hanno come soggetto anche personaggi di alto rango e che riportano sul retro una sorta di indicazione biografica della persona ritratta. Come nelle altre città maya, inoltre, nella posizione di edifici, templi e steli, sono state trovati molti riferimenti astronomici.

E com'era già successo per altre antiche città, anche per Copán la fine sembra essere arrivata all'improvviso, lasciando dietro di sé la testimonianza di lavori incompiuti.
Dopo 3000 anni di splendore la civiltà di Copán si è dispersa così, da quel che si sa, senza un reale motivo. Clima, invasori o lotte intestine, sono queste le ipotesi fatte dagli studiosi. Ma c'è anche chi crede che i Maya siano andati, in qualche modo, incontro a quegli dei che avevano permeato tutta la loro esistenza.

I Maya

La misteriosa civiltà dei Maya si è sviluppata nell'America Centrale: in Messico, Belize, Chapas, nella Penisola dello Yucatan, in Guatemala e in Honduras. Dobbiamo a loro città splendide come Chichen Itza, Uxmal con le sue sculture di serpenti e le figure chac-mool, Palenque, Tulum e Tikal, con le loro ripide piramidi. Ma se dei Maya oggi sappiamo molte cose, ancora ci sfuggono la loro origine e la loro fine. Secondo i libri sacri del *Popol Vuh*, infatti, la cultura Maya sarebbe nata almeno 18 mila anni fa. Gli archeologi, invece, credono che sia comparsa intorno al 1500 a.C.
Il centro del potere spettava ai sacerdoti, che dovevano gestire il difficile rapporto con gli dei, che nutrivano con il sangue dei continui sacrifici umani.
Le cerimonie sacrificali si svolgevano sull'altare posto sulla piattaforma in cima alle piramidi tronche delle loro città e prevedevano anche delle sanguinose pratiche che dovevano permettere, attraverso il trance, un incontro tra i sacerdoti e le divinità.

Anche le stelle entravano prepotentemente in ogni aspetto della vita dei Maya. Conoscevano il cielo molto meglio di quanto non si immagini e ricercavano tra gli astri i miti della creazione. Avevano, inoltre, una straordinaria concezione del tempo, che vedevano in forma circolare, e gli stessi lavori nei campi erano regolati da un calendario complesso. Questa civiltà, in parte evoluta e in parte ancorata a riti sanguinari, è però in buona parte ancora sconosciuta. Dopo secoli, prima di splendore e poi di oblio, i Maya continuano a vivere ancora oggi, in una comunità unita ma discreta, legata da un passato lontano e dagli antichi segreti tramandati e protetti dagli anziani. Qui a sinistra, la statuina di uno scriba, da Copán; in alto, un particolare della processione di sacerdoti, dal Tempio dei murales di Bonampak.

Machu Picchu
la rocca nascosta fra le nuvole

Un fortunato archeologo
Con il ritrovamento di Machu Picchu, Hiram Bingham si rese protagonista di una delle più spettacolari scoperte archeologiche riguardanti le civiltà precolombiane.

Luglio 1911. Un giovane archeologo americano si arrampica lungo i ripidi sentieri che gli indios hanno insistentemente indicato. La salita in questo tratto della Cordigliera delle Ande è faticosa e particolarmente difficile, ma lo studioso è partito da Cuzco alla ricerca di Vilcabamba, la leggendaria Città perduta degli Inca, conosciuta da quattro secoli ma mai trovata. Sfinito per la scalata, arriva in cima a una montagna a 2300 metri d'altezza, di fronte a un piccolo altopiano, e riceve un premio che non si aspettava.
Davanti a lui si apre lo spettacolo straordinario di una antica città ancora sconosciuta che, come scrisse lui stesso, gli tolse il fiato.
L'archeologo è Hiram Bingham dell'Università di Yale, e il suo nome è passato alla storia come lo scopritore di una delle città più enigmatiche del passato.

Una città perduta e ignota

Nessuno, tranne i campesinos, conosceva le rovine della città, neanche gli spagnoli e i missionari che da secoli vivevano nella zona avevano idea della sua esistenza. Tutti, compreso lo stesso Bingham, pensavano invece che da qualche parte, in quel territorio così ostile, dovesse esserci la città di Vilcabamba. Questa aveva costituito il mitico rifugio degli Inca dopo la fuga da Cuzco, l'antica capitale dell'impero, spinti dalla violenza degli spagnoli di Francisco Pizarro nel 1536. Ancora convinto di aver trovato Vilcabamba, Bingham organizzò una spedizione per ripulire l'area dalle piante e liberare gli imponenti resti che aveva appena rinvenuto. Dopo la sua morte, con il ritrovamento di documenti spagnoli che descrivevano la posizione della vera Vilcabamba, fu chiaro che ci si trovava di fronte a qualcosa di nuovo e imprevisto: la cittadella di Machu Picchu. Machu Picchu, d'altronde, non è una città qualsiasi. Arroccata in alto sul fianco di una montagna delle Ande, a 450 metri sopra il fiume Urubamba, protegge strettamente i suoi segreti.

Chi la costruì, affrontando innumerevoli difficoltà, doveva avere avuto un motivo molto serio. Prima di iniziare i lavori, per creare altro spazio edificabile, furono portate in quota dalla valle oltre 25 000 tonnellate di terra, lungo stretti sentieri percorribili solo a dorso di mulo che danno su strapiombi di 400 metri.

Una vera fortezza
L'antico sentiero che portava a Machu Picchu era stato realizzato in modo da scoraggiare i più. Stretto appena per una persona, lungo vertiginosi precipizi, pensiamo la difficoltà di portare così in alto le pietre per costruire la città. A fianco, la statuina di un portatore andino.

Un insediamento evoluto
L'intero complesso di Machu Picchu era costruito secondo delle regole urbanistiche ben concepite. Dall'esposizione delle abitazioni alla luce solare, fino al sistema di canali per il rifornimento idrico.

Acqua tra le rocce
Qui sopra, l'interno del Tempio dell'acqua, con la sorgente ancora viva. Più in alto, a destra, uno dei bacini della Sala dei mortai, di incerto utilizzo.

Uno splendido tempio-fortezza?

Con estrema perizia Machu Pichu è stata orientata in una posizione privilegiata che le permette di ricevere direttamente i raggi del Sole dall'alba al tramonto, ogni giorno dell'anno. È un miracolo d'urbanistica e di architettura e le sue costruzioni, come le sue mura, sono fatte per superare i secoli: edificarle deve essere stato lungo ed estremamente difficile, vista la sua posizione. Ma allora, che cos'era veramente Machu Picchu? E chi l'ha costruita?

Lo stile delle case sembra essere quello degli Inca e pare non ci siano dubbi sul fatto che sono stati loro gli ultimi abitanti del posto. Ma questo non basta per spiegare i tanti misteri di questo luogo.

Innanzi tutto potrebbe non trattarsi di una vera e propria città, visto che nei suoi pochi edifici poteva ospitare non più di 750 persone. Un'ipotesi è che fosse una fortezza o una cittadella destinata ad accogliere solo le classi più elevate della società Inca. Quelli ritrovati potrebbero allora essere non solo alloggi ma anche templi e osservatori.

Così infatti li hanno classificati gli stu-

diosi, anche se non è ancora certa la loro reale funzione. Il Tempio dell'acqua, per esempio, prende il nome da una sorgente che ancora oggi sgorga dalla roccia al suo interno.

La cosiddetta Sala dei mortai contiene invece due bacini perfettamente circolari ricavati nella roccia che, secondo gli archeologi, gli Incas usavano per tingere i tessuti per poi metterli ad asciugare appesi ai cilindri di pietra che sporgono dai muri.

La stessa sala però poteva servire anche per studiare il moto delle stelle riflesso nell'acqua contenuta nei bacini.

Forse gli Inca non furono i primi

Machu Picchu non è mai stata saccheggiata ed è quindi ricca di reperti archeologici ancora intatti ma, non avendo trovato elementi chiarificatori, sulla destinazione dell'intero complesso non si possono che esprimere ipotesi.

Un capolavoro di orientamento è il cosiddetto Tempio del Sole, un edificio a pianta semicircolare con due finestre perfettamente orientate a nord e a est, dalle quali si può determinare con incredibile precisione il solstizio d'estate e il solstizio d'inverno, ovvero le due date dell'anno in cui il giorno è lungo come la notte.

Gli Inca non conoscevano ancora la ruota e non usavano la scrittura, ma sono stati in grado di fondare in Perù un vero e proprio impero che occupava buona parte del Sudamerica, dal Pacifico all'Atlantico, collegato da una vasta rete stradale. Furono sicuramente gli ultimi abitanti di Machu Picchu, ma ci si chiede se siano stati in grado di costruire una cittadella così speciale.

Ma se non sono stati loro, chi può averlo fatto e quando?

Il Tempio del Sole

La particolare struttura dell'edificio e il suo orientamento hanno fatto pensare che servisse come osservatorio solare. Nell'immagine più piccola, una scala ricavata da un unico blocco di pietra scavata con incredibile sapienza.

Affascinanti misteri
Gli edifici religiosi di Machu Picchu sembrano orientati secondo precisi allineamenti astronomici. Gli Inca osservavano il cielo, ma sarebbero stati capaci di tale precisione? Nel sito sono stati trovati solo oggetti di ceramica o di metallo, nulla in oro o argento sebbene gli Inca fossero raffinati orafi.

Il cielo rispecchiato sulla terra

Negli anni si sono avvicendate teorie più o meno conosciute riguardo la costruzione della cittadella.
C'è chi ha ritenuto che tutta la valle del fiume Vilcanota, con Machu Picchu e Ollantaytambo, fosse stata modificata artificialmente per farla diventare simile alla Via Lattea, ricalcando la stessa ipotesi fatta per gli Egizi che avrebbero avuto idea della Valle del Nilo come del riflesso sulla Terra della Via Lattea.
C'è invece chi ha studiato l'antica griglia utilizzata per determinare la pianta della città in rapporto ai punti cardinali, giungendo alla conclusione che l'obliquità della Terra all'epoca in cui fu tracciata la pianta di Machu Picchu fosse di circa 24° e che quindi la città dovrebbe essere stata progettata nel lontano 3172 a.C.
Nel 1930 il professor Rolf Müller, dell'Università di Potsdam, ha studiato gli allineamenti astronomici degli edifici principali della città, stabilendo che il progetto originario doveva risalire a un periodo che va dal 4000 al 2000 a.C.
Una datazione inaspettata, confermata in seguito anche dagli studi degli astronomi Deaborn e White, dell'Università dell'Arizona.

Precise conoscenze astrali

Chi abitava però quella zona in epoca così remota? Può essere che gli Inca, vissuti tanti secoli dopo, abbiano solo fatto proprie delle strutture preesistenti, com'era capitato altre volte?
D'altronde è possibile che gli Inca, che non conoscevano la ruota, non avevano animali da soma e non usavano il ferro, siano stati in grado di edificare una cittadella tanto complessa in una posizione tanto scomoda, tagliando e trasportando enormi massi di duro granito? E può essere che avessero conoscenze tali di astronomia da edificare a Machu Picchu delle costruzioni fatte apposta per calcolare equinozi e solstizi, com'è in quasi tutti i siti megalitici in giro per il mondo? Il cosiddetto Tempio delle tre finestre, per esempio è, come il Tempio del Sole, perfettamente orientato per calcolare l'equinozio di primavera e quello d'estate. Non solo. A Machu Picchu c'è un enigmatico monolite. Si trova in un punto in cima a una scala dai gradini perfettamente intagliati nella roccia.

È conosciuto come l'*Intihuatana*, una pietra sacra dedicata a Inti, il dio del Sole. È stata ricavata da un'unico masso, lavorato con uno sperone perfettamente orientato in direzione nordest-sudest, intagliato in questo modo per calcolare movimenti lunari, solstizi ed equinozi. Ogni anno, nel giorno del solstizio invernale, il dio veniva simbolicamente legato alla grande pietra per propiziarne il ritorno nell'estate che seguiva.

Il dio Sole
Roberto Giacobbo vicino all'*Intihuatana*, letteralmente "il luogo dove si lega il Sole", la pietra sacra dedicata al dio padre originario della popolazione Inca che veniva usata come una sorta di meridiana. Qui sotto, una maschera del dio solare in oro e, più in basso, il Tempio delle tre finestre, un osservatorio per determinare i solstizi.

Precisione sconcertante
L'incredibile precisione dei tagli e degli incastri delle gigantesche pietre con cui sono stati costruiti alcuni degli edifici e delle mura più imponenti di Machu Picchu, non smettono di impressionare e ricordano altri lontani siti archeologici. Qui sotto, una foto d'epoca che ritrae Bingham durante gli scavi, in posa davanti alle massicce pietre squadrate.

Blocchi giganteschi per le mura

Un altro mistero circonda Machu Picchu: le sue sono mura ciclopiche, realizzate con enormi blocchi di pietra tagliati in modo da incastrarsi perfettamente l'uno con l'altro e da non richiedere l'uso di cemento. Inoltre, sono poligonali, con molti angoli: una arriva ad averne ben trentadue. Tagliare massi di questo tipo non deve essere stata un'impresa facile anche considerando che uno dei più grandi è lungo oltre tre metri e largo un metro e mezzo, e pesa circa 200 tonnellate. Queste pietre sono incredibilmente uguali a quelle che compaiono nelle parti più antiche del Tempio della Sfinge, in Egitto, ma anche sull'Isola di Pasqua e a Stonehenge. Chi può aver usato anche in questo angolo sperduto del mondo una tecnica di costruzione tanto raffinata quanto avanzata?
Gli Inca narravano di antichi dei capaci di volare che diedero il via alla civiltà e che costruirono opere fantastiche, tanto che Machu Picchu era considerata la città a loro dedicata.

Inoltre, pare abbiano detto agli spagnoli che le vaste strade e molte delle opere di architettura erano già antiche di millenni al loro arrivo in quei territori.

Il mistero alimenta le teorie

Intervistato da Voyager, il professor Edwin Flores Ceballos, docente di Storia all'Università di Cuzco, ha detto che: «*gli Inca conoscevano le costellazioni dell'emisfero sud australe e avevano il desiderio di tornare in quelli che ritenevano i loro luoghi di origine, le stelle Sirio, Orione, Venere. Secondo le leggende, utilizzavano anche tecnologie ereditate da civiltà superiori che sfruttavano l'energia solare. Pietre semicircolari e a forma di scivolo ricoperte da lastre d'oro fungevano da specchi che assorbivano l'energia del Sole e la convogliavano dentro a quelli che a noi sembrano tombe, ma che in realtà erano delle porte dimensionali. Quando Bingham arrivò a Machu Picchu, all'interno di queste presunte tombe trovò una specie di cenere bianca. Alcune leggende narrano che quegli antichi uomini, grazie all'energia del Sole, si teletrasportavano e si smaterializzavano per entrare in nuove dimensioni, lasciando sulla Terra solo una polvere molto fine. Polvere ritrovata anche in alcuni sarcofagi egizi, più precisamente in quelli trovati vuoti*».

Quella del professor Ceballos è certo una teoria molto ardita, basata anche sulle leggende che parlano di antichi uomini chiamati Viracocha, che fondarono una grande civiltà esistita in questi luoghi migliaia di anni prima dell'arrivo degli Inca. Ma Viracocha era anche una misteriosa figura alta, barbuta e di carnagione chiara, chiamata altrove anche Quetzalcoatl, Spuma del Mare, Huaracocha, Kon Tiki e Thunupa: un maestro delle scienze e delle arti magiche, giunto in un momento di caos per rimettere in ordine il mondo. Come fece, dall'altra parte dell'oceano, il dio Toth degli antichi Egizi. Ma secondo la leggenda, con Viracocha c'erano due tipi di messaggeri: i soldati fedeli e gli splendenti, deputati a diffondere il messaggio del dio "in ogni parte del mondo".

Per concludere, una riflessione di Graham Hancock, scrittore di bestseller e ricercatore: «*Nelle Americhe esistono leggende che parlano di un uomo venuto dal mare per portare la civiltà. Queste leggende si riferiscono ad un passato che si perde nella notte dei tempi. Il mito più famoso è quello di Quetzalcoatl, o Viracocha. I suoi tratti facciali non sono quelli tipici degli indiani d'America. Come si spiega questo fatto? Sembrerebbe trattarsi di un episodio della storia umana che gli storici hanno dimenticato di registrare. Personalmente sono quasi certo che l'umanità abbia dimenticato molto più di quanto non ricordi della sua storia. Siamo una razza affetta da una sorta di amnesia. Sono fortemente orientato a credere nell'ipotesi di una civiltà perduta che sia esistita non solo nelle Americhe, ma in tutto il resto del mondo*».

Vicino agli dei
Il dio inca Viracocha, qui sopra, avrebbe dato forma alle cose e agli uomini creandoli dalla roccia. Per questo, gli Inca conferivano a molte pietre un significato religioso e, nelle loro costruzioni, ne curavano in modo particolare la lavorazione. Machu Picchu, la città di pietra in cima al mondo era un punto di incontro con il cielo.

Nasca
le linee del mistero

Segni sulla Terra
La Panamericana (in basso) è una superstrada che mette in collegamento gran parte del Sudamerica. Nella pianura desertica del Perù meridionale, però, anche altre linee più enigmatiche tracciano il terreno, gigantesche e visibili chiaramente solo dall'alto.

È un'autostrada lunga quasi 27000 chilometri che collega i due estremi dell'intero continente americano: la Panamericana. Quando attraversa una zona sperduta nel sud del Perù, scorre in un deserto di pietre vasto oltre 300 chilometri quadrati.

Sembra una zona brulla qualsiasi, ma invece è una delle aree più enigmatiche di tutto il pianeta.

Il suo mistero si vede solo dall'alto: sono le fantastiche figure dell'altopiano di Nasca, un insieme di linee che formano disegni enormi e inspiegabili.

Le linee di Nasca vennero scoperte nel 1939 dal geografo Americano Paul Kosok impegnato a sorvolare la zona con un piccolo aereo. Da terra non si scorgeva null'altro che dei solchi poco profondi. Dalla torretta di avvistamento alta quattordici metri che si trova lungo la strada, la visibilità non migliora di molto. Per apprezzare chiaramente gli oltre 200 disegni e le 13000 figure geometriche della piana bisogna per forza alzarsi in volo. Ma chi può aver tracciato delle immagini tanto enormi e così difficili da osservare? E perché?

Un saluto verso che cosa?
La figura chiamata l'astronauta adagiata su fianco di una collina sembra che si voglia far notare da qualcosa o qualcuno molto distante nel cielo.

Indicazioni visibili dal cielo

Innanzi tutto bisogna dire che datare con certezza le linee di Nasca è praticamente impossibile, perché per realizzarle è stato necessario solo spostare le pietre più scure della zona lasciando scoperto il terreno sottostante, che ha un colore più chiaro.

Le figure e le linee, dritte come solo un computer potrebbe fare, si sono conservate attraverso i secoli grazie alle condizioni climatiche del posto. Nasca è infatti uno dei luoghi più aridi della Terra e la pioggia cade solo una volta l'anno. Niente quindi, se non l'azione dell'uomo, poteva distruggere questo incredibile insieme di opere d'arte. A realizzarlo dovrebbero essere stati i Nasca, il popolo che viveva nella zona, anche se non ci sono prove certe.

In ogni caso, come abbiano fatto è ancora un enigma, anche perché gli archeologi ritengono che l'intero complesso sia stato completato nel corso di circa 1000 anni, più o meno dal 200 a.C. al 700 d.C. Com'era possibile a quel tempo tracciare segni precisissimi, di enormi dimensioni e visibili solo dall'alto? E qual era la loro funzione?

David Johnson, dell'Università del Massachussets, ha ipotizzato che le figure triangolari sarebbero in realtà degli indicatori di un bene preziosissimo: la loro punta, sarebbe infatti indirizzata verso falde che contengono sorgenti d'acqua, anche sotterranee. Potrebbero quindi essere state un segnale per consentire di raggiungere la tanto sospirata acqua?

Ma chi, in realtà, poteva identificarlo? Johnson non affronta invece del tutto il problema delle linee che rappresentano dei veri e propri disegni, soprattutto di animali. Afferma solo che alcuni dovevano essere dei percorsi per riti sacri, utilizzati forse nel corso di cerimonie del culto dell'acqua e della fertilità della Terra.

Preservare questi monumenti
Per avvicinarsi alle Linee di Nasca, Roberto Giacobbo ha calzato delle speciali "racchette" per evitare di smuovere le pietre e rischiare quindi di rovinare queste incredibili testimonianze.

Simbologie astronomiche

Un'altra teoria ipotizza che tutto il complesso di linee fosse una sorta di enorme calendario disegnato sul terreno.
Gli studiosi più autorevoli, invece, tirano in ballo le teorie astronomiche.
Paul Kosok, lo scopritore e uno dei maggiori studiosi di Nasca, era convinto che le linee fossero degli indicatori di alba e tramonto, del Sole e di altre stelle.

Un legame con il cosmo
Alcune teorie ipotizzano che gli immensi disegni di Nasca possano avere a che fare con l'astronomia. Potrebbero indicare, per esempio, un calendario a cielo aperto che poteva servire per calcolare i principali eventi astronomici. Sotto, la figura del cane.

La pensava allo stesso modo l'astronoma tedesca Maria Reiche, la più grande esperta di Nasca. Lei, che ha dedicato la sua vita allo studio delle linee, era convinta che attraverso quei disegni si determinassero i momenti giusti per la semina o per il raccolto, ma anche che si potessero prevedere i solstizi e gli equinozi, come anche le eclissi di Sole e di Luna.
L'astronomo Gerald Hawkins nel 1968 scoprì che alcuni dei disegni della piana presentavano degli allineamenti come quelli di Stonehenge. Dai suoi calcoli dovevano essere riconducibili all'anno 610 d.C., una datazione che sarebbe confermata dall'analisi di alcuni antichi resti organici fatta con il carbonio 14.
Non è detto però che i resti fossero proprio del popolo che tracciò le linee di Nasca. Resta comunque l'interrogativo più inquietante: perché realizzare immagini visibili solo dal cielo? Che cosa può aver spinto delle antiche genti ad affrontare un lavoro tanto complesso, in una zona priva di qualsiasi altura?
Può essere che in un lontano passato qualcuno a noi sconosciuto fosse in grado di volare?

Personaggi, animali e geometrie

Le antiche leggende precolombiane narrano dei Viracocha, gli uomini misteriosi dalla pelle chiara e con la barba e i capelli rossicci, che avrebbero portato la civiltà in queste zone. Per gli antichi abitanti del posto, erano esseri dotati di poteri che sembravano divini.

Se fossero stati veramente i Viracocha a creare le linee di Nasca, tracciate con un unico tratto continuo, si spiegherebbe anche perché i disegni più antichi sono quelli più raffinati. Ma chi erano veramente i misteriosi costruttori che ricorrono in tante leggende? E che cosa avrebbero disegnato sulla piana incontaminata?

Volando in alto sopra il deserto di Nasca, si possono vedere le enormi figure stilizzate ma accurate di un ragno, di una scimmia, di un fiore, di una balena, di un serpente, di una lucertola e di vari tipi di uccelli, tra cui il condor e il colibrì. Le loro dimensioni variano, dal minimo al massimo, da 25 a 275 metri.

Inoltre sono rappresentate anche delle enigmatiche figure umane con una sorta di aura splendente intorno alla testa.

Ci sono poi le incredibili linee rette, che mantengono la loro impressionante precisione per più di otto chilometri.

Può essere stata veramente la primitiva cultura Nasca a tracciare queste meraviglie? E perché sarebbe sparita inspiegabilmente, molto prima della comparsa degli Inca?

Come avrebbero fatto, infine, a riprodurre animali che in buona parte vivono lontano da queste terre?

Una giungla di linee
Gli innumerevoli animali rappresentati nel deserto di Nasca sono solcati da ulteriori linee perfettamente rette che, in modo stupefacente, rimangono tali per svariati chilometri.
Sopra, un uccello con le ali aperte, e sotto, il disegno di un grande pesce che sembra una balena.

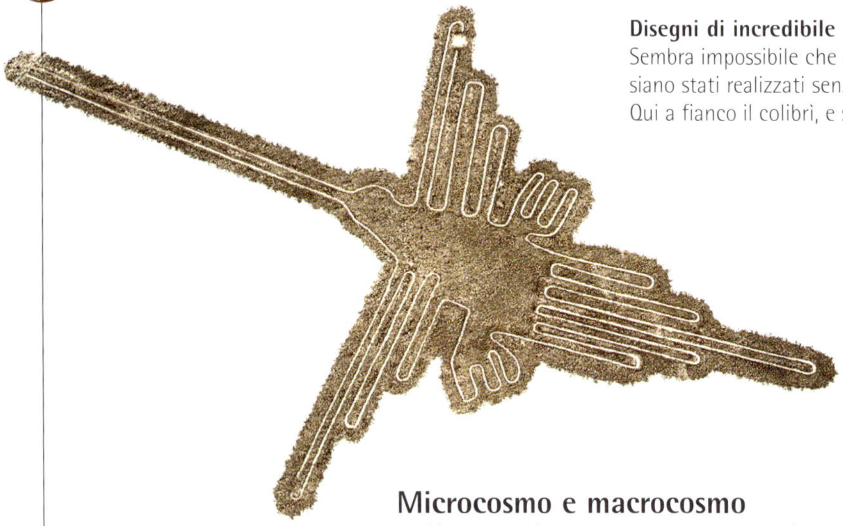

Disegni di incredibile bellezza
Sembra impossibile che disegni così grandi siano stati realizzati senza possibilità di eseguirli dall'alto. Qui a fianco il colibrì, e sotto la scimmia.

Dettagli microscopici
Esiste un mistero attorno alla figura del ragno (qui sotto) perché sembra sia rappresentato anche il suo organo riproduttivo presente in una delle zampe, e che è visibile solo al microscopio.

Microcosmo e macrocosmo

Sulla terra di Nasca compaiono dunque una scimmia, un colibrì e persino un'orca, ma il più famoso dei disegni zoomorfi è il ragno. La sua classificazione ha lasciato gli esperti con la bocca aperta: apparterrebbe infatti a un gruppo di aracnidi tra i più rari al mondo, che vive solo nelle zone più inaccessibili della foresta amazzonica e che è caratterizzato da un particolare organo riproduttivo, visibile solo al microscopio, che si trova in una delle sue zampe. Elemento, quest'ultimo, regolarmente riprodotto nell'antico disegno del ragno di Nasca.

Ma come poteva quell'antico popolo sapere della particolarità di questo animale se gli scienziati l'hanno scoperta solo grazie alla moderna tecnologia?

A tutto questo si aggiungono delle teorie inaspettate. Nelle linee, infatti, pare compaiano degli allineamenti stellari che fino al secolo scorso noi non conoscevamo.

Secondo uno di questi studi, il disegno del ragno sarebbe quindi una rappresentazione della costellazione di Orione, mentre le linee rette delle zampe anteriori e posteriori mostrerebbero la posizione nel cielo delle tre stelle della Cintura di Orione, nelle diverse epoche storiche.

Testimonianze di un'ignota civiltà?

Lo spazio è stato chiamato in causa in tempi diversi anche da Erich von Däniken e Peter Kolosimo, che hanno visto nelle figure di Nasca dei segnali di richiamo e delle piste di atterraggio, addirittura per veicoli extraterrestri.
In ogni caso, non è stato ancora spiegato come abbiano fatto delle genti così lontane nel tempo a tracciare dei disegni così grandi visibili solo dal cielo.
Gli studiosi hanno trovato nella zona dei brandelli di un tessuto molto robusto e questo ha dato adito a un curioso esperimento per provare che era possibile, all'epoca, alzarsi in volo per controllare e indirizzare la lavorazione delle linee. Gli americani Julian Nott e Jim Woodman hanno così costruito una rudimentale mongolfiera fatta di materiali in uso presso gli antichi Nasca, chiamata Condor I. Un tentativo che non ha dato però l'esito che ci si aspettava.
Questo vuol dire che dopo tanti anni di studio non sappiamo ancora con certezza chi e come abbia tracciato questi straordinari disegni e soprattutto perché abbia affrontato un lavoro tanto impegnativo per un'opera che nessuno, da quello che sappiamo, avrebbe visto nel suo complesso.
Anche questa volta una domanda sorge spontanea: può essere che ci manchi ancora un tassello significativo per completare il puzzle della storia?
E che quello di Nasca sia il maestoso lavoro di una civiltà che ancora non siamo riusciti a riconoscere?

Teoria extraterrestre
Le gigantesche linee rette sono così precise che qualcuno ha ipotizzato che possano essere antichi segnali o addirittura piste di atterraggio per astronavi provenienti da altri mondi.

Isola di Pasqua
l'enigma dei giganti di pietra

Lontana da tutto
L'Isola di Pasqua, qui sopra in una vista satellitare, dista circa 4000 chilometri da qualsiasi altra terra emersa. Un paradiso isolato che ha saputo conservare tutto il suo mistero. Sotto, i Moai del sito di Ahu Akivi, gli unici che hanno lo sguardo rivolto verso il mare.

«*Credo che l'Isola di Pasqua sia l'ultimo residuo di una civiltà remota, una delle prime di questo pianeta. Comparsa e scomparsa in diversi luoghi. Quando scopriremo le origini di questa isola, individueremo la fine della prima civiltà globale*». Con questa considerazione l'esploratore norvegese Thor Heyerdahl concludeva il suo lungo studio sull'Isola di Pasqua. Non era un parere qualsiasi: lui che aveva sostenuto e dimostrato che con le antiche imbarcazioni era possibile attraversare gli oceani molto prima di Colombo, e che nel 1955 era riuscito a mettere in piedi un Moai in diciotto giorni con l'aiuto di dodici indigeni e usando solo tronchi e pietre, ipotizzava ora uno spaventoso maremoto quale causa della fine degli antichi abitanti.
L'isola, chiamata dai nativi "Rapa Nui", è stata scoperta il giorno di Pasqua del 1722 dal navigatore olandese Jakob Roggeveen, i cui uomini, dopo essersi ripresi dalla sorpresa di aver trovato un lembo di terra non segnato sulle carte nautiche, ingaggiarono subito una furiosa sparatoria con gli uomini del posto uccidendone una dozzina. Le prime vere notizie sull'isola però si devono al naturalista Georg Forster, che vi sbarcò nel 1744 e ne descrisse l'aspetto, che a suo dire era «per nulla attraente».
In realtà l'Isola di Pasqua è un piccolo miracolo della natura e della storia.
Ha una superficie all'incirca di 160 chilometri quadrati, per avere un'idea è più piccola dell'Isola d'Elba. È un puntino perso nella vastità blu dell'oceano Pacifico: dista circa 3800 chilometri dal Cile e 4200 da Tahiti, la più orientale delle isole polinesiane del Pacifico. È il posto del mondo più distante da qualsiasi altro centro abitato, un paradiso isolato che ha saputo sfidare la natura e il tempo.
La sua origine è chiaramente vulcanica: è una terra montagnosa, con alberi non alti e rifornita d'acqua solo grazie alle piogge abbastanza frequenti.
L'isola un tempo apparteneva al re di Tahiti ma nel 1888 venne ereditata dalla famiglia Brander che la vendette al Cile del quale è ancora oggi l'unica colonia.

Sguardo enigmatico
Tutti i Moai ad eccezione di quelli di Ahu Akivi, volgono lo sguardo verso l'interno dell'Isola. La statua qui a fianco è l'unica rimasta con l'aspetto originario, cioè con gli occhi disegnati.

L'oceano custode dei segreti

Sull'Isola di Pasqua vivono 2000 persone, che allevano ovini e suini, coltivano mais, frutta e ortaggi, e si dedicano alla abbondantissima pesca.

Ma se oggi vi giungono regolarmente turisti da tutto il mondo, un tempo ogni nuovo arrivo era una rarità e un rischio. Nel 1859, per esempio, una banda di avventurieri peruviani sbarcò sull'isola e ne deportò molti abitanti tra i quali gli anziani saggi, che hanno portato con sé la memoria storica del loro antico popolo.

Essere al centro dell'oceano e avere intorno a sé soltanto infinite distese d'acqua, non ha salvato l'Isola di Pasqua dai pericoli. L'isolamento però ne ha preservato i più antichi segreti, a cominciare dalla vera storia dei Moai: centinaia di gigantesche statue di pietra quasi tutte disposte con le spalle al mare. Chi le ha realizzate e che significato hanno? Sull'isola non ci sono mai state più di 4000 persone e quando il numero è salito, per la scarsità delle risorse si è arrivati addirittura al cannibalismo. Ma se l'isola non può sopportare più di un certo numero di abitanti, chi ha scolpito, trasportato ed eretto questa infinità di enigmatiche statue? Le quasi 1000 enormi figure di pietra, alte fino a una decina di metri (ma El Gigante, un Moai ancora sdraiato, arriva a 20 metri per 150 tonnellate) e le altre che ancora giacciono sui fondali oceanici intorno all'isola, devono aver richiesto un impegno che gli antichi nativi non potevano sopportare. Le pietre scolpite infatti venivano dalle vicinanze dei crateri, come quello del vulcano Rano Raraku, e dovevano essere trasportate fino a decine di chilometri di distanza prima di arrivare a destinazione.

L'altezza dei Moai varia da uno a venti metri e tutti riproducono, quasi ossessivamente, lo stesso modello che originariamente comprendeva anche un copricapo rosso. Ma nei dettagli, in realtà, questi giganti sono tutti diversi tra di loro. Oggi ne sono rimasti circa 600, offesi spesso dalle intemperie e talvolta dall'uomo.

La violenza delle onde ne ha scagliato molti a distanza di 500 metri dalla costa e quando, in tempi recenti, sono stati issati nuovamente, uno di loro è stato lasciato lì, dov'era arrivato spinto dal mare, a ricordo della forza della natura in questo remoto punto del mondo.

Macabri rituali
In una casa dell'isola, tra Poike e La Perouse bay, sono stati ritrovati resti umani che sembrano confermare la pratica del cannibalismo, rafforzata anche dai racconti della tradizione orale.

Il mistero dei Moai

Ma come sono stati realizzati i Moai e come sono stati trasportati questi colossi pesanti diverse tonnellate?
Lungo il percorso che porta al cratere Rano Raraku, che era la grande cava in cui venivano realizzati, ci sono decine e decine di Moai: alcuni finiti ma lasciati lungo la strada durante il trasporto, altri invece ancora da rifinire. Almeno 400 Moai, poi, sono ancora uniti alle pareti del vulcano, come se i loro antichi autori avessero dovuto lasciare all'improvviso il loro lavoro.
Nel fondo del cratere sono state trovate molte amigdale di pietra, gli utensili necessari a scolpire le statue: ma sarebbero davvero bastati per statue così giganti? Una volta finiti, in ogni caso, i Moai dovevano essere portati dal cratere fino alla costa. Gli antichi abitanti dell'Isola di Pasqua, però, non avevano conoscenze meccaniche, avevano risorse naturali molto limitate e non possedevano animali da tiro. Su questo punto si sono così avvicendate diverse teorie.
Secondo Katherine Routledge, per esempio, i colossi di pietra venivano eretti grazie a delle rampe costruite con dei ciottoli arrotondati sui quali si facevano scivolare. Per non danneggiare le statue durante il trasporto, le rampe venivano lubrificate con polpa di patata schiacciata. Arrivati sul posto designato, i Moai venivano eretti con un sistema di leve di legno.

Un rito interrotto
Sono circa 400 i Moai sgrossati rimasti uniti alle pareti del vulcano: che cosa è successo di così drammatico per interrompere questo importante rito? Qui sopra, uno strumento utilizzato dagli antichi nativi per scolpire i Moai.

Un modello unico
Dai più piccoli fino a quelli giganteschi, i Moai sono scolpiti sullo stesso modello. Originariamente avevano tutti un "copricapo" realizzato in pietra rossa e degli occhi realizzati di corallo bianco o pomice.

La tecnologia perduta
Sono molte le teorie che cercano di spiegare come siano stati eretti i giganteschi Moai. Alcune rimandano a presenze extraterrestri, mentre altre più scientifiche cercano di ricostruire antiche tecniche andate ormai perdute.

Alla ricerca della verità

Per lo studioso statunitense Steven Fischer, i Moai venivano trasportati facendoli scivolare sui tronchi che, però, dovevano venire dal mare, perché l'isola non aveva vegetazione a sufficienza.
L'archeologo William Mulloy, famoso anche per aver eretto di nuovo nel 1960 uno dei gruppi di Moai più belli dell'isola, è riuscito in venti giorni a trasportare e issare un Moai di quattro metri e dieci tonnellate. Aiutato solo da una dozzina di uomini locali, ha trascinato la statua appoggiandola sul ventre sopra una enorme slitta. Poi, dopo aver fissato le estremità del Moai con delle corde legate a una forcella, la si faceva leggermente dondolare, così da spingere la slitta. Questa teoria, interessante di per sé, aveva però un limite: non era certo infatti che all'epoca in cui sono stati eretti i Moai, sull'isola ci fosse legname e corde a sufficienza. Gli studi di palinologia – l'indagine dei pollini – condotti sull'isola hanno dato risultati illuminanti in proposito. Trentamila anni fa, qui crescevano piante a basso fusto e diversi tipi di erba. C'erano, per esempio, l'hau hau, l'albero della corda, e il toromiro, un piccolo albero utilizzato come legna da ardere.
Intorno all'800 d.C., prima della costruzione dei Moai, tutto cambiò. L'analisi dei sedimenti di quel periodo mostrano una grande quantità di alberi bruciati.
Nei sedimenti successivi al 1400, addirittura, non si trovano più tracce di alberi.
Che cosa poteva essere successo?
Per ipotizzarlo si può provare a ripercorrere quello che si sa della storia dell'Isola di Pasqua.
Le tracce dei primi abitanti risalgono al 300 d.C. Erano forse polinesiani o forse sudamericani, giunti fortunosamente in canoa e la loro architettura aveva dei caratteri simili a quella di Tiahuanaco.
Intorno al 400 eressero delle piattaforme funerarie chiamate "ahu", sulle quali vennero in seguito issate le grandi satue scolpite, pare, intorno al 1100.

Il mito del Dio-uccello
Finita l'era dei Moai, si sviluppò nell'isola un nuovo culto in onore del dio Make-Make il cui simbolo era rappresentato da un uovo.

Conflitti di classe

Le leggende dell'isola, però, riportano la storia di due antiche razze: gli uomini dalle "orecchie lunghe" che venivano dall'Est e quelli dalle "orecchie corte" che venivano dall'Ovest. I primi comandavano, i secondi erano al loro servizio.

Un giorno, tra il 1680 e il 1774, i Lunghi Orecchi chiesero ai loro schiavi di gettare in mare tutti i Moai. Gli uomini dalle orecchie corte si rifiutarono e vennero condannati a finire in pasto ai Lunghi Orecchi. Ma gli schiavi si sarebbero ribellati, trucidando i loro padroni e bruciandoli in una fossa comune. Degli scavi recenti mostrarono effettivamente una grande buca con numerosi resti di ossa umane e di carbonella.

Perché due razze diverse si sono trovate a condividere una terra così scarsa di risorse? Pare che si definissero "gli unici sopravvissuti del pianeta", come raccontavano di generazione in generazione.

Che cosa volevano dire con questa leggenda?

Con il passare del tempo, la popolazione dell'isola passò dal culto dei Moai a quello del Dio-uccello. Ritorna in molte sculture di legno e di pietra ed era inciso anche sulle rocce. Come simbolo aveva l'uovo, incarnazione del dio Make-Make. Ogni anno nel villaggio Orongo, situato sul bordo del cratere Rano-Kao, si svolgeva una cerimonia, documentata fino al 1878, che aveva tratti comuni a quelle analoghe delle popolazioni celtiche, nordafricane, arabiche e mediorientali.

Solo coincidenze o indizi di una cultura comune ai popoli più antichi della Terra?

Il tuffo dei più coraggiosi
La cerimonia *Tangata Manu* (Uomo-Uccello) prevedeva che i partecipanti si tuffassero tra le onde e gli squali per raggiungere lo scoglio di Motu Nui (il più lontano nella foto), per tornare con un uovo integro rubato da uno dei numerosi nidi di uccelli. Sotto, una scena tratta dal film *Rapa Nui*.

Legami lontani

Anche un'altra cosa unisce l'Isola di Pasqua ad altre terre lontane. L'antica cultura locale possedeva una scrittura, andata poi perduta, chiamata *rongo-rongo*. In alcune grotte sacre ci sono ancora iscrizioni di questo tipo, ma l'ingresso è severamente proibito agli stranieri. Oggi ne sono rimaste solo ventinove tavolette di legno, di un tipo non presente sull'isola, incise con caratteri che ricordano i geroglifici dell'America precolombiana e quelli della Valle dell'Indo. Sorprendentemente, infatti, i segni presenti sulle tavolette sono quasi identici a quelli ritrovati nell'antica città di Mohenjo-Daro, nella lontanissima India, dall'altra parte del mondo rispetto all'Isola di Pasqua. Entrambe le iscrizioni non sono ancora state decifrate.

Nella seconda metà dell'800 Etienne Jaussen, il vescovo di Thaiti, pensò di aver trovato una chiave di lettura ma bisognò aspettare fino al 1955 perché un antropologo tedesco, Thomas Barthel, trovasse delle copie dei documenti di Jaussen e divulgasse la traduzione di alcune delle tavolette scritte in *rongo-rongo*.

Un pontre tra culture
Nell'isola esistono testimonianze di un'antica scrittura chiamata *rongo-rongo* il cui significato è andato perduto nel tempo. In alto a destra, un tavoletta con incisi i misteriosi geroglifici che assomigliano a quelli di altre culture dell'America precolombiana o addirittura di una zona dell'India.

Una parte dei documenti fu ritrovata invece in Italia, nell'abbazia di Grottaferrata della congregazione del Sacro Cuore. Secondo il vescovo Jaussen, sulle tavolette erano incise delle preghiere che andavano lette dal basso, da sinistra a destra, capovolgendo la tavoletta a ogni riga.
Nel 1996 Steven Fisher disse di aver decifrato ventidue tavolette, che secondo lui descriverebbero la creazione del mondo attraverso una serie di miti di carattere erotico. Oltre alla scrittura, anche molte delle storie che ancora oggi sull'isola passano di padre in figlio raccontano di un passato lontanissimo fatto di mistero.
Si diceva, per esempio, che i Moai si sarebbero mossi da soli, guidati da due sacerdoti, spariti poi all'improvviso.

La leggenda continua

Chi erano dunque i primissimi abitanti dell'Isola di Pasqua? Un ulteriore dubbio viene guardando con attenzione un'incisione eseguita nel corso della spedizione fatta nel 1786 dai francesi capitanati da Jean François de La Perouse. Con loro c'era anche un artista, Gaspard Duche de Vancy, che ritrasse gli abitanti dell'isola: a sorpresa, però, nel suo disegno mostrano tutti i tratti europei.
Che cosa ci sfugge allora di questo luogo remoto? C'è chi ha visto le tracce di uno dei miti più comuni alle civiltà antiche: quello di un grande continente scomparso, che si chiami Atlantide, Mu o Lemuria. L'Isola di Pasqua potrebbe essere quello che rimase in superficie di un continente inabissato in tempi remoti?
I Moai potrebbero rappresentare i suoi antichi, primi abitanti? I tunnel che si aprono nel sottosuolo dell'isola per fermarsi poi bruscamente in direzione del mare potrebbero essere stati chiusi dalla terra che franava? L'Isola di Pasqua era collegata al mitico mondo sotterraneo di Agarthi?
O semplicemente dobbiamo arrenderci all'evidenza che non sappiamo ancora tutto del pianeta che abitiamo?

Misteriosi abitanti
Qui sotto un incisione di Duche de Vancy che ritrae gli abitanti dell'isola con sembianze europee. Questo fatto ha dato lo spunto per nuove, interessanti ipotesi circa l'origine di questa civiltà. In basso, una suggestiva immagine dei Moai del sito di Ahu Tongariki.

Indice analitico

Indice analitico

Referenze fotografiche

Archivi Alinari, Firenze: © The Bridgemann Art Library pp. 15 basso, 16 basso sinistra, 26 alto e centro, 30 basso, 35 basso, 53 alto, 55 alto sfondo, 69 alto e basso, 92 alto destra, 94 basso, 110 alto, 118 basso, 135 alto sinistra, 139 alto, 141 basso, 145, 153 basso, 154 alto, 157, 160 alto destra, 161 alto, 166 alto, 173 basso destra, 174 basso, 177, 208 basso, 209 alto destra, 215 alto.

Contrasto: © Album Warner Brothers pp. 41, 89, 94 alto; **© Everett Collection** Orion Pictures p. 42 alto, 44; Picturehouse p. 167 basso; Universal Pictures p. 134 basso; Warner Brothers pp. 39 basso, 231 basso; **© Erich Lessing Culture and Fine Art Archive** pp. 36 alto, 83 alto, 92 basso, 96 basso, 102 basso, 104 basso, 113, 130-131, 132 basso, 133 alto, 148 alto, 154 basso, 180 alto.

Corbis: © Marc Adamus/Aurora Photos p. 8-9; © James L. Amos pp. 229 alto, 229 centro; © Bernard Annebicque pp. 17 basso, 111 basso; © Jon Arnold/JAI p. 144 basso; © The Art Archive pp. 10-11, 173 basso sinistra; © Yann Arthus-Bertrand pp. 91 alto, 192 basso, 221, 223 alto, 223 basso, 224 centro, 225 alto; © Atlantide Phototravel pp. 45 basso, 114-115 basso, 137 sfondo; © Bettmann pp. 54 destra, 59 basso, 95 basso; © Christophe Boisvieux pp. 70, 108-109 sfondo; © Brooklyn Museum p. 159 basso; © Angelo Cavalli/zefa pp. 183, 185 basso (montaggio); © Dean Conger p. 155 basso; © Richard A. Cooke pp. 200 basso, 203; © CORBIS pp. 18 basso, 64 alto; © Pablo Corral Vega p. 216 alto; © David Cumming; Eye Ubiquitous p. 175 alto; © Richard Cummins p. 129 alto; © Gianni Dagli Orti pp. 81 basso, 98, 103 alto, 205 alto, 205 basso, 206 alto; © James Davis; Eye Ubiquitous p. 57 basso destra; © Araldo de Luca p. 88 alto; © M. Dillon p. 119 alto; © Vassil Donev/epa p. 220 basso; © Ric Ergenbright p. 226-227 basso; © Robert Estall p. 123 alto; © Michele Falzone/JAI p. 213 alto; © Fine Art Photographic Library p. 48 basso sinistra; © Werner Forman pp. 54 sinistra, 189 centro, 202 alto, 231 basso; © Free Agents Limited p. 204 basso; © José Fuste Raga pp. 171, 206-207 sfondo; © The Gallery Collection p. 152 basso; © Gallo Images p. 20 alto; © Pam Gardner; Frank Lane Picture Agency p. 191 alto; © Arvind Garg p. 176 basso; © Larry Dale Gordon/zefa p. 26 basso; © Greenhalf Photograph pp. 52-53 sfondo; © Robert Harding World Imagery pp. 141 alto, 207 centro; © Jason Hawkes p. 117; © Lindsay Hebberd pp. 29 centro, 147 alto; © Robert Holmes pp. 138 basso, 142 basso; © Jeremy Horner pp. 63 basso sinistra, 207 alto; © Colin Hoskins; Cordaiy Photo Library Ltd p. 140 alto; © George H.H. Huey p. 199 alto; © Hulton-Deutsch Collection p. 24 basso; © The Irish Image Collection p. 129 basso; © Ladislav Janicek/zefa p. 188-189 sfondo; © Mimmo Jodice p. 99; © Craig Joiner/Loop Images p. 50 alto sinistra; © Wolfgang Kaehler pp. 162-163, 231 alto destra; © Bob Krist pp. 181 alto, 184 alto; © Ludo Kuipers p. 190 basso; © Craig Lamotte p. 195 alto sinistra; © Frans Lanting pp. 114-115 sfondo, 190 alto, 193 alto, 212 basso; © Danny Lehman p. 72-73; © Charles & Josette Lenars pp. 199 basso, 204 centro; © Ted Levine/zefa p. 60-61 basso; © Diego Lezama Orezzoli pp. 172 basso, 173 alto, 174 centro; © Yang Liu p. 68 alto; © Craig Lovell p. 184 basso; © Christophe Lovin p. 182 alto; © Lucidio Studio Inc. p. 149 alto; © Everton Macduff p. 201 basso; © Gunter Marx Photograph p. 57 basso sinistra; © Buddy Mays p. 147 basso; © Moodboard p. 28 alto; © Naggi Nagasaka/amanaimages p. 66-67 sfondo; © Michael Nicholson p. 101 alto; © Kazuyoshi Nomachi pp. 158 alto, 160 alto sinistra; © Franco Origlia/Sygma p. 38 alto; © Micha Pawlitzki/zefa pp. 22 alto, 127; © Douglas Peebles p. 139 basso; © Sergio Pitamitz p. 148 basso; © Paul Prince/Loop Images p. 120-121 sfondo; © Greg Probst pp. 58 basso, 201 alto; © Steve Raymer p. 178-179 sfondo; © Roger Ressmeyer p. 170 alto destra; © David Samuel Robbins p. 170 alto sinistra; © Derek A. Robinson/Frank Lane Picture Agency p. 52 basso; © Dietrich Rose/zefa p. 28-29 basso; © Galen Rowell p. 217 basso; © Kevin Schafer pp. 20 basso, 119 basso, 126 basso, 220 alto, 222 basso, 224 alto; © Michel Setboun p. 169 basso; © Paule Seux/Hemis pp. 146 alto sinistra, 149 basso, 219 basso destra; © Hugh Sitton/zefa p. 19 alto; © Paul A. Souders p. 192 alto; © Scott T. Smith p. 202 basso; © Michael St. Maur Sheil p. 128 alto; © Stapleton Collection p. 189 alto; © Keren Su p. 164-165 basso, 224 basso; © Luca I. Tettoni pp. 178 basso, 179 alto,181 basso; © Tim Thompson p. 59 alto; © Yoshio Tomii/amanaimages p. 180 basso; © Stefano Torrione/Hemi p. 67 basso; © Penny Tweedie pp. 191 basso, 193 basso, 194-195 sfondo, 195 alto destra; © Tom Van Sant p. 15 alto; © Sandro Vannini p. 87 alto; © Brian A. Vikander p. 31 sfondo; © K.M. Westermann pp. 169 alto, 170 basso; © Deb Winters; Eye Ubiquitous p. 142 alto; © Adam Woolfitt pp. 34 basso, 110 sfondo, 121 alto; © Adam Woolfitt/Robert Harding World Imagery pp. 112 basso, 122; © Alison Wright p. 230 basso; © Pawel Wysocki/Hemis p. 32 basso; © Tsuneo Yamamoto/amanaimages p. 186-187; © Michael S. Yamashita p. 159 alto.

Getty Images: © Bruno Barbier p. 158 basso; © Philippe Bourseiller p. 55; © Angelo Cavalli pp. 71 alto, 196-197, 218-219 basso; © Gianni Dagli Orti/DEA p. 105 alto; © Theodore de Bry p. 37 basso; © DEA Picture Library pp. 118 alto, 120 alto; © De Agostini/Getty Images p. 143 alto; © Guy Edwardes p. 48-49 sfondo; © Kenneth Garrett p. 135 basso; © National Geographic/Getty Images p. 58 alto; © Martin Gray pp. 156 basso, 158 basso; © Christian Krohg p. 56 alto; © Frans Lemmens pp. 140 basso, 143 basso; © Mark Lewis p. 25 basso; © Panoramic Images p. 62 basso; © Vladimir Pcholkin p. 74-75; © Kevin Schafer p. 210 alto; © joSon p. 71 basso; © Jon Spaull p. 164 alto; © James L. Stanfield p. 93; © Time & Life Pictures/Getty Images p. 92 alto sinistra; © Nico Tondini p. 151 alto; © Travel Ink pp. 125, 168 basso.

Grazia Neri/Science Photo Library: © Chris Butler p. 185 sfondo; © Lynette Cook p. 23 basso; © Christian Darkin pp. 13 alto, 14 basso, 16 alto; © David Hardy p. 12; © David Nunuk p. 232-233 sfondo; © Planeteobserver pp. 18 centro, 226 alto; © George Post p. 222 alto (base); © Skyscan p. 47 alto; © Detlev Van Ravenswaay p. 33 alto.

Panda Photo: © M. Contorni p. 82 alto sinistra; © L. Fournier p. 85 alto; © S. Gallotti p. 83 basso; © G. Marcoaldi p. 80-81 sfondo; © R. Ricci Curbastro p. 84 basso.

Archivio Voyager: pp. 7, 19 basso centro e sinistra, 38 basso, 50 basso, 51 alto sinistra, 52 alto, 116, 128 basso, 136 alto, 182 centro, 198 basso, 214 alto e centro, 215 centro, 217 alto, 218 alto e basso, 220 centro, 221 centro, 225 centro, 228 alto, 229 basso, 230 alto, 232 alto sinistra.

Nasa: pp. 21, 227

Archivio Giunti/foto Rabatti-Domingie, Firenze: p. 78 basso sinistra.

Dove non altrimenti indicato, le immagini appartengono all'Archivio Giunti.

Le opere conservate in Gallerie e Musei dello Stato sono riprodotte su concessione del Ministero per i Beni e le Attività Culturali.

L'editore si dichiara disponibile a regolare le eventuali spettanze per quelle immagini di cui non sia stato possibile reperire la fonte.

Atlante dei
MONDI PERDUTI

Roberto Giacobbo

Progetto grafico, impaginazione e redazione:
Pier Paolo Puxeddu+Francesca Vitale studio associato

promotore dell'iniziativa: Roberto Giacobbo

si ringrazia:
Irene Bellini per Contenuti s.r.l.

www.giunti.it

Prima edizione: marzo 2009

Ristampa	Anno
6 5 4 3 2 1 0	2013 2012 2011 2010 2009

Stampato presso Giunti Industrie Grafiche S.p.A. – Stabilimento di Prato

Atlante dei

MONDI PERDUTI